Heike Abidi liebt Bücher, seit sie lesen kann. Schon mit acht Jahren träumte sie davon, selbst welche zu schreiben. Bevor 2012 ihr erster Roman erschien, studierte sie Sprachwissenschaften und wurde freiberufliche Werbetexterin. Mit Mann, Sohn und Hund lebt die Autorin in der Pfalz bei Kaiserslautern.

www.AbidiBooks.de

Heike Abidi

Und dann kamst du

Oetinger Taschenbuch

Außerdem bei Oetinger Taschenbuch erschienen:

Tatsächlich 13
Plötzlich 14
Endlich 15
Alles, was Mädchen wissen sollten, bevor sie 13 werden
14 – Kicker, Küsse, Katastrophen
Was Jungs mit 15 wollen und warum ich das weiß

MIX
Papier aus verantwortungsvollen Quellen
FSC® C014496
FSC www.fsc.org

Originalausgabe
1. Auflage

Innenillustrationen: Zero Werbeagentur GmbH, München (Sterne)
und shutterstock.com (Skyline)
Satz: Datagroup-Int SRL, Timișoara
Druck und Bindung: GGP Media GmbH, Karl-Marx-Straße 24,
07381 Pößneck, Deutschland
Printed 2019

ISBN 978-3-8415-0583-5

www.oetinger-taschenbuch.de

6. September

Je ratloser ich bin, desto mehr Besserwisser texten mich voll. »Jetzt kannst du das Singleleben genießen.« »Andere Mütter haben auch schöne Töchter.« »Schreib dir den ganzen Müll von der Seele.« »Du bist doch noch so jung, Samuel.« »Und wie wäre es mit einem Haustier?«
Leute, ich wurde verlassen!
Von der Liebe meines Lebens.
Das ist, als ob einem jemand das Herz brutal aus dem Leib reißt. Nichts, was man mit einem Schlaumeier-Spruch heilen könnte!
Okay, vielleicht ist an der Sache mit dem Sich-den-Kummer-von-der-Seele-Schreiben was dran. Ich bezweifele zwar, dass das viel bringt, womöglich tut danach alles nur noch mehr weh. Aber Versuch macht kluch, heißt es schließlich.
Was hab ich schon zu verlieren? Schließlich habe ich schon alles verloren, was mir etwas bedeutet.
Unser gemeinsames Jahr war offenbar ein großer Irrtum. Was ich für wahre Gefühle gehalten habe, war für sie eine Übergangslösung, bis was Besseres kommt. Und wie es aussieht, kam was Besseres. Ein Job in New York und ein dämlicher Businesskasper mit Penthouse. Da kann ich nicht mithalten mit meiner mickrigen Studentenbude und mehr BAföG-Schulden, als ich in den nächsten Jahren verdienen kann.
Ich wusste nicht, dass sie auf Luxus steht. Nie habe ich daran gezweifelt, dass ihr dieselben Dinge wichtig sind wie mir.

Nächtelange Gespräche führen. Indie-Bands entdecken. Ins Programmkino gehen. Einsame Hunde spazieren führen. Unsere gemeinsame Zukunft planen.
Die gibt es ja jetzt auch nicht mehr.
Deshalb ist mein Leben gerade wie ein Novembertag. Grau, dunkel und trostlos.

Kapitel 1

Auf einmal war Claire hellwach. Vorhin noch hatte sie befürchtet, gleich im Stehen einzuschlafen, doch jetzt hatte sie den toten Punkt wohl überwunden. Okay, sie fühlte sich immer noch völlig ausgelaugt, die Füße schmerzten, der Rücken nicht minder. So wie immer nach einer langen Nacht hinter der Theke. Und gleichzeitig irgendwie anders. Regelrecht aufgekratzt. Ihre Sinne waren geschärft, als wären sie in Alarmbereitschaft. Was im Grunde lächerlich war, denn welche Gefahr sollte schon drohen in diesem schmuddeligen alten Stadtbus, der wie immer um diese Zeit fast menschenleer war?

Claire schaute sich um. Dort hinten saß ein Pärchen, das frisch verliebt wirkte. Die beiden hatten nur Augen füreinander und wirkten ungefähr so bedrohlich wie ein Schmetterling. Oder – in Anbetracht der Uhrzeit – ein Nachtfalter.

Ganz vorne links, direkt hinter dem Fahrer, hatte sich eine Frau mittleren Alters niedergelassen. Sie trug einen Trenchcoat und praktische Schuhe. Claire kannte sie vom Sehen. Die Frau arbeitete bei einer Putzkolonne und war schon auf dem Weg zur Frühschicht. Dabei verrieten ihre hängenden Schultern, wie müde sie schon allein beim Gedanken an den harten Arbeitstag war, der vor ihr lag. Claire hätte nicht mit ihr tauschen wollen. In aller Herrgottsfrühe aufstehen zu müssen, empfand sie als pure Folter. Lieber arbeitete sie die halbe Nacht durch und schlief dann bis Mittag.

So langsam hatte sie sich an diesen Rhythmus gewöhnt. Auch an den Lärmpegel in der Bar, an die zweideutigen Sprüche mancher Gäste, die stickige Luft, das viele Stehen, die rauen Spülhände … Sie hatte inzwischen nicht nur die Preise der gängigsten Getränke im Kopf, sondern auch die Rezepturen aller Cocktails, die auf der Karte standen. Wenn sie etwas machte, dann richtig. Selbst bei einem vorübergehenden Aushilfsjob.

Wobei – so ganz stand ja noch nicht fest, wie lange ihre Kellnerinnenkarriere dauern würde. Ursprünglich hatte sie geplant, nur bis zum Semesterbeginn zu jobben und dann erst wieder in den Ferien. Oder höchstens hin und wieder am Wochenende. Schließlich wollte sie sich voll und ganz auf die Uni konzentrieren. Die Regelstudienzeit sollte doch zu schaffen sein! Natürlich mit einem brillanten Abschluss …

»Wir müssen uns nur gegenseitig anfeuern und motivieren, dann klappt das schon«, hatte Colin gesagt, und sie hatte genickt. Beim Abitur war diese Taktik schließlich auch aufgegangen. Sie und Colin waren eben ein unschlagbares Team.

Gewesen.

Claire schluckte und schaute durch die schmutzige Scheibe hinaus in die Nacht. Als könnte irgendetwas dort draußen sie aufmuntern. Das konnte nichts und niemand. Das Einzige, was einigermaßen funktionierte, war Ablenkung, am besten durch Arbeiten bis zur völligen Erschöpfung.

Der Job in der Bar war da im Grunde goldrichtig. Er ließ ihr keine Sekunde Zeit zum Grübeln und machte sie so richtig müde, sodass sie anschließend meist sofort in einen tiefen, traumlosen Schlaf fiel, anstatt stundenlang wach zu liegen und an jenen Tag vor inzwischen fast drei Monaten zu denken, der alles verändert hatte.

Aber jetzt, während der nächtlichen Busfahrt nach Hause, machten ihre Gedanken, was sie wollten. Und natürlich wollten sie sich um Colin drehen. Ihre andere Hälfte. Ihren Zwillingsbruder.

Neunzehn Jahre waren sie eine Einheit gewesen. *Colin und Claire.* Unzertrennlich, hatte man sie immer genannt.

Von wegen.

Während sich ihre Augen gegen ihren Willen mit Tränen füllten, wanderten Claires Gedanken zurück zu jenem Horror-Tag im Juni, an dem sie von einem Anruf geweckt worden war.

Zuerst hatte sie das leise Summen gar nicht gehört, denn in der Nacht stellte sie ihr Handy immer auf Vibration. Im Halbschlaf hielt sie das Geräusch für das Brummen der Kaffeemaschine. Doch als sie die Augen aufschlug, stellte sie fest, dass es draußen noch dunkel war. Es würde noch Stunden dauern, bis sich jemand in der Küche zu schaffen machte. Also doch ein Anruf. Sie warf einen Blick aufs

Display. Vier Uhr siebenunddreißig. Und eine unbekannte Nummer. Es überlief sie eiskalt. Entweder war das ein Telefonstreich oder …

Es war Phil, der beste Kumpel ihres Bruders. Zuerst erkannte sie seine Stimme überhaupt nicht. Sie klang rau und tonlos zugleich. Und das lag nicht allein daran, dass der Anruf von der anderen Seite des Atlantiks kam.

»Claire, es ist etwas Schreckliches passiert«, sagte er. Da wusste sie es schon. Obwohl sie noch hoffte, dass er übertrieb und den beiden bloß das Mietauto geklaut worden war. Oder dass sie ihr Gepäck verloren hatten. Oder …

»Colin hatte einen Surfunfall«, fuhr Phil fort und brach erneut ab.

Warum sagt er denn nicht, was los ist? Hat er sich ein Bein gebrochen? Den Arm? Oder beides? Claires Gedanken rasten. Dabei kannte sie längst die Antwort.

Als Phil sie schließlich bestätigte, wurde die Ahnung zur schrecklichen Gewissheit. »Er hat das Brett an die Schläfe bekommen und ist ohnmächtig geworden. Colin … er ist ertrunken. Man hat fast eine Stunde lang versucht, ihn wiederzubeleben, aber es war nichts zu machen. Es tut mir so leid.«

Dieser Moment hatte sich tief und unauslöschlich in Claires Gedächtnis eingegraben. Vielleicht sogar reingefräst. Oder geätzt. Mit der alles zerstörenden Säure der Realität.

Nein, es war kein böser Traum gewesen, sosehr sie es manchmal noch immer hoffte. Die Wirklichkeit war nun mal gnadenlos, das Schicksal ein Spielverderber und ihre Zukunft ein Scherbenhaufen.

An die ersten Tage danach konnte sie sich kaum noch entsinnen. Da war nur Dunkelheit, unterbrochen von ein paar Erinnerungsfetzen. Die meisten davon unscharf, als hätte ihr Gedächtnis auch die Tränen mit abgespeichert, die jetzt die Bilder in ihrem Kopf verwässerten. Das Gespräch mit dem Bestatter. Die Telefonate wegen der Überführung der *Leiche*. Ihr ungläubiges Staunen darüber, wie selbstverständlich Colin auf einmal so bezeichnet wurde. Die Menschenmenge, alle ganz in Schwarz. Die Eltern, starr vor Entsetzen. Und sie selbst, die verheulten Augen hinter einer dunklen Sonnenbrille verborgen, innerlich leer und zugleich voller Schmerz – und unausgesprochener Fragen.

Was sollte sie denn nun mit sich anfangen, als übrig gebliebene Hälfte? Ihr Plan war so gut gewesen. Er hatte festgestanden, seit sie ungefähr zwölf waren. Da hatten Colin und sie beschlossen, nach der Schule Medizin zu studieren und irgendwann die Praxis ihrer Eltern zu übernehmen. Auf diese Weise würden sie ihr Leben lang zusammenbleiben. Erst an der Uni, dann im Beruf. Auch wenn sie irgendwann heiraten und eigene Familien gründen würden, wären sie doch zumindest im Job ein unzertrennliches Team.

Hatte sie geglaubt.

Inzwischen wusste sie es besser. Genauer gesagt: Sie wusste gar nichts mehr.

Die Tränen strömten jetzt ungehindert über ihre Wangen,

und sie kramte in ihrer Handtasche nach einem Taschentuch. Wie so oft, wenn sie die Erinnerungen zuließ, wurde sie von Trauer übermannt. Sie umhüllte ihr Herz wie kalter Nebel. Es fühlte sich an, als bestünde Claire nur aus dieser Trauer – und der Sehnsucht nach der Zeit, als ihr Leben noch in Ordnung war. Als Colin noch lebte und alles einen Sinn hatte.

Wieder hielten sie an. Die Putzfrau verließ den Bus, und eine junge Frau im dunkelblauen Kostüm mit Handgepäcktrolley stieg ein. Sicher eine Stewardess auf dem Weg zum Flughafen. Eine Kollegin also – nur dass sie in zehn Kilometern Höhe kellnerte und nicht in den Niederungen einer Bar. Sie warf Claire einen besorgten Blick zu. Kein Wunder, sie bot sicher ein Bild des Elends.

Bitte nicht ansprechen, dachte Claire, zwang sich zu einem kleinen Lächeln und wischte rasch die Tränen ab, bevor sie noch mehr Aufmerksamkeit auf sich zog. Irgendwie musste sie es schaffen, sich zusammenzureißen. Zumindest, bis sie zu Hause war. Wenn sie die Tür ihres WG-Zimmers hinter sich geschlossen hatte, konnte sie ihren Tränen freien Lauf lassen. Verdammt, warum schlich sich die Trauer auch immer genau dann an, wenn sie so kraft- und wehrlos war? Dagegen half erfahrungsgemäß nur ein Ablenkungsmanöver.

Unauffällig schaute Claire hinüber zu der vermeintlichen Stewardess. Wohin ihre Reise heute wohl ging? Vielleicht nach Bali. Oder Südafrika. Auf keinen Fall nach Hawaii. Seit Colins Unfall wollte Claire an diesen Albtraumort nicht mehr denken. Lieber an fremde, unbelastete Orte. Warum nicht die Malediven? Das wäre doch ein schönes Ziel für die Frau mit dem Trolley. Wie sie wohl hieß? Jenny vielleicht. Oder Jacqueline. Irgendwas mit J. Zum Beispiel Jasmin? Nein, das war zu blumig. Nicht tough genug. Jana? Julia? Nein, Jessica passte perfekt, beschloss Claire, und ein kleines Lächeln huschte über ihr verheultes Gesicht. Solche Gedankenspiele hatten ihr schon immer Spaß gemacht. Und jetzt erwiesen sie sich als perfekte Taktik, um sich auf andere Gedanken zu bringen. Sie dichtete der Frau, die vielleicht Jessica hieß, noch diverse Hobbys an (Handlettering, Zumba, Fotografieren), außerdem Lieblingsspeisen (Seezunge, Brokkolicremesuppe, Schokoeis) und -getränke (Espresso, Bitter Lemon, Bloody Mary). In Claires Fantasie hatte Jessica einen Ex-Freund in New York und einen aktuellen Lover in Havanna. Sie las gern Thriller, doch ihr Lieblingsfilm war nach wie vor *Titanic*. Dicht gefolgt von *Shape of Water*.

Claire selbst war schon seit einiger Zeit nicht mehr im Kino gewesen. Genauer gesagt, seit Colins Tod. Früher hatten sie gemeinsam keine Sneak Preview verpasst. Colin liebte Überraschungen und sagte immer, man könne keinen Film unvoreingenommen genießen, über den man zu viel weiß.

Auf diese Weise hatte Claire ihren absoluten Lieblingsfilm kennengelernt: *Arrival*. Hätte sie geahnt, was auf dem Programm stand, hätte sie den Kinobesuch garantiert abgesagt. Eigentlich mochte sie nämlich überhaupt keine Geschichten über Außerirdische. Die waren ihr entweder zu brutal oder zu albern. Nicht so dieser Film. *Arrival* war klug, tiefgründig, fast poetisch.

Ausnahmsweise war Colin nicht ihrer Meinung gewesen. Er fand den Film lahm. »Da fehlt die Action«, hatte er gemosert.

Ach, Colin. Wärst du nicht so verrückt nach Action gewesen, könntest du noch leben.

Und schon hatte sie ihr eigenes Ablenkungsmanöver boykottiert. Es war wie verhext heute Nacht. Als wollte sich Colin um jeden Preis in ihr Bewusstsein drängen.

Wieder bremste der Bus. Claire schaute hinaus. Haltestelle Hauptbahnhof. Die Frau, die vielleicht Jessica hieß, schob ihren Trolley in Richtung Ausgang – sicher stieg sie hier um in die S-Bahn zum Flughafen.

Kaum war der Bus wieder angefahren, stand ein weiterer Fahrgast auf, um sich schon mal in Richtung Tür zu bewegen. Offenbar hatte er es eilig. Wo er wohl hinwollte? Claires Neugier war geweckt. Schade, dass sie den Mann nur von hinten sah – wie sollte sie sich da einen Namen und eine fiktive Biografie für ihn ausdenken?

Als hätte sie ihn nur mit der Kraft ihrer Gedanken beeinflusst, drehte er sich für einen Moment um, und ihr blieb fast das Herz stehen – nur um danach umso heftiger zu pochen.

War das etwa …?

Claire spürte, wie sich die Härchen in ihrem Nacken aufstellten. Hatte sie da gerade eine Erscheinung?

Das konnte doch nicht sein!

Ihr wurde heiß und kalt zugleich, und vor lauter Anspannung hielt sie die Luft an. Erst als sie erkannte, dass sie sich getäuscht hatte, stieß sie den Atem heftig aus.

Nur ein Fremder.

Aber er sah ihm ähnlich. Irgendwie. Allerdings auch nur auf den allerersten Blick. Colin war viel größer als dieser Typ. Und blonder. Eigentlich war die Ähnlichkeit gar nicht so besonders groß, wenn man genau hinschaute.

Und das tat Claire. Wie paralysiert musterte sie ihn. Vergessen das Ziel, möglichst nicht aufzufallen. Es war, als müsste sie innerhalb kürzester Zeit versuchen, seinen Anblick für alle Zeiten abzuspeichern – seine Statur, seine Haltung, sein Blick, alles strahlte eine tiefe Traurigkeit aus, die ihr nur zu bekannt war. In gewisser Weise war es, als blickte sie in den Spiegel ihrer eigenen Seele. Wäre der Bus voll besetzt gewesen, hätten sich die anderen Fahrgäste bestimmt über die junge Frau gewundert, die so hemmungslos einen Typen anstarrte. Normalerweise hätte sie dem Unbekannten höchstens einen verstohlenen Blick zugeworfen. Doch in diesem Moment war sie nicht sie selbst. Sondern wie ferngesteuert.

Dann ging plötzlich alles ganz schnell: Der Bus öffnete die Türen und spuckte ihn aus, hinaus ins Dunkel der Nacht, die ihn innerhalb weniger Sekunden verschlang. Claire schaute ihm durchs Fenster hinterher und konnte kaum fassen, was gerade geschehen war.

Dann wanderte ihr Blick zu dem Platz, auf dem der Typ

bis vor wenigen Augenblicken gesessen hatte, und da sah sie ihn. *Seinen Rucksack.*

Ohne lange nachzudenken, sprang sie nun selbst auf, rannte zur Tür und drückte auf den Knopf, um sie zu öffnen. Nichts passierte. Was war los? War der Türöffner etwa defekt? Hektisch drückte sie wieder und wieder, doch es war zu spät – der Bus fuhr schon weiter.

Obwohl sie wusste, dass es nutzlos war, probierte Claire es weiter, diesmal fester, als könnte sie damit die Technik überlisten. Sie musste dem Unbekannten folgen, unbedingt!

»Hey, du hast da was vergessen!«, rief sie ihm halblaut hinterher. Ohnehin ein sinnloses Unterfangen, das war ihr klar. Auch dass sie sich gerade vor den Mitfahrenden ziemlich lächerlich gemacht hatte. Aber das war ihr vollkommen egal.

Wie in Trance ging sie zu dem Platz, auf dem der Unbekannte gerade noch gesessen hatte. Der Sitz hatte seine Körperwärme gespeichert. Claire nahm seinen Rucksack auf den Schoß und schloss die Augen, um sich sein Aussehen in Erinnerung zu rufen. Irgendetwas an ihm hatte in ihr eine ganze Flut von Empfindungen ausgelöst.

Vor ihrem geistigen Auge tauchte ein Gesicht mit traurigen Augen auf. Eine leicht gebogene Nase. Ein von Bartstoppeln umrahmter Mund. Dunkelblonde Haare, die weder glatt noch lockig waren, sondern irgendwie widerspenstig und auf attraktive Weise unfrisiert. Dann löste sich das Bild wieder auf, und zurück blieb ein Gefühl – das der Verbundenheit mit dem Unbekannten.

Dabei kannte sie ihn doch überhaupt nicht!

Und überhaupt – wie konnte da eine Verbundenheit bestehen? Er hatte sie ja gar nicht richtig angeschaut. Sicher hatte er sie nicht mal registriert und war ausgestiegen, ohne ihren verblüfften Blick wahrzunehmen.

Der Unbekannte hatte gehetzt gewirkt. Und irgendwie abwesend. Ja, er musste in Gedanken gewesen sein, sonst hätte er bestimmt nicht seinen Rucksack liegen lassen.

Ob er ihn inzwischen schon vermisste?

Claire schloss die Augen und lehnte den Kopf an die Scheibe. Sie war angenehm kühl und vibrierte leicht, weil der Bus gerade über Kopfsteinpflaster fuhr. Jetzt bremste er ab, und das Vibrieren wurde schwächer. Claire fragte sich, warum der Unbekannte wohl noch so spät unterwegs gewesen war. Kam er von einer Feier mit Freunden? So hatte er nicht gewirkt. Oder von einem Job? Vielleicht kellnerte er ebenfalls. War das womöglich eine Gemeinsamkeit? Hatte sie sich deshalb so mit ihm verbunden gefühlt?

Sie hörte Schritte und öffnete die Augen. Es war das Pärchen. Die beiden hatten inzwischen den Ausstieg erreicht. Die Tür öffnete sich mit einem leisem Zischen. Claires Blick wanderte hoch zur Digitalanzeige. *Marienstraße.* Mist, hier musste sie auch raus! Aber natürlich – das Kopfsteinpflaster hätte ihr bekannt vorkommen müssen! Eilig sprang sie auf, stürmte los und erreichte den Ausstieg gerade, als sich die Tür langsam wieder zu schließen begann. Irgendwie schaffte sie es, sich hindurchzuquetschen.

Heftig atmend schaute sie den Rücklichtern des Busses hinterher. Erst jetzt wurde ihr bewusst, dass sie den Rucksack noch umklammert hielt. Was hatte sie sich nur dabei gedacht, ihn mitzunehmen? Natürlich hätte sie ihn abgeben müssen. Dann hätte ihn der Busfahrer im Fundbüro abgeben und der Unbekannte ihn dort abholen können.

Unentschlossen blieb Claire am Straßenrand stehen. Die LED-Anzeigetafel kündigte den nächsten Bus dieser Linie in sieben Minuten an.

Sieben Minuten. Das war überschaubar. Sollte sie einfach so lange hier warten? Vielleicht hatte der Unbekannte seinen Verlust ja sofort bemerkt und würde …

Aber nein, das war natürlich Unsinn. Er konnte schließlich nicht wissen, dass sie hier ausgestiegen war und seinen Rucksack bei sich trug. Viel wahrscheinlicher war es doch, dass er den Bus auf seinem Rückweg abzupassen versuchte, in der Hoffnung, der Rucksack wäre noch da.

Kurz entschlossen wechselte Claire die Straßenseite. Wenn sie die nächste Verbindung in die Gegenrichtung nahm, könnte sie ihn vielleicht erwischen. Die Wahrscheinlichkeit war zwar gering, aber man konnte ja nie wissen. Wenn das Schicksal einem eine Chance wie diese gab, musste man sie schließlich ergreifen, oder?

Sie fand es nicht sonderlich angenehm, hier allein im Dunkeln herumzustehen. Es waren kaum Autos unterwegs, und Fußgänger schon gar keine. Wenigstens stand gleich neben der Haltestelle eine Straßenlaterne. Auch die Schaufenster der umliegenden Geschäfte waren beleuchtet. Eine Reinigung, ein Backshop, ein Optiker, ein Handyladen. Natürlich alle geschlossen. Überhaupt war die Gegend völlig verlassen. Hoffentlich kam der Bus bald! So langsam wurde es Claire hier regelrecht unheimlich. Außerdem fror sie. Warum nur hatte sie nichts zum Überziehen dabei? Der Unbekannte war in dieser Hinsicht vorausschauender gewesen. Ob er ihr seine Jeansjacke leihen würde, wenn er jetzt neben ihr stünde?

Claire begann, auf und ab zu gehen, um sich ein bisschen aufzuwärmen. Um diese Uhrzeit war von der Hitze, die zurzeit tagsüber herrschte, nicht viel zu spüren. Mit dem August waren auch die tropischen Nächte vergangen.

Colin hatte den Spätsommer geliebt. Sie früher auch, doch dieser war der erste, den sie ohne ihn erlebte, und es hatte sich so angefühlt, als ließe sie ihn im Stich, als sie neulich einen freien Nachmittag im Park verbracht hatte, um die warmen Sonnenstrahlen zu genießen.

Colin …

Wäre er jetzt bei ihr, würde er sie garantiert aufziehen. *Du könntest längst zu Hause im Warmen sein, Schwesterherz. Stattdessen stehst du hier bibbernd rum und gruselst dich, und all das nur wegen eines Kerls, den du überhaupt nicht kennst!*

Vermutlich hätte er ihr die ganze Aktion längst ausgeredet. Statt den Unbekannten zu suchen, hätte er den Rucksack ordnungsgemäß abgegeben und das Thema abgehakt. Vielleicht sogar die Polizei gerufen, schließlich galt ein herrenloses Gepäckstück heutzutage als Terrorgefahr.

Doch Claire *wusste*, dass dieser Rucksack keine Bombe enthielt. Sie umklammerte ihn wie ein Baby, während sie zitternd auf den Bus wartete.

Als er endlich kam, schlug ihr Herz schneller. In wenigen Minuten würde sie den Unbekannten wiedersehen. Vielleicht. Andererseits: Wenn er nicht dort wartete, wo sie ihn vermutete, würde sie ihm vielleicht nie wieder begegnen.

Das durfte einfach nicht sein!

Natürlich war er nicht da. Was hatte sie sich da nur eingeredet? Sie könnte längst im Bett liegen. Müde genug war sie. Nun stand sie wieder auf der Straße, erneut mutterseelenallein. Das Ganze war eine Schnapsidee gewesen. Völlig verrückt.

Und nun? Auf den nächsten Bus warten? Wieder eine Viertelstunde frierend herumlungern? Claire zögerte. Wenn wenigstens der Kiosk dort drüben geöffnet hätte. Dann könnte sie sich einen Kaffee besorgen und wäre nicht ganz so allein. Aber der Laden war natürlich längst geschlossen.

Bis nach Hause war es eine knappe halbe Stunde zu Fuß. Wenigstens würde die Bewegung sie aufwärmen. Seufzend machte sie sich auf den Weg.

Eigentlich verlangte ihr Körper nach Schlaf. Doch dazu war sie viel zu aufgewühlt. Sie ging, so schnell sie konnte. Zum Glück trug sie bequeme Sneakers, wie immer, wenn sie in der Bar arbeitete, und keine Schuhe mit Absätzen, die auf dem Asphalt laut geklappert hätten. Es wäre ihr unangenehm gewesen, um diese Zeit so einen Radau zu veranstalten. Doch angesichts der Stille um sie herum erschienen ihr schon das Rauschen des Blutes in ihren Ohren und ihr Keuchen extrem laut. Wenigstens konnte das außer ihr niemand wahrnehmen. Und warum atmete sie überhaupt so heftig? Sie rannte ja fast! Wenn sie sich nicht bremste, würde sie es in diesem Tempo gar nicht bis nach Hause schaffen. Die letzten hundert Meter ging sie etwas langsamer, obwohl sie es kaum erwarten konnte, endlich in ihr Zimmer zu kommen.

Noch bevor der Altbau, in dem sie seit ein paar Wochen wohnte, in Sichtweite war, kramte sie in ihrer Handtasche nach dem Schlüssel. Das Schloss ging ein bisschen schwer auf, sie musste leicht gegen die Tür drücken und gleichzeitig am Knauf ziehen, während sie den Schlüssel umdrehte. Immerhin funktionierte der Bewegungsmelder im Treppenhaus, sodass sie nicht umständlich nach dem Lichtschalter tasten musste.

In der Wohnung war alles ruhig. Die anderen schliefen längst. Überhaupt hatte sie einen ziemlich anderen Rhythmus als ihre Mitbewohner – meistens trafen sie sich nur zwischen Tür und Angel oder höchstens mal in der Küche. Claire fand das ein bisschen schade. Jetzt allerdings war sie froh, dass sie niemandem begegnete. Sie wollte allein sein mit sich und ihren Gedanken.

Als sie wenig später ihr Zimmer betrat, war sie entschlossener denn je, den Unbekannten zu finden. Vielleicht nicht heute Nacht, aber bald. Und wenn sie Glück hatte, würde ihr der Rucksack dabei helfen …

Kurz entschlossen öffnete sie ihn und leerte den Inhalt auf dem Boden aus. Dann ließ sie sich im Schneidersitz nieder und begutachtete, was vor ihr ausgebreitet lag: eine Einkaufsliste, ein Sweatshirt mit dem Bandlogo der *Arctic Monkeys*, ein Päckchen Streichhölzer, ein Kugelschreiber und ein Notizbuch.

Mit anderen Worten: nicht sonderlich viel. Wie sollte sie diesen kümmerlichen Habseligkeiten bloß Informationen über die Identität ihres Besitzers entlocken?

Zögernd schlug sie das Notizbuch auf. Nur die ersten zwei Seiten waren beschrieben. Die Handschrift wirkte schwungvoll und unverschnörkelt zugleich.

Je ratloser ich bin, desto mehr Besserwisser texten mich voll. »Jetzt kannst du das Singleleben genießen.« »Andere Mütter haben auch schöne Töchter.« »Schreib dir den ganzen Müll von der Seele.« »Du bist doch noch so jung, Samuel.« »Und wie wäre es mit einem Haustier?«

Leute, ich wurde verlassen!

Von der Liebe meines Lebens.

Das ist, als ob einem jemand das Herz brutal aus dem Leib reißt. Nichts, was man mit einem Schlaumeier-Spruch heilen könnte!

Nach diesen Zeilen war ihr sofort klar, dass es sich um einen Tagebucheintrag handelte. Wenn sie jetzt weiterlas, verletzte sie seine Privatsphäre. Wenn sie es jedoch nicht tat, blieben ihr nur der Einkaufszettel, die Streichhölzer und das Sweatshirt als Hinweise. Reichlich mager.

Er würde doch sicher auch wollen, dass sie ihn fand und ihm seine Sachen zurückgeben konnte?

Na also!

Claire gab sich einen Ruck. Okay, sie war neugierig, das musste sie sich eingestehen. Aber das Ganze war schließlich für einen guten Zweck.

Und so las sie weiter …

Als sie fertig war, begann sie noch einmal von vorn. Voller Mitgefühl für diesen traurigen Menschen, der sein Leben mit einem grauen Novembertag verglich. Oh, wie gut sie das nachempfinden konnte! Auch ihr Herz war gebrochen, wenn auch aus einem anderen Grund. Dennoch – seine Zeilen erreichten ihr Herz und berührten sie in ihrem tiefsten Inneren.

Nachdem Claire den Eintrag ein drittes Mal gelesen hatte, nahm sie seinen Kugelschreiber zur Hand und begann selbst zu schreiben.

7. September

Gute Idee, sich die Sorgen von der Seele zu schreiben. Warum bin ich nicht von selbst darauf gekommen?
Vielleicht war es ein Zeichen, dass ich vorhin diesen Rucksack gefunden habe – mit dem Tagebuch darin.
Okay, ich glaube nicht an Bestimmung. Jedenfalls nicht mehr. Früher schon. Da folgte mein ganzes Leben einem durchgeplanten, perfekten Drehbuch. Glückliche Kindheit, wohlhabendes Elternhaus, hervorragendes Abitur. Der Rest war im Grunde sonnenklar: Wir würden Medizin studieren und eines Tages die Praxis unserer Eltern übernehmen, Colin und ich.
Verdammt, warum musste er auch unbedingt diesen blöden Surfkurs machen? Wieso ist er überhaupt nach Hawaii geflogen? Weshalb hat er das Geld, das er zum Abitur geschenkt bekommen hatte, für eine Reise verjubelt, statt fürs Studium zu sparen? Warum war Colin der Einzige, der im Laufe des Sommers an diesem Surfspot verunglückt ist?
Und so stand ich gerade mal zwei Wochen nach unserer Abifeier am Grab meiner anderen Hälfte, ohne die ich einfach unvollständig bin. Schwarz gekleidet und innerlich grau.
Dieser Tag war das Ende meiner strahlenden Zukunft und der Anfang von etwas, das vermutlich der Rest meines Lebens wird.
Also, wie gesagt: Ich habe nicht mehr an Bestimmung geglaubt. Denn das Schicksal ist eine Scheißhausfliege.
Aber dann kamst du ins Spiel, Samuel.
Ich vermute, es lag am Schlafmangel, den man als Kellnerin nun

mal hat, und an den zwei, drei Absackern nach Feierabend, dass ich dich im ersten Moment für eine Reinkarnation meines Zwillingsbruders gehalten habe. Auf den zweiten wurde mir sofort klar, dass das unmöglich ist. Und überhaupt – Colin sah völlig anders aus! Aber du hast seine Lässigkeit.
Sein Charisma.
Du scheinst von alldem nichts mitbekommen zu haben. Vermutlich hast du mich gar nicht bemerkt, sondern an sie gedacht. Die Frau, die dein Herz gebrochen hat.
Jedenfalls war mir auf einmal glasklar, dass es eben doch so etwas wie Vorsehung gibt. Und jetzt weiß ich auch, was meine Aufgabe ist. Ich werde wieder Licht und Freude in dein Leben bringen.
Und du in meins.
Doch zuerst muss ich dich finden. Was nicht gerade einfach wird, denn ich weiß ja fast nichts von dir – wenn man von den wenigen Zeilen, die du geschrieben hast, absieht.
Es ist dir doch hoffentlich recht, dass ich dein Tagebuch weiter benutze, um meine Suche nach dir zu dokumentieren?
Denn auch wenn ich nicht weiß, ob ich Medizinerin, Kellnerin oder Buchhändlerin werden will, eins ist sicher: Dich zu finden, ist Punkt eins in meinem neuen Lebensplan.

Kapitel 2

Als Claire gegen Mittag die Küche betrat, war schmutziges Frühstücksgeschirr das Einzige, was von ihren Mitbewohnern zu sehen war. Sie ließ es links liegen und steuerte den Kaffeeautomaten an – das luxuriöseste und zugleich unverzichtbarste Haushaltsgerät im Besitz der WG, deren jüngstes Mitglied sie war, und das sowohl im wörtlichen als auch im übertragenen Sinne. Ben war schon im fünften Semester und Jenny sogar im siebten. Nachdem ihr dritter Mitbewohner sein Studium abgeschlossen hatte und weggezogen war, hatten sie genau zu dem Zeitpunkt einen »Zimmer frei«-Aushang ans Schwarze Brett gehängt, als Claire davorstand, um nach einer Unterkunft Ausschau zu halten. Die Suche hatte sich damit für beide Seiten umgehend erledigt.

»Man kann auch mal Glück haben«, hatte Ben grinsend kommentiert, und sie hatte genickt. Irgendwie war es ihr gelungen, Freude vorzutäuschen. In Wahrheit war sie dazu nicht in der Lage gewesen. Schließlich war Colins Tod erst dreieinhalb Wochen her.

Jetzt, weitere sieben Wochen später, begriff sie durchaus, was für ein Wahnsinnsglück sie bei der Wohnungssuche wohl gehabt hatte. Doch echte Freude darüber empfand sie noch immer nicht. Wie könnte sie auch! Wahres Glück hätte anders ausgesehen. Auf jeden Fall hätte einer ihrer Mitbewohner Colin geheißen. Wahrscheinlich hätten sie gemeinsam eine Zweier-WG gegründet. *Never change a winning team*, hieß es nicht so? Tja, aber dann war alles so anders gekommen.

Ursprünglich hatten sie vorgehabt, nach Colins Rückkehr aus Hawaii auf Wohnungssuche zu gehen. Und sich dann in Ruhe in der neuen Stadt einzuleben, bevor das Semester im Herbst startete. Diesen Plan nun allein durchzuziehen und tatsächlich schon so lange vor Vorlesungsbeginn umzuziehen, war eine ganz spontane Entscheidung gewesen. Zu Hause hatte Claire es einfach nicht länger ausgehalten. Dort hatte sie alles an Colin erinnert. Überall hatte er seine Spuren hinterlassen: seine Zeitschriften, seine Sportsachen, seine Lieblingskaugummis. Und dann der leere Stuhl am Tisch …

Ihre Eltern ertrugen die Trauer nur, indem sie sich noch mehr als sonst in die Arbeit stürzten. Da hatte Claire beschlossen, es ebenfalls mit dieser Strategie zu probieren.

Und hier war sie nun. In dieser verwohnten Küche, in der es mehr schmutziges Geschirr auf der Arbeitsplatte als sauberes im Schrank gab. Die grasgrüne Kaffeetasse in ihrer Hand trug die Aufschrift »Morgenmuffel«. Sie hatte ihrem Vormieter gehört, und Claire hatte sie mitsamt seiner wackeligen Bücherregale, dem zerschrammten Schreibtisch und dem halb vertrockneten Gummibaum übernommen.

Die Tasse passte perfekt zu ihr. Sie war morgens keine gute Gesprächspartnerin. Zum Glück erwartete das hier auch niemand von ihr. Ihre Mitbewohner waren zwar nett, aber selten zu Hause, und wenn doch, ließen sie Claire meist in Ruhe. Sie schienen zu spüren, dass sie weder auf Small Talk aus war noch ausgefragt werden wollte.

Vielleicht war sie ihnen auch gleichgültig? Ben war vollauf mit seinen wechselnden Freundinnen beschäftigt, und Jenny trieb in jeder freien Minute Sport. So auch jetzt. Noch im Bett liegend, hatte Claire mitbekommen, wie Ben und seine aktuelle Eroberung ins Schwimmbad aufgebrochen waren und Jenny ihr Rennrad durch den Flur gerollt hatte, um wenig später die Wohnungstür hinter sich ins Schloss zu ziehen. Claire hätte weder mit dem einen noch mit der anderen tauschen wollen. Ihre helle Haut vertrug keine Sonne, und Radfahren war so überhaupt nicht ihr Ding. Schon gar nicht um diese Uhrzeit.

Nach der zweiten Tasse kam ihr Gehirn langsam in die Gänge. Und die Erinnerungen kehrten zurück. An den Rucksack, den Unbekannten, das Tagebuch, ihren Plan.

Zurück in ihrem Zimmer las sie noch einmal durch, was sie am frühen Morgen geschrieben hatte. Offenbar hatte sie sich vorgenommen, den Fremden, der nun immerhin einen Namen hatte, um jeden Preis zu finden – und das nicht nur, um ihm seinen Rucksack zurückzugeben, sondern auch, um »Licht und Freude in sein Leben zu bringen«. Wie war sie denn nur auf diese pathetische Formulierung gekommen? Und überhaupt – als hätte ausgerechnet sie Licht und Freude im Überfluss …

Dennoch – irgendetwas hatte sie dazu gebracht, genau so

zu empfinden. Und wenn es nur die Müdigkeit war – oder ihre Verzweiflung.

Heute Morgen kam Claire die Entschlossenheit, mit der sie vor wenigen Stunden ihr neues Lebensziel formuliert hatte, reichlich albern vor.

Andererseits hatte sie auch keinen Alternativplan. Weder für ihr Leben noch für den heutigen Tag, an dem sie freihatte. Mit anderen Worten: viel Zeit zum Grübeln. Was ihr nicht guttat, so viel war klar.

Es war immer besser, sich irgendwie zu beschäftigen. Und wenn es nur mit Putzen war.

Nachdem Claire den Inhalt des Rucksacks, der immer noch verstreut auf dem Boden herumlag, wieder eingeräumt hatte, machte sie ihr Bett und saugte den Dielenboden ihres Zimmers und den bunten Flickenteppich. Weil sie schon mal dabei war, auch gleich noch den Flur und die Küche. Dann spülte sie das dreckige Geschirr, trocknete es ab und räumte alles in den alten Küchenschrank, den irgendjemand einmal hellblau lackiert hatte, doch an einigen Stellen schimmerte das Naturholz durch. Vielleicht lohnte es sich, ihn irgendwann einmal abzuschleifen und zu ölen – dann könnte daraus ein richtiges Schmuckstück werden, überlegte sie. Anschließend putzte sie das Bad und wischte den Kühlschrank aus.

Leider war sie schon nach einer knappen Stunde mit allem fertig. Noch so viel vom Tag übrig – und so wenig zu tun.

Was nun? Eine weitere Tasse Kaffee? Lieber nicht – ihr war es auch ohne Heißgetränk schon warm genug.

Unentschlossen ließ sich Claire auf ihren Schreibtischstuhl sinken und schaute sich ratlos um. Sie konnte wohl schlecht den Rest des Tages in ihrer trostlosen Fünfzehn-Quadratmeter-Bude verbringen!

Was im Fernsehen lief, konnte sie nicht ertragen. Das meiste war belangloser Schrott. Und Lesen war auch keine Alternative. Sie konnte sich einfach nicht darauf konzentrieren. Spätestens nach einer halben Seite verlor sie den Faden, und ihre Gedanken gingen auf Wanderschaft. Weg von der Geschichte, hin zu Colin und ihrer Trauer.

Und das Internet hatte seit jenem dunklen Tag im Juni keinen Reiz mehr für Claire, im Gegenteil – die vielen Trauerpostings auf Facebook zu lesen, war für sie unglaublich schmerzhaft gewesen. Bestimmt hatten es alle nur gut gemeint, aber Claire ertrug es einfach nicht, immer wieder nachzulesen, welche Betroffenheit Colins Tod ausgelöst hatte. Was waren das überhaupt für Leute, die ihre Pinnwand mit Beileidsbekundungen vollschrieben? Sie kannte die wenigsten davon. Ein bisschen hatte sie auch das Gefühl, dass bei einigen Sensationsgier mit im Spiel war. Sie sonnten sich in der makabren Tatsache, einen tragisch Verunglückten gekannt zu haben. Irgendjemand hatte geschrieben: »RIP Colin. Du fehlst. Meine Tränen wollen nicht versiegen.« Das war ihr schlichtweg unverschämt vorgekommen. Sie war doch diejenige, die litt, die weinte, die nicht mehr ein noch aus wusste. Wie konnte eine entfernte Bekannte, die mit Colin nur ganz lose befreundet gewesen war, so etwas Theatralisches posten? Danach hatte sie die Nase von Facebook gestrichen voll gehabt.

Jetzt aber beschloss sie spontan, ihre Social-Media-Abstinenz zu unterbrechen. Sie zog ihr Handy hervor, loggte sich bei Facebook ein und tippte »Samuel« ins Suchfenster ein.

Das Ergebnis war niederschmetternd. Natürlich gab es unzählige User mit diesem Namen! Selbst in Kombination mit der Ortsangabe waren es noch unglaublich viele. Dennoch machte sich Claire die Mühe, sämtliche Seiten genau durchzugehen und jedes einzelne Profilbild anzuklicken. Es waren über hundert, und es dauerte über eine Stunde, sie alle zu checken, doch keiner sah aus wie der Unbekannte von heute Nacht.

Das hätte ich mir auch sparen können, dachte Claire und warf ihr Handy aufs Bett.

Dann blieb ihr Blick an dem Rucksack hängen. Sofort meldete sich das schlechte Gewissen. Sie hätte das Ding wirklich abgeben sollen! Theoretisch konnte sie das auch immer noch tun. Oder noch besser: Sie könnte sich tatsächlich auf die Suche nach Samuel machen.

Aber wo?

Sicher fuhr er öfter mit dem Stadtbus. Jedenfalls hatte er nicht wie jemand gewirkt, der das nicht gewohnt war. Solche Leute erkannte man an der nervösen Art, wie sie die Haltestellenanzeige im Blick behielten, am zögernden Nachdruck, mit dem sie den Stopp-Knopf betätigten, und an ihrer unübersehbaren Sorge, die Tür könnte klemmen.

Keins dieser Symptome traf auf Samuel zu. Er musste wohl ein regelmäßiger Fahrgast sein. Wenn also irgendwo die Chancen gut standen, ihm wieder zu begegnen, dann in einem Bus der Linie acht.

Warum eigentlich nicht? Sie hatte schließlich nichts Besseres vor. Und besaß eine Monatskarte. Also schnappte sie sich den Rucksack und machte sich auf den Weg.

Linie acht pendelte zwischen dem Waldfriedhof im Osten der Stadt und der Fünfzigerjahre-Wohnsiedlung ganz im Westen, nahe der Autobahnauffahrt. Die Fahrzeit von einer zur anderen Endhaltestelle betrug genau eine Stunde und vierzehn Minuten. Nachdem sie zum zweiten Mal hin und wieder zurück gefahren war, kannte sie die meisten der siebenunddreißig Haltestellen mit Namen.

Der Fahrer kommentierte ihren Linie-acht-Marathon nicht – jedenfalls nicht mit Worten. Aber mit einem Stirnrunzeln und immer häufigeren Blicken in den Rückspiegel.

Was er wohl von ihr dachte? Dass sie obdachlos war? Nein, sicher nicht, denn dann hätte sie es in einem Park unter einem Schatten spendenden Baum sicher bequemer gehabt als in diesem nicht klimatisierten Stadtbus.

Vielleicht hielt er sie für ein bisschen verrückt? Nun ja, damit hätte er ja nicht einmal so ganz unrecht. Es war schon ziemlich schräg, was sie hier veranstaltete. Aber sie hatte sich nun mal dazu entschlossen, also blieb sie auch dabei. Es musste ja nicht unbedingt in diesem Bus sein. Bevor der

Fahrer die Pause am nächsten Endpunkt der Linie womöglich dazu nutzte, sie auszuhorchen, verließ Claire ihn lieber auf halber Strecke, ohne darauf zu achten, wie die Haltestelle hieß.

Es war dieselbe, an der Samuel heute Nacht ausgestiegen war. Sie erkannte das nicht auf Anhieb – erst als sie sich umschaute und den Kiosk mit dem unverwechselbaren Namen *Prost Mahlzeit* entdeckte, der jetzt zum Glück geöffnet war. Sie hatte einen Riesendurst, wie ihr auf einmal bewusst wurde, und kaufte sich eine große Flasche Wasser.

Der Kioskbesitzer machte eine launige Bemerkung über das heiße Spätsommerwetter. Claire lächelte geistesabwesend. Sie hatte gar nicht richtig zugehört, aber der Mann war sehr nett, so viel hatte sie mitbekommen.

Ich könnte ihn nach Samuel fragen, schoss ihr durch den Kopf. Schließlich konnte es gut sein, dass er hier öfter mal abhing. Vielleicht war er sogar Stammkunde. Aber wie hätte sie ihn beschreiben sollen? Junger Mann mit traurigen Augen, ohne Hipster-Bart und Undercut, dafür mit Zu-faul-zum-Rasieren-Stoppeln und Wuschelmähne? Nach diesem Steckbrief würden ihn womöglich nicht mal seine eigenen Eltern erkennen.

Sie steckte also nur ihr Wechselgeld ein, nickte und ging ohne ein weiteres Wort.

Während sie das Wasser trank und auf den nächsten Bus wartete, behielt sie die Passanten im Auge. Vielleicht war Samuel ja darunter? Sie hätte ihn sofort erkannt, da war sie sicher. So schwierig es gewesen wäre, sein Gesicht zu beschreiben, so einfach gelang es ihr, es vor ihrem inneren Auge heraufzubeschwören.

Seltsam. Für die meisten Menschen war er womöglich ein Durchschnittstyp, doch für sie einfach unverwechselbar. War vielleicht doch etwas dran an dem Gedanken, dass da eine besondere Verbindung zwischen ihnen bestand? Aber falls ja – worauf gründete sie sich? Auf der flüchtigen Illusion, er sähe Colin ähnlich? Das wäre ja lächerlich. Dann schon eher auf dem Schmerz, den sein Tagebucheintrag verriet. Er litt. Genau wie sie – wenn auch aus völlig anderen Gründen. Aber war Liebeskummer nicht auch eine Form der Trauer?

Der Platz um den Kiosk war ganz schön belebt. Claire beobachtete junge Mütter mit Kinderwagen und Babytragen, Geschäftsmänner in Anzügen und Krawatten, Schulkinder auf dem Nachhauseweg, junge Männer mit stylishen Frisuren, schwer beladene Leute mit Handy am Ohr und ein älteres Ehepaar, das Hand in Hand an ihr vorbeispazierte. Claire fand ihren Anblick rührend. Sie wirkten noch immer so verliebt! Ob sie wohl auch so eine aufregende Kennenlerngeschichte erlebt hatten wie sie und Samuel?

Wobei – sie und Samuel hatten ja überhaupt keine Kennenlerngeschichte. Noch nicht. Und wie es aussah, würde sich daran hier und jetzt auch nichts ändern, denn von ihm war weit und breit nichts zu sehen.

Der Bus kam. Diesmal saß eine Fahrerin am Steuer. Claire suchte sich im hinteren Teil des Fahrgastraums einen Platz –

dort, wo sie mit ihrem Dauertrip nicht so auffiel. Aber vielleicht würde sie diesmal ohnehin nicht so lange im selben Bus bleiben. Die kleine Pause hatte ihr gutgetan. Außerdem stieg mit jedem Wechsel von einem Bus in den anderen die Chance, auf Samuel zu treffen. Jedenfalls redete sie sich das ein. Wahrscheinlichkeitsrechnung war nicht gerade ihre Stärke gewesen damals im Mathe-Leistungskurs. Das Halbjahr, in dem dieses Thema auf dem Lehrplan gestanden hatte, war ihr schwächstes überhaupt gewesen. Ohne Colin hätte sie das nie geschafft. Mit seiner Hilfe war sie immerhin noch auf eine Drei minus gekommen.

Aber hier und jetzt konnte Colin ihr nicht helfen. Sie war ganz auf sich allein gestellt bei ihrer Suche nach dem traurigen Samuel.

Dessen Tagebucheintrag war ihr wirklich nahegegangen. Sie hätte nie gedacht, dass Liebeskummer so schmerzhaft sein konnte. Denn damit kannte sie sich nicht wirklich aus.

Natürlich war sie nicht immer Single gewesen. Sie hatte immer mal wieder einen Freund gehabt, aber nie für lange Zeit, und meist war das Ganze ohnehin eher halbherzig gewesen. Nur um mitreden zu können. Fast immer war dann auch Claire diejenige gewesen, die die Beziehung nach einer Weile beendete – aus Langeweile. Überdruss. Und weil sie einfach nicht richtig verliebt war. Deshalb machte es ihr auch wenig aus, wenn ausnahmsweise mal sie diejenige war, die verlassen wurde.

Fast beneidete sie Samuel um seine Erfahrung. Wer so großen Liebeskummer hatte, musste auch eine große Liebe erlebt haben. Dieses Gefühl kannte sie nicht – sie konnte es nur vage erahnen.

Nicht, dass sie kaltherzig gewesen wäre, nein – eigentlich war sie sogar außerordentlich emotional. Ertrug manchmal nicht einmal die Nachrichten, wenn wieder einmal so viel Schlimmes in der Welt passiert war. Zerfloss fast vor Mitleid, wenn es anderen in ihrer Umgebung schlecht ging. Und als Colin sich damals den Arm gebrochen hatte, hatte sie Schmerz an derselben Stelle verspürt.

Der hatte nur augenzwinkernd kommentiert, sie hätte wohl eine Überdosis Empathie abbekommen, als die Gefühle verteilt worden waren.

Gut möglich. Claire stand dazu. Nur das größte aller Gefühle hatte sie noch nicht kennengelernt. Vermutlich war sie dem Richtigen bislang einfach nicht begegnet.

Was, wenn Samuel der berühmte Mister Right war?

Andererseits – gab es so was wie den Richtigen überhaupt? Colin fand diesen Gedanken völlig abwegig. »Wenn es wirklich für jeden Menschen auf diesem Planeten nur einen perfekten Partner gäbe, wäre das nicht fürchterlich? Die meisten dieser theoretischen Traumpaare würden einander nie begegnen, weil sie zufällig in völlig unterschiedlichen Städten, Ländern und sogar Kontinenten leben«, hatte er einmal argumentiert, und das klang natürlich logisch. Nach angewandter Wahrscheinlichkeitsrechnung. Sehr unromantisch. Aber vermutlich sachlich richtig.

»Willst du etwa behaupten, dass es egal ist, in wen man

sich verliebt?«, hatte Claire damals empört widersprochen, und er hatte gelacht. »Das nicht gerade. Aber ich schätze mal, es gibt für jeden von uns mindestens Tausende, wenn nicht sogar Zehntausende oder noch mehr passende Partner auf der Welt, mit denen wir glücklich werden könnten.«

Warum war sie dann ohne Partner meist glücklicher als mit? Diese Frage stellte sie nur sich selbst. Mit ihrem Bruder hatte sie zwar fast alles bereden können, doch es gab Grenzen. Und dieses Thema war eine davon. Nicht, weil es ihr zu intim war, sondern weil er sie und ihre Selbstzweifel bestimmt nicht verstanden hätte.

Colin war kein Traumtänzer. Er neigte dazu, sachlich zu argumentieren, vernünftige Entscheidungen zu treffen und seine Zukunft klug zu planen – aber der Spaß durfte dabei nicht zu kurz kommen. Das war sein Lebensmotto. Spaß, das umfasste bei ihm Partys, Mädchen und Abenteuer. So wie die Hawaii-Reise …

Abrupt drückte Claire auf den Stopp-Knopf und stand auf. Zeit für einen Ortswechsel. Hoffentlich blieben ihre Gedanken in diesem Bus zurück, wenn sie jetzt ausstieg und ihr Glück im nächsten versuchte.

Es war schon halb zehn, als sie schließlich aufgab. Vom vielen Hin-und-her-Fahren war sie so müde geworden, dass sie um ein Haar den Rucksack liegen gelassen hätte.

Das hätte gerade noch gefehlt! Zum Glück hatte sie es in letzter Sekunde bemerkt. Sie schwang den Rucksack über eine Schulter und machte sich auf den Heimweg. Unterwegs kaufte sie sich irgendwo ein Sandwich und aß es im Gehen.

»Hey, schon Feierabend?«, begrüßte Jenny ihre Mitbewohnerin gut gelaunt. Ben und sie saßen am Küchentisch, sie mit einem Buch, er mit seinem Handy in der Hand, beide ein Glas Rotwein vor sich, der fast die gleiche Farbe wie ihre ratzekurz geschnittenen Haare hatte. »Cool, deine Putzaktion. Danke! Aber laut Plan war eigentlich ich dran. Ich hätte das gleich nach dem Training erledigt.«

An den Putzplan hatte Claire heute Morgen überhaupt nicht gedacht. »Ich hatte Zeit und musste mich ein bisschen ... abreagieren«, sagte sie. Eigentlich war »ablenken« das Wort, das sie hatte benutzen wollen, aber das hätte nur jede Menge Fragen nach sich gezogen. Also beendete sie den Satz spontan anders als geplant.

»Hattest du Ärger in der Bar?«, fragte Ben, ohne von seinem Handy aufzuschauen. Bestimmt chattete er gerade mit seiner Flamme. Fragte sich nur, ob es noch die von heute Morgen war oder schon eine Neueroberung – beides lag im Bereich des Möglichen. Und eigentlich war es Claire auch egal, Hauptsache, sie passte nicht in sein Beuteschema. Offenbar stand er nicht auf Schneewittchentypen mit Pagenkopf, und das war auch gut so.

»Ach, halb so wild, das bin ich inzwischen gewohnt«, erwiderte Claire ausweichend.

»Auch ein Glas Wein?« Jenny deutete auf die Merlot-Flasche und nickte ihr mit einem auffordernden Lächeln zu.

»Danke, das ist lieb, aber heute nicht. Ich bin müde.«

»Okay. Ein anderes Mal«, sagte Jenny und richtete ihre Aufmerksamkeit schon wieder auf ihr Buch.

Claire beneidete sie um die Fähigkeit, sich so ganz und gar in die Geschichte zu vertiefen. Früher hatte sie nie einschlafen können, ohne vorher wenigstens eine Seite gelesen zu haben.

Das hatte sie schon lange nicht mehr getan. Und auch heute würde sie nicht lesen.

Sondern schreiben.

8. September

Ist es zu fassen, dass ich noch nie Liebeskummer hatte? Ich meine – das hätte ich doch bemerkt, oder? Nach allem, was ich darüber höre und lese, bin ich auch gar nicht allzu traurig darüber. Dieser Schmerz, die Einsamkeit, die Sehnsucht – das ist nichts, wonach ich mich sehne.

Zumal ich das alles ja nur zu gut kenne. Nur heißt mein Leiden nicht Liebeskummer, sondern Trauer.

Die Symptome sind ähnlich. Genau wie die Ursachen.

Wenn man sich über Wochen, Monate, Jahre oder – wie in meinem Fall – sogar lebenslänglich als Teil eines Paares definiert hat, wer ist man dann überhaupt, wenn man plötzlich allein ist?

Ich war nie einfach nur Claire.

Colin und Claire kommen in den Kindergarten, hieß es.

Oder: Colin und Claire lernen schwimmen.

Colin und Claire gehen in die Schule.

Colin und Claire machen den Führerschein.

Colin und Claire wollen Medizin studieren.

Oder ist meine Erinnerung schon durch den Verlust verzerrt?

Wir waren schließlich keine siamesischen Zwillinge – Colin war ganz oft ohne mich unterwegs. Beim Sport, auf Partys, bei seinen Kumpels …

Und ich hatte natürlich auch meine Hobbys. Na ja, ich hab früher viel gelesen. Ich hatte meine Mädels-Clique. Und hin und wieder auch einen Freund. Aber in der Clique war ich eine von

vielen, eine Mitläuferin. Eine beste Freundin hatte ich nicht. Und die Beziehungen waren nie besonders intensiv. So richtig verliebt war ich wohl noch nie.
Komisch, dass mir das jetzt erst auffällt. Wo ich doch gar nicht in der Stimmung für Romantik bin.
Aber in was für einer Stimmung bin ich überhaupt? Was könnte mich aufheitern? Mir eine Perspektive geben?
Hat nicht jeder einen großen Traum? Oder sogar mehrere?
Jenny zum Beispiel will nächstes Jahr am New-York-Marathon teilnehmen und irgendwann an einem Ironman. Dafür trainiert sie wie eine Wilde. Holt das Letzte aus sich heraus. Die Ziele sind ihre Motivation.
Und Ben? Keine Ahnung. Vermutlich will er seinen Samen großzügig über das ganze Land verteilen und der Welt möglichst viele Nachkommen hinterlassen …
Okay, das war jetzt böse. So schlimm ist er bestimmt nicht. Nur eben lebenslustig. Dafür, dass ich es so gar nicht bin, kann schließlich keiner was. Vermutlich träumt Ben tief in seinem Inneren von einem Spießerleben. Heiraten, Häuschen im Grünen, zwei Kinder und ein Golden Retriever.
Und ich? Weiß nicht mal, ob ich wirklich noch Medizin studieren will. Oder sonst irgendwas.
Eine Karriere, eine Familie, eine Zukunft ohne Colin kann ich mir im Moment einfach nicht vorstellen.
Aber ganz ohne Plan und Ziel ist das Leben völlig sinnlos. Da gibt es keinen Grund, morgens überhaupt aufzustehen.
Vielleicht war es ganz gut, dass ich jetzt wenigstens ein Pro-

jekt habe: nämlich dich zu finden, Sam, und dir den Rucksack zurückzugeben.
Klingt reichlich albern. Nicht so spektakulär wie das mit dem Marathon. Aber es ist etwas, was ich tun muss und will. Und sei es nur, um mich dafür zu entschuldigen, dass ich einfach in ein fremdes Tagebuch kritzele, statt mir selbst eins zu kaufen. Das ist einfach so passiert. Gegen die Macht der Gefühle kommt man eben nicht an. Wer wüsste das besser als du?

Kapitel 3

Der September zeigte sich von seiner allerschönsten Seite. Blauer Himmel, Sonne, ein paar fluffige Schäfchenwolken. Nichts wies auf drohende Herbststürme, Nebelfelder und Niederschläge hin, obwohl jeder wusste, dass die unweigerlich bevorstanden. Selbst wenn ein goldener Oktober folgen würde, am Novembergrau führte kein Weg vorbei.

Aber wer wollte schon bei fünfundzwanzig Grad und übervollen Biergärten, Eisdielen und Straßencafés an so etwas denken? Claire jedenfalls nicht. Zwar gehörte sie mit ihrem empfindlichen Teint nicht gerade zu den typischen Sonnenanbetern, und davon, dass sie den Spätsommer genoss, konnte auch nicht gerade die Rede sein. Es war vielmehr so, dass ihr die Aussicht auf die dunkle, kalte Jahreszeit Angst machte. Noch mehr Schwermut konnte sie eigentlich nicht verkraften. Ihr Leben war auch so schon trist genug.

Verdrängung erschien ihr ohnehin eine clevere Strategie zu sein. Völlig unverständlich, warum Psychoanalytiker genau davor warnten. Was konnte es schon bringen, sich in seinem Elend zu suhlen und permanent Salz in die Wunden zu streuen, indem man sich das eigene Unglück immer wieder schonungslos vor Augen führte? Nicht gerade verlockend. Sie wollte nichts besprechen, nichts verarbeiten, schon gar nichts therapieren. Lieber bekäme sie eine Neurose.

Wobei – vielleicht hatte sie längst eine? Täglich mehrfach vom Waldfriedhof zur Weststadt und zurück zu fahren, hatte durchaus etwas leicht Neurotisches, das musste sie zugeben.

Claire wusste selbst, dass es ein hoffnungsloses Unterfangen war, darauf zu hoffen, irgendwann würde ein gewisser Typ mit traurigen Augen einsteigen. Das wäre schon ein Riesenzufall.

Und dennoch tat sie es. Seit Tagen!

Sie konnte einfach an nichts anderes mehr denken als an den unbekannten Tagebuchschreiber namens Samuel. Ständig tauchte sein Gesicht vor ihrem inneren Auge auf, und manchmal schien er sogar zu lächeln. Was verrückt war, denn sein Lächeln hatte sie ja nie gesehen.

Wenn sie in ihrem Zimmer war, starrte sie stundenlang auf die Sachen aus seinem Rucksack. So als müsste sie einfach nur beharrlich genug sein, bis die stummen Gegenstände allein dank ihrer Geduld ihren Widerstand aufgäben und ihr Geheimnis verrieten. Oder wenigstens einen Hinweis, die Claire auf Samuels Spur bringen würden. Aber die Erleuchtung blieb aus.

Es ging ihr schon lange nicht mehr nur darum, ihm den Rucksack zurückzugeben. Inzwischen war es vielmehr zu einer fixen Idee geworden, ihn zu finden. Um jeden Preis. Als ob das die Lösung ihrer Probleme wäre und Antworten auf ihre Lebensfragen liefern könnte.

Mit Logik hatte das nichts zu tun. Oder mit Vernunft. Ja, der Rucksack war gar nicht mehr so wichtig, denn der war ersetzbar, und sein mickriger Inhalt erst recht. Wonach sie sich vor allen Dingen sehnte, war, Sam wiederzusehen. Hatte das Schicksal ihr nicht genug Schlimmes angetan? Da verdiente sie ja wohl die Chance, ihn kennenzulernen. Seine Stimme zu hören. Ihm tief in seine traurigen Augen zu schauen …

Ja, dafür lohnte sich die Suche!

Zum Glück hatte das Semester noch nicht angefangen, daher hatte Claire tagsüber frei und arbeitete nur abends. So konnte sie den Großteil ihrer Freizeit im Bus verbringen. Immer wieder – hin und her. Mit Pausen an den unterschiedlichsten Haltestellen. Und das Ganze zu den unmöglichsten Uhrzeiten.

Doch er tauchte nicht auf. Es war wie verhext.

Als sie nach Hause kam, um sich vor der Arbeit umzuziehen, traf sie Jenny in der Küche.

»Warst du laufen?«, fragte sie mit Blick auf Claires verschwitztes T-Shirt und die bequemen Shorts.

»Laufen? Du meinst Sport? Oh nein!«, rief Claire so entsetzt aus, dass Jenny lachen musste. Doch nach einem Blick in Claires Gesicht verstummte sie sofort und schaute sie fragend an.

»Alles okay bei dir? Du wirkst so … in dich gekehrt.«

Claire spürte, dass Leugnen keinen Sinn hatte. Wenn sie jetzt behauptete, alles sei bestens, würde Jenny ihr das nicht glauben.

»Eigentlich nicht«, gab sie daher zu. »Aber ich möchte nicht darüber reden.« Okay, das klang vielleicht barscher als gewollt. »Jedenfalls im Moment noch nicht«, fügte sie leise hinzu und hoffte, dass Jenny nicht anfangen würde zu bohren.

Doch die nickte nur. »Okay«, sagte sie und angelte sich eine Tasse aus dem Regal. »Magst du auch einen Kaffee?«

Eigentlich hatte Claire sich nur schnell ein bisschen aufhübschen und dann auf den Weg zur *UnzähmBar* machen wollen. Aber eine Dosis Koffein würde ihr jetzt guttun. Außerdem wollte sie Jenny nicht schon wieder vor den Kopf stoßen.

»Das ist lieb, danke«, sagte sie und ließ sich auf einen der Küchenstühle fallen, während Jenny die Maschine startete. Als Jenny sich zur ihr setzte, bereute Claire schon, nicht die Flucht ergriffen zu haben. Jenny hatte ihr Verhör bestimmt nur aufgeschoben, und jetzt saß sie hier fest, bis die Tasse leer war. Um ein Haar hätte sie sich die Lippen verbrannt. Das hatte sie jetzt von ihrer Eile.

Doch das wäre gar nicht nötig gewesen. Jenny trank ihren Kaffee schweigend, und Claire tat es ihr gleich.

Eigentlich empfand sie die Stille als wohltuend. Wie das wohl auf Jenny wirkte? Eher unangenehm, fast peinlich womöglich? Nein, den Eindruck machte sie nicht. Sie schien ganz in sich selbst zu ruhen und einfach nur den Kaffee zu genießen.

Dachte Jenny wohl auch so positiv über sie? Oder hielt sie ihre neue Mitbewohnerin für verstockt, unfreundlich und unkommunikativ?

Okay, sie hatte keine Lust, über ihre Probleme zu reden. Dazu kannte sie Jenny noch nicht gut genug. Aber ein bisschen Small Talk konnte schließlich nicht schaden. Nur worüber? Vielleicht übers Wetter? Nein, das war albern. Übers Wetter sprachen nur Leute, denen sonst nichts einfiel.

»Puh, ganz schön heiß heute«, sagte Jenny plötzlich in die Stille hinein.

Claire prustete los.

Jenny lachte mit, ohne zu wissen, worüber. »Was ist daran so komisch?«, fragte sie schließlich.

»Eigentlich gar nichts.« Claire lächelte. »Ich wollte nur gerade dasselbe sagen.«

Und das stimmte ja auch fast.

»Was hast du Schönes vor heute? Gehst du ins Freibad?«, nahm Jenny den Gesprächsfaden wieder auf.

Claire runzelte die Stirn. Jenny hatte absolut recht – heute wäre der perfekte Tag dafür. Aber sie war einfach nicht in der richtigen Stimmung. Ob sie das wohl je wieder sein würde? Nachdem Colin ertrunken war? Sie konnte es sich kaum vorstellen.

Genauso wenig glaubte sie, dass Samuel seinen Liebeskummer ausgerechnet an so einem Ort zu überwinden versuchte. Zumal es ihr seltsam vorkäme, ihm beim ersten Wiedersehen ausgerechnet im Bikini gegenüberzustehen.

»Gute Idee«, antwortete sie deshalb nur vage. »Mal sehen, ob ich dazu komme.« Im Stillen sehnte sie sich nach den Zeiten zurück, in denen ein entspannter Tag am Wasser eine harmlose Selbstverständlichkeit gewesen war.

Jenny nickte, als verstünde sie auch den unausgesprochenen Teil ihrer Antwort. »Und wenn du doch einmal reden willst, sag einfach Bescheid.« Sie stellte ihre leere Tasse in die Spüle. »Ich bin eine gute Zuhörerin.«

Claire nickte.

»Vielleicht probierst du es ja doch mal mit Training. Beim Sport sortieren sich die Gedanken wie von selbst, du wirst sehen.«

»Ja, vielleicht«, sagte Claire, um nicht unhöflich zu sein, doch sie zog dabei eine Grimasse, die sicher auch Jenny nicht verborgen blieb. Sport war nun mal das Allheilmittel ihrer Mitbewohnerin – das hieß ja aber noch lange nicht, dass das auch bei ihr funktionieren würde. Claire hatte jedenfalls nicht vor, es auszuprobieren. Lieber würde sie für alle Zeiten auf Kaffee verzichten.

Jenny war schon fast zur Tür raus, als sie sich noch einmal umdrehte. »Manchmal schadet es nichts, einfach mal was ganz Neues auszuprobieren. Vor allem, wenn man irgendwie unzufrieden ist. Was hast du schon zu verlieren – außer ein paar Verspannungen?« Und weg war sie.

Erst als sie unter der Dusche stand, dämmerte Claire, dass Jenny wohl aufs Joggen angespielt hatte. Obwohl ihr nichts ferner lag, setzte sich der Gedanke in ihrem Kopf fest:

Ja, warum eigentlich nicht?

Sie hatte nun wirklich nichts zu verlieren. Ihr Leben war momentan alles andere als perfekt. Dass sich das von selbst änderte, war nicht zu erwarten. Das geschah wohl nur, wenn sie selbst an ein paar Stellschrauben drehte. Hieß es nicht, der Flügelschlag eines Schmetterlings könnte Tausende Kilometer entfernt einen Wirbelsturm auslösen? Alles hing irgendwie zusammen, auf eine unerklärliche, kaum nachvollziehbare

Art und Weise. Genau wie sie und Samuel auf einer mysteriösen Ebene miteinander verbunden waren.

Wenn sie also eine Winzigkeit anders machte als sonst, konnte das ungeahnte Möglichkeiten nach sich ziehen. Womöglich würde sie das Samuel irgendwie näher bringen? Okay, das grenzte jetzt schon fast an Aberglaube. Andererseits würde es sie auch nicht weiter von Sam entfernen. *So what?*

Unentschlossen stand sie vor dem Spiegel, den Fön in der einen, den Kamm in der anderen Hand.

Was, wenn sie einfach mal den Scheitel auf der anderen Seite zog? Nicht links, wie sonst immer, sondern rechts. Ein völlig unbedeutendes Detail, das vermutlich niemandem außer ihr selbst auffallen würde.

Nachdem sie den Fön ausgeschaltet und beiseitegelegt hatte, betrachtete Claire ihr Spiegelbild eingehend. Der Wahnsinn – was für ein Unterschied! Es war, als würde sie in ein fremdes Gesicht blicken.

Vielleicht geriet ihr Make-up deshalb ein klein wenig mutiger als sonst. Sie schminkte sich Smokey Eyes und legte einen hellroten Lippenstift auf, den sie mehr aus Versehen gekauft hatte. Normalerweise benutzte sie nur Lipgloss.

Und wenn sie schon mal dabei war, ihren Style zu verändern, konnte sie auch gleich noch eins draufsetzen und die übliche Skinny Jeans durch einen knallroten Rock ersetzen, den sie einmal in einem Anfall von Übermut gekauft, aber noch nie getragen hatte. Statt für eine Bluse oder ein T-Shirt entschied sie sich für ein schwarzes Top, und damit ihr später nicht kalt würde, nahm sie ihre Jeansjacke mit. Nur bei den Schuhen blieb sie beim Altbewährten: Das stundenlange Stehen hinter der Theke ertrug sie nur in den bequemen Sneakers. Da wagte sie keine Experimente.

Das erste Kompliment bekam sie schon im Umkleideraum. Mirjam, die heute Abend bedienen würde, schlüpfte gerade in ihre hochhackigen Sandalen, in denen Claire keine halbe Stunde durchgehalten hätte.

»Wow, richtig cool siehst du aus«, sagte Mirjam. »Neue Frisur?«

Apropos Schmetterlingsflügelschlag.

»Danke – nein, nur ein bisschen anders gestylt«, erwiderte Claire und verstaute Handtasche und Jacke im abschließbaren Spind.

»Steht dir«, meinte Mirjam, die selbst viel Wert auf ihr Styling legte und nicht mit ihren Reizen geizte. Mit ihrer langen Lockenmähne, den vollen Lippen und ihrer Modelfigur wäre sie allerdings auch ohne Make-up und modischem Outfit ein Hingucker gewesen. »Ich tippe auf zehn Prozent mehr Trinkgeld.«

Weil sie den Scheitel anders gezogen hatte? Das war ja wohl reichlich übertrieben!

»Kann ich mir kaum vorstellen.«

»Wetten wir? Wenn ich recht habe, gibst du mir die Hälfte von deiner Ausbeute ab.«

Claire zögerte nicht lange. »Okay. Und wenn nicht …?«

»Dann bekommst du natürlich die Hälfte von meinem Trinkgeld.«

Puh, das war ein hoher Einsatz. Mirjam musste sich ja ganz schön sicher sein – schließlich kassierte sie bei viel mehr Kunden ab als Claire, die dafür einen etwas höheren Stundenlohn bekam.

Ihre ersten Gäste an der Theke waren zwei Herren um die sechzig, beide in bunt gemusterten Hemden und mit identischen Ringen am kleinen Finger. Ganz offensichtlich ein Paar und Stammgäste obendrein – Claire hatte sie schon öfter hier gesehen, allerdings noch nie bedient.

»Zwei Bloody Mary, bitte«, bestellte der etwas Rundlichere von beiden. »Schickes Outfit, übrigens«, fügte er zu Claires großem Erstaunen hinzu.

»Oh – ähm, danke«, erwiderte sie verblüfft. Okay, am souveränen Komplimente-Annehmen musste sie noch arbeiten. Dennoch freute sie sich. »Die Drinks kommen sofort«, sagte sie dann und machte sich schnell an die Arbeit. Mit geübten Griffen mixte sie Tomatensaft mit Wodka und würzte den Cocktail mit Salz, Pfeffer, Zitronensaft, Worcestersoße und Tabasco.

»Das ging ja flott«, kommentierte der andere, als Claire die Cocktails servierte. »Sie haben's echt drauf, junge Dame!«

Diesmal reagierte sie nicht ganz so unbeholfen – vielleicht fiel es ihr leichter, das Kompliment lächelnd anzunehmen, weil es sich auf ihr Können bezog, nicht auf ihr Aussehen. Damit konnte sie besser umgehen.

Nach einem gespielten Streit, wer von beiden die Zeche bezahlen durfte, überreichte Claire dem Herrn mit dem Bäuchlein die Rechnung.

»Das macht dann dreizehn Euro achtzig«, sagte sie.

»Stimmt so«, lautete die Antwort. »Auf ihr Wohl!«

Überrascht starrte Claire auf den Zwanzigeuroschein, der vor ihr auf der Theke lag.

»Vielen Dank, sehr großzügig!« Sollte Mirjam wohl doch recht behalten?

Schon nach der Hälfte ihrer Schicht kristallisierte sich heraus, dass genau das der Fall war. Die Gäste waren deutlich spendabler als sonst, und das ließ sich nicht allein durch das milde Spätsommerwetter erklären – das herrschte schließlich schon seit Wochen. Aber konnte es wirklich an ihrem veränderten Outfit liegen?

»Unfassbar, du hast die Wette jetzt schon gewonnen.« Claire überreichte Mirjam ein Glas Wasser.

»Für welchen Tisch?«

»Für dich. Du hast noch nichts getrunken, seit deine Schicht angefangen hat. Nicht, dass du noch umkippst.« Claire grinste.

»Siehst du, und deshalb hab ich auch gewonnen!«

»Weil du nichts trinkst?«

»Nein – weil du so nett bist.«

Claire verstand Mirjams Logik nicht. »Aber ich bin doch sonst auch freundlich zu unseren Gästen.«

Miriam kippte das Wasser herunter wie eine Verdurstende.

»Puh, das hat gutgetan«, seufzte sie. Dann musterte sie

Claire eingehend. »Klar bist du freundlich. Aber das ist nicht alles. Sonst bist du irgendwie verschlossener. Ich wette, jedes Kompliment, und sei es nur ein Lächeln, hat dir heute gutgetan. Und je besser du dich fühlst, desto offener gehst du auf andere zu. Das ist eine Wechselwirkung – wie ein Teufelskreis, nur positiv.« Sie stellte ihr Glas ab. »So, ich muss wieder. Tisch fünf will bezahlen.«

Während Claire die nächste Bestellung aufnahm und drei Gin Tonic mixte, beobachtete sie, wie Mirjam mit den Gästen, bei denen sie gerade abkassierte, lachte und scherzte. Dabei warf sie ihre Lockenmähne über die Schulter, und ihre strahlend blauen Augen blitzten vor Vergnügen. Wenn eine die Kunst des Flirtens in Perfektion beherrschte, dann Mirjam.

»Bitte sehr – wohl bekomm's!« Mit diesen Worten servierte sie den drei Endzwanzigerinnen mit den »Vorsicht, Junggesellinnen-Abschied«-T-Shirts die Drinks. Und selbst die waren großzügig mit ihrem Trinkgeld.

»Cooles Top«, sagte die Rothaarige, die ein Krönchen trug und vermutlich die Braut war.

Claire lächelte. »Danke.« Im Stillen staunte sie darüber, wie sehr diese harmlose Bemerkung sie freute. Offenbar war an Mirjams Theorie wirklich was dran. Das würde auch erklären, warum die bei den Gästen so beliebt war, und das, obwohl sie öfter mal Bestellungen verwechselte und nicht gerade die Schnellste war. Claire hatte geglaubt, gut in ihrem Job zu sein wäre die Hauptsache. Doch vielleicht war es gar nicht so wichtig, sämtliche Preise und Cocktailrezepte im Kopf zu haben. Mirjam schaffte es, mit einer netten Entschuldigung viel mehr Sympathien zu ernten als sie mit einem perfekten Service.

Jedenfalls war das bisher so gewesen.

Heute sah die Welt schon ein bisschen anders aus. Erstaunlich, was Kleinigkeiten bewirken konnten. Die Sache mit dem Schmetterlingseffekt stimmte offenbar doch.

Zu behaupten, sie hätte blendende Laune, wäre zwar übertrieben gewesen, aber so entspannt wie heute hatte sich Claire schon lange nicht mehr gefühlt. Inzwischen hatte sie Feierabend und war auf dem Heimweg. Diesmal musste sie keine fiktiven Biografien zu fremden Fahrgästen erfinden, um sich abzulenken – der Abend hatte ihr genug zu denken gegeben.

Erst beim Aussteigen fiel ihr ein, dass sie gar nicht nach Samuel Ausschau gehalten hatte. Was, wenn er ausgerechnet heute im Bus gewesen war und sie ihn nicht entdeckt hatte? Andererseits war sie sich fast sicher, dass er ihr direkt auffallen würde, auch ohne gezielt nach ihm zu suchen. Ihr Unterbewusstsein hätte sie garantiert alarmiert, so programmiert, wie es inzwischen auf ihn war. Sobald sie die Augen schloss, konnte sie sein traurig-sympathisches Gesicht heraufbeschwören. Und sie entdeckte darin immer mehr Details. Den leichten Schwung seiner Mundwinkel. Das Grübchen im Kinn, das selbst die Bartstoppeln nicht verdecken konnten. Die Augen, die verrieten, wie tief verletzt er war … Und sie stellte sich vor, wie diese Augen leuchten würden, wenn er jemanden verliebt anschaute.

Träumen war ja wohl erlaubt!

Jenny war schon im Bett, als Claire nach Hause kam, aber Ben stand am Herd. Seine kinnlangen braunen Haare hatte er zu einem dieser Man Buns zusammengebunden, die Colin immer als Samurai-Zipfel bezeichnet hatte. Ben sah irgendwie lässig damit aus. Als sie näher trat, erkannte Claire, dass er Spiegeleier briet. Offenbar brauchte er eine zusätzliche Dosis Proteine. Hatte seine Freundin ihn dermaßen beansprucht?

»Sieht aus, als erwartest du noch Gäste.« Claire grinste und deutete auf die Pfanne.

»Um diese Zeit? Nö, die schaff ich schon ganz alleine«, erwiderte Ben. »Es sei denn, du hast Hunger. Dann geb ich dir gern was ab.«

Er konnte ja richtig charmant sein! Kein Wunder, dass er so gut bei Frauen ankam.

»Um diese Zeit? Lieber nicht, sonst kann ich nicht einschlafen«, lehnte Claire sein Angebot ab. »Aber danke, sehr nett.«

»Ich *bin* nett! Hast du etwa daran gezweifelt?« Er zwinkerte ihr zu. Dann holte er zwei Flaschen Bier aus dem Kühlschrank und reichte ihr eine. »Hier, danach kannst du garantiert wunderbar schlafen. Bier ist ein super Stresslöser.«

Diesmal war sie zu überrumpelt, um zu widersprechen. Zum zweiten Mal für heute ließ sie sich in dieser Küche zu einem Getränk überreden. Hoffentlich versuchte Ben nicht ebenfalls, sie zu therapieren. Aber danach sah es nicht aus. Was sollte dieses alberne Zwinkern? Flirtete er etwa mit ihr? Oder war das nur ein Tick?

Das Bier schmeckte überraschend gut. Leicht bitter und herrlich erfrischend. Am liebsten hätte Claire es einfach mit in ihr Zimmer genommen, um die Flasche zu leeren, während sie ihren allabendlichen Tagebucheintrag machte. Doch das wäre unhöflich gewesen. Sie musste wohl warten, bis Ben seine Eier aufgegessen hatte. Lange konnte das ja nicht dauern, bei dem Tempo, in dem er sie jetzt vertilgte.

»Warst du auch noch aus?«, fragte er zwischen zwei Happen.

»So ähnlich. Ich habe gearbeitet. In der *UnzähmBar*. Du weißt schon, der Laden in der Altstadt.«

»Du bedienst? Krass. Wie viele Bierkrüge kannst du denn stemmen?«

»Hey, das ist nicht das Oktoberfest! Außerdem arbeite ich hinter der Theke.«

»Cool«, kommentierte Ben und nahm einen kräftigen Schluck Bier. »Ich war übrigens im Kino. In *Es – Kapitel 2*. Stehst du auf Horror?«, beantwortete er eine Frage, die Claire überhaupt nicht gestellt hatte.

»Horror? Nein, echt nicht!«

»Hin und wieder zieh ich mir so was gern mal rein. Aber eigentlich mag ich lieber was Spannendes. Oder was richtig Komisches. Das Genre ist mir eigentlich fast egal, Hauptsache, die Geschichte ist gut – und gut erzählt.«

Claire zuckte zusammen. Colin hatte einmal genau dasselbe zu ihr gesagt – fast wortwörtlich.

Sie hatte fast den ganzen Abend nicht an ihn gedacht, das wurde ihr jetzt erst bewusst. Stattdessen hatte sie gelacht, sogar geflirtet, und jetzt trank sie Bier und redete mit ihrem Mitbewohner über Filme, als hätte es Colin nie gegeben. Als wäre das nicht *ihr Ding* gewesen, gemeinsam ins Kino zu gehen. Sofort bekam sie ein schlechtes Gewissen. Was war sie nur für eine treulose Tomate? Wie konnte sie Colin nur vergessen, schließlich war sie halb krank vor Trauer um ihn …

»Sag mal, hast du vielleicht Lust, mal mitzukommen?«, fragte Ben, der von ihrem Stimmungsumschwung offenbar nichts mitbekommen hatte. »Vorhin lief die Vorschau zu einem coolen deutschen Film über zwei Freunde. Einer der beiden liegt nach einem Motorradunfall im Koma und …«

Claire sprang auf. »Danke für das Bier, aber ich muss jetzt gehen«, stieß sie heiser hervor, bevor sie Hals über Kopf in ihr Zimmer stürmte, wo sie sich schluchzend aufs Bett warf. Hatte sie eben noch befürchtet, nicht traurig genug zu sein? Nun, das Stichwort »Unfall« hatte genügt, um sich wieder genauso verlassen, verzagt und verzweifelt zu fühlen wie am Tag der Todesnachricht.

Nein, Trauer verschwindet nicht, auch wenn man sie für ein paar Stunden vergisst. Sie kommt und geht in Wellen. Und diese hier war ein verdammter Tsunami.

13. September

Ist es okay, wenn ich dich Sam nenne?
Samuel ist ein wundervoller Name, aber er wird besser zu dir passen, wenn du alt und grau bist. Sam klingt cooler. Und außerdem maskulin, gleichzeitig warmherzig und zärtlich, auf jeden Fall bodenständig und zuverlässig, nicht zu vergessen kraftvoll, entschlossen, loyal. Und humorvoll.
Nomen est omen, heißt es schließlich. Okay, es heißt auch, Namen seien Schall und Rauch, doch das halte ich für Bullshit.
Für mich bringt ein Name all das auf den Punkt, was ich über eine Person denke und weiß.
Ich geb dir ein Beispiel: Ben, mein Mitbewohner, ist ein netter Kerl, aber ein Weiberheld. Ich glaube, er hat sich nur deshalb für einen philologischen Studiengang entschieden, weil dort die Frauenquote über achtzig Prozent liegt und er automatisch der Hahn im Korb ist. Er tut so, als wäre er uneitel, doch das Gegenteil ist der Fall. Er verwendet ein Duschgel, das nach Kokos duftet, macht gern Komplimente und verabredet sich ständig mit anderen Frauen. Selbst bei mir hat er es vorhin versucht. Vermutlich zu Übungszwecken. Denn dass ich auf seine Masche nicht reinfalle, dürfte klar sein.
Völlig immun gegen Bens Charme ist übrigens auch Jenny, die das dritte Zimmer unserer WG bewohnt. Im Grunde interessiert sie sich nur für Sport, Schlaf, Krimis, schräge Musik und eiweißreiche Nahrung. Ihre Gemeinsamkeit mit Ben. Der futtert mehr Eier als ein räuberischer Marder.

All diese Informationen schwingen also mit, wenn ich an Ben denke. Oder an Jenny.

Wenn ich an dich denke, dann ist es vor allem das Gefühl, das du in mir ausgelöst hast. Es hat etwas von »alles ist möglich«. Zum Beispiel, dass ich ganz neue Seiten an mir entdecke. So wie heute Abend. Oder dass sich das dichte Grau in mir drin eines Tages auflöst wie Nebel in der Sonne. Dass ich wieder erfüllt bin von etwas, das nicht schmerzt.

Hoffnung. Energie. Liebe vielleicht.

Wünschst du dir das nicht ebenfalls?

All das empfinde ich jedes Mal, wenn dein Gesicht vor meinem Inneren auftaucht. Und das tut es ständig.

Während das tatsächliche Bild von dir in meiner Erinnerung immer mehr verblasst, wird meine Vorstellung von dir immer klarer. Und ich liebe Klarheit! Vielleicht, weil ich Claire heiße? Kann doch kein Zufall sein …

Kapitel 4

Als Claire am Montag zum ersten Mal aufwachte, fühlte sie sich noch völlig erschlagen, als hätte sie gerade eine anstrengende Schicht in der Bar hinter sich und nicht sieben Stunden Schlaf.

Erst wollte sie sich mit einem Seufzen aus dem Bett quälen, doch dann fiel ihr ein, dass sie heute ja ihren freien Tag hatte. Was für ein Glück! Die Auszeit würde ihr guttun, denn am Wochenende war es an beiden Abenden sehr spät geworden, daher beschloss sie, einfach noch ein bisschen faul im Bett liegen zu bleiben, um anschießend ausgiebig zu frühstücken und Zeitung zu lesen, während für alle anderen der Alltagstrott wieder losging.

Sogar ihre Mitbewohner hatten das Haus wohl schon verlassen, denn es war alles still. Kein Wasserrauschen im Bad, keine Musik, kein Geschirrgeklapper, keine Gespräche. Jenny, die wissenschaftliche Mitarbeiterin im Fachbereich Sportpsychologie war, musste ihre Pflichtstunden in einem Forschungsprojekt absolvieren, und Ben, künftiger Lehrer für Deutsch und Englisch, machte ein Praktikum an einer Gesamtschule.

Die beiden beneideten sie garantiert um ihren gemütlichen Tag! Claire dagegen beneidete sie um die Zielstrebigkeit, mit der sie ihre Ziele verfolgten. Oder besser gesagt: Darum, dass sie überhaupt eins hatten. Eins, an dem sie kein bisschen zweifelten, sondern für das sie brannten. Was gäbe sie für diese Sicherheit! Es musste sich beruhigend anfühlen, so genau zu wissen, was man will.

Früher hatte sie das auch gewusst. Oder sie hatte es jedenfalls geglaubt.

Colin dagegen hatte nie an irgendetwas gezweifelt. Weder an sich selbst noch an seinen Entscheidungen. Auch nicht daran, dass Claire und er ein unbesiegbares Duo bildeten. Und weil seine Selbstsicherheit ausreichte für zwei, hatte Claire seine Überzeugung geteilt. Für sie hatte es nie einen Plan B gegeben – einen, in dem sie ihre Zukunft ohne ihre andere Hälfte meistern musste. Kein Wunder, dass sie jetzt so ziellos durchs Leben taumelte …

Sie fragte sich, wie es wohl im umgekehrten Fall wäre. Wie käme Colin ohne sie klar?

Obwohl sie sich vorgenommen hatte, lange im Bett zu bleiben, war Claire auf einmal hellwach. Grübeln und faulenzen, das war eben keine gute Kombination. Dann konnte sie ebenso gut aufstehen …

Claire nahm ihren Kaffee mit auf den Balkon, wo es am späten Vormittag noch schön schattig war, und pflanzte sich auf die rostige Hollywoodschaukel, die einmal Bens Großtante gehört hatte. Schön war sie nicht mehr, dafür irre bequem, auch wenn sie beim Schaukeln ein bisschen quietschte. Vielleicht ließ sich das ja mit etwas Öl beheben? Claire nahm sich vor, das später auszuprobieren. Doch zuerst musste sie ihren Gedanken weiterverfolgen, bevor er sich verflüchtigte und sie ihn nicht mehr zu fassen bekam.

Ja, wie würde es Colin gehen, wenn er an ihrer Stelle wäre? Wenn *sie* kurz nach dem Abitur und wenige Wochen vor Studienbeginn ums Leben gekommen wäre? Natürlich nicht bei einem Surfunfall, so etwas war nichts für sie. Aber vielleicht im Straßenverkehr? Wie oft ertappte sie sich dabei, wie sie gedankenverloren die Fahrbahn überquerte. Eigentlich fast ein Wunder, dass ihr dabei noch nichts passiert war.

Natürlich wäre Colin schockiert gewesen und tieftraurig. Vielleicht sogar verzweifelt. Garantiert hätte er um sie geweint, obwohl er sonst kein Typ gewesen war, der Tränen vergoss, und schon gar nicht in der Öffentlichkeit. Aber mit anzusehen, wie man ihren Sarg in die Erde herabließ, hätte ihn die Fassung verlieren lassen.

Ihr selbst war es damals auf dem Friedhof so ergangen, wie Samuel es in seinem Tagebucheintrag formuliert hatte: Als ob ihr jemand das Herz brutal aus dem Leib reißen würde.

Die Beruhigungspillen, die ihre Eltern ihr angeboten hatten, hatte Claire abgelehnt. Dennoch hatte sie sich wie benebelt gefühlt. Irgendwie hatte sie alles wie durch eine dicke Watteschicht wahrgenommen. Und als Großcousine Cassandra sie während des anschließenden Leichenschmauses, bei dem sie nicht mehr als ein paar bittere Schlucke Kaffee herunterwürgen konnte, nach ihren Zukunftsplänen gefragt hatte, war sie nicht dazu in der Lage gewesen, eine vernünftige Antwort zu geben.

Was hätte Colin wohl geantwortet? Hätte er auch nur wortlos mit den Schultern gezuckt? Eher nicht. Er hätte sich zusammengerissen und gesagt, er würde selbstverständlich Medizin studieren – jetzt erst recht. »Für Claire – das hätte sie so gewollt.« Fast kam es ihr vor, als könnte sie diese Worte, die nie gesprochen worden waren, wirklich hören. Seine Stimme hatte sie noch deutlich im Ohr. Aber sie hatte gelesen, dass die Erinnerung an die Stimme eines verstorbenen Menschen mit der Zeit verblasste, und sie fürchtete sich schon vor dem Moment, in dem sie sich den Klang seiner Worte nicht mehr ins Gedächtnis rufen konnte.

Ob wohl auch Colin zu feige gewesen wäre, ihr Grab zu besuchen? Sie hatte es einfach nicht fertiggebracht, den Friedhof nach dem Begräbnis wieder zu betreten. Schlimm genug, zu wissen, dass er tot war. Vor seinem Grab zu stehen, seinen Namen auf der Grabplatte zu lesen und sich vorzustellen, wie sein Körper in diesem Erdloch lag und langsam verrottete, war mehr, als sie aushalten konnte.

Sie konnte sich gut vorstellen, dass Colin da anders ticken würde. Er war immer gut darin gewesen, unangenehme Gedanken zu ignorieren und das Kopfkino auszuschalten, wenn es ihm nicht gefiel. Vermutlich würde er ihr Grab ständig besuchen. Nicht, um sich vorzustellen, wie die Würmer an ihr nagten, sondern um ihr von seinem Leben zu erzählen. So, als wäre sie noch da – nur eben stumm. Ohnehin war sie die bessere Zuhörerin von ihnen gewesen, er dafür der Wortgewandtere. Er hatte all seine Ideen mit ihr geteilt, seine Pläne,

Sorgen, Gedanken. Was, wenn es ihm mehr darum gegangen wäre, sie laut auszusprechen, jemandem anzuvertrauen, ohne Angst vor Kritik und Widerspruch haben zu müssen, und gar nicht so sehr um ihre Meinung?

Claire blinzelte in die Sonne, die jetzt so hoch stand, dass sie ihren Platz auf der Hollywoodschaukel erreichte und ihr voll ins Gesicht schien.

Gut möglich, dass es tatsächlich so gewesen war. Aber was machte das schon aus? So hatte ihr Colin-und-Claire-Ding eben funktioniert. Genau deshalb waren sie ja so ein perfektes Team gewesen – weil die Rollen klar verteilt waren.

Gewesen waren.

Vergangenheit.

Früher hatte sie es geliebt, gemeinsam mit Colin Zukunftspläne zu schmieden. Ihr Bruder hatte eine exakte Vorstellung von der Zukunft gehabt, die Gegenwart jedoch am allermeisten genossen. Zurückzublicken hatten sie beide als irgendwie beschränkt empfunden. So etwas taten doch nur alte Leute, die sich nach ihrer längst vergangenen Jugend zurücksehnten. Von wegen: Früher war alles besser. Die ewig Gestrigen. So etwas war einfach nur rückständig und unzeitgemäß.

Und jetzt tickte sie genauso. Wenn Colin das wüsste, würde er sie auslachen. Nein, er würde ihr den Vogel zeigen und sie auffordern, nach vorne zu blicken.

Vielleicht sollte sie genau das tun. Wenn sie an die Zukunft dachte, tauchte plötzlich nicht mehr Colins Gesicht vor ihrem geistigen Auge auf, sondern das von Sam.

Wehe, du bekommst wieder ein schlechtes Gewissen, würde ihr Bruder jetzt sagen.

Er hatte ja recht. Die Vergangenheit ließ sich ohnehin nicht ändern. Es war nicht pietätlos, sondern nur vernünftig, sich auf das zu konzentrieren, was vor ihr lag!

Vielleicht war es nicht ganz so vernünftig, von einer Zukunft mit einem Menschen zu träumen, mit dem sie noch nie ein Wort gewechselt und den sie nur einmal ganz kurz gesehen hatte. Aber Gefühle hatten halt wenig mit Vernunft zu tun.

Claire schloss die Augen und dachte an Sams trauriges Gesicht. Wie er wohl aussah, wenn er lächelte? Würde es ihr jemals gelingen, ihm zum Lachen zu bringen, völlig ausgelassen und voller Lebenslust?

Sie glaubte ganz fest daran. Dafür musste sie ihn aber erst mal finden!

Claire stand auf und brachte die Schaukel dabei wieder zum Quietschen. Das Vorhaben, sie zu ölen, verschob sie erneut auf später. Sie saß schon ewig in der Sonne, nachher verbrannte sie sich noch das Gesicht. Außerdem hatte sie jetzt Wichtigeres zu tun …

Claire setzte den Rucksack auf und machte sich auf den Weg. Sie hatte kaum eine Minute an der Haltestelle gewartet, als der Bus kam. Der Fahrer nickte ihr zu. Er schien sie wiederzuerkennen. Sie ihn ebenfalls. In letzter Zeit hatte sie so viele Stunden in der Linie acht verbracht, dass sie bestimmt alle Fahrer, die hier eingesetzt wurden, schon einmal gesehen hatten. Zum Glück verlor keiner von ihnen ein Wort über ihr ungewöhnliches Fahrverhalten. Als Busfahrer erlebte man mit den Jahren sicher so einiges an menschlichen Sonderbarkeiten. Da war eine junge, blasse Frau, die ohne erkennbares Ziel immer nur hin und her fuhr, vergleichsweise harmlos.

Kaum hatte sich der Bus in Bewegung gesetzt, kamen ihr Jennys Worte wieder in den Sinn: »Manchmal schadet es nichts, einfach mal was ganz Neues auszuprobieren.«

Das hatte ja neulich schon so gut funktioniert. Zwar trug sie heute wieder eine alte Jeans und ihr Lieblingsshirt – das blau-weiß gestreifte, das sie beim letzten gemeinsamen Familienurlaub an der Ostsee gekauft hatte – und war völlig ungeschminkt, aber etwas Neues konnte sie dennoch probieren.

Kurz entschlossen stieg sie am Hauptbahnhof aus, wo sich mehrere Linien kreuzten, und setzte sich in den nächstbesten Bus, der in Richtung Norden fuhr. Die Linie war stark frequentiert, ständig stiegen Leute ein und aus. Claire blieb hoch konzentriert, um ja niemanden zu übersehen, doch Sam war definitiv auch diesmal nicht unter den Fahrgästen. Erst an den letzten Haltestellen vor der Endstation begann sich der Bus zu leeren, und sie konnte sich etwas entspannen. Was nicht gerade einfach war, wenn man schwitzte wie ein Schwein. Warum hatten Stadtbusse bloß keine Klimaanlage? Das war ja hier wie in einer verdammten Sauna! Sie brauchte eine Abkühlung! Am besten ein herrlich kaltes Getränk und ein bisschen Schatten …

Die nächste Haltestelle wurde eingeblendet. »Am Tierpark«. Zoo – wieso eigentlich nicht? Sie liebte Zoos, und diesen hier kannte sie noch nicht. Eigentlich könnte sie ihren Busmarathon hier unterbrechen. Sie hatte schließlich sonst nichts vor.

Vielleicht ging es Samuel ja genauso? Theoretisch konnte sie ihm vor dem Löwengehege begegnen oder im Schlangenhaus oder bei den Erdmännchen. Vielleicht arbeitete er sogar hier? Wer wusste das schon! Nichts war unmöglich, und was nicht unmöglich war, das konnte sich bewahrheiten.

Spontan stieg Claire aus, marschierte zum Eingang, um sich eine Karte und eine große Flasche Wasser zu kaufen, die sie unter dem erstbesten Baum zur Hälfte leerte.

Sie verbrachte zwei entspannte Stunden im Zoo. Beobachtete Rhesusäffchen, die sich gegenseitig neckten, den Pfau, der würdevoll umherstolzierte und seine prachtvolle Federn zum Rad auffächerte, und eine Eule, die ihren hypermobilen Hals um beeindruckende zweihundertsiebzig Grad drehen konnte. Dabei blickte sie Claire geradewegs in die Augen, als wollte sie sagen: *Ja, ich bin das Symboltier für Weisheit und Beweglichkeit. Da staunst du, was?*

Bei dem Gedanken musste Claire lachen. In diesem Moment waren alle ihre Sorgen und Probleme vergessen. Sie lebte im Hier und Jetzt.

»Willst du Elvira mal streicheln?« Unbemerkt war eine junge Tierpflegerin zu ihr getreten.

»Elvira – knuffiger Name für eine Eule«, entfuhr es ihr

spontan. »Und ich würde sie sehr gern streicheln – darf man das denn?«

»Nur wenn jemand von uns dabei ist«, erklärte die junge Frau. Sie trug ein Namensschild, auf dem »Tierpflegerin Mia« stand. »Eigentlich bedeutet das für die Tiere auch Stress, aber Elvira wurde hier im Zoo von Hand aufgezogen. Sie ist also auf Menschen geprägt und es daher gewohnt, berührt zu werden.«

Claire hatte gehörigen Respekt vor dem kräftigen Schnabel der Eule, aber die Neugier war einfach zu groß, also versuchte sie es einfach.

»Das fühlt sich ja an wie reine Seide!« Sanft strich sie über das Gefieder der Eule.

»Damit können sie nachts lautlos auf Beutejagd gehen«, erklärte Mia.

»Wie kann etwas so Wunderschönes eine so brutale Ursache haben«, murmelte Claire und zog erschrocken die Hand zurück.

»Das ist eben die Natur. Aus unserer Perspektive ist sie brutal oder eben auch schön, aber im Grunde erfüllt einfach alles nur eine Funktion, um zu überleben.«

Nachdem sie sich von Mia und Elvira verabschiedet hatte, schlenderte Claire weiter zu den Waschbären, die gerade gefüttert wurden. Beim Anblick der knuffigen Kleinräuber, die sich Nüsse, Äpfel und Fische sichtlich schmecken ließen, wurde ihr bewusst, dass sie selbst heute noch gar nichts gegessen hatte. Deshalb gönnte sie sich im Zoo-Bistro einen großen Salatteller.

Frisch gestärkt setzte sie dann ihre Suche nach Samuel fort. Die Hoffnung, ihm im Tierpark zu begegnen, hatte sich zwar leider nicht bewahrheitet, aber irgendwo musste er ja stecken. Warum sollte er sich in Luft aufgelöst haben, nur weil er seinen Rucksack verloren hatte? Er konnte überall auftauchen. Jederzeit. Wenn nicht vor dem Löwengehege, dann vielleicht in diesem Bus. Oder im nächsten, in den sie umstieg. Oder in dem danach …

Claire fuhr an diesem Nachmittag die unterschiedlichsten Linien ab, von Endhaltestelle zu Endhaltestelle. Sie ließ sich treiben.

Einfach mal was Neues.

Das war jetzt ihr Mantra. Das ständige Umsteigen machte ihr Projekt viel abwechslungsreicher, und sie konnte gar nicht mehr verstehen, wie sie es überhaupt ertragen hatte, sich auf eine Strecke zu beschränken. Wie eintönig das doch gewesen war! Jetzt kam sie in Gegenden, die sie noch nicht kannte: die Wohnsiedlung mit den schlichten Nachkriegshäusern, die offenbar von Zweit- oder Drittbesitzern liebevoll mit Anbauten, Terrassen und bunten Anstrichen aufgehübscht worden waren. Das trostlose Gewerbegebiet, das es wohl in jeder Stadt geben musste. Die ländlichen Vororte, in denen es sogar Bauernhöfe gab. Ein Villenviertel, in dem jedes Anwesen von Mauern und Zäunen geschützt war. Und sogar ein Naherholungsgebiet mit Baggerseen und hübschen kleinen Restaurants.

Auf diese Weise lernte sie die Stadt, in der sie vielleicht die nächsten Jahre ihres Lebens verbringen würde, besser kennen.

Dass sie schließlich in einem Bus der Linie acht landete, war mehr oder weniger Zufall. Irgendwann bekam sie wieder Durst, und sie stieg aus, um sich irgendwo was zu trinken zu besorgen. Erst jetzt erkannte sie, wo sie gelandet war: Es war die östliche Endhaltestelle der Linie acht. Station Waldfriedhof. Zum ersten Mal schaute sie sich hier genauer um. Es gab das obligatorische Blumenhaus, ein Bestattungsunternehmen, ein Autohaus, ein paar hübsch renovierte Wohnblocks aus den Dreißigerjahren und ein Café. Wahrscheinlich kamen hier sonst nur Trauergäste und Friedhofsbesucher her, aber Claires Körper verlangte inzwischen so dringend nach einer Erfrischung, dass sie das Café auch auf die Gefahr hin betrat, mitten in einen Leichenschmaus hineinzuplatzen.

Sie hatte Glück. Das Café war leer. Sie bestellte sich eine Flasche Apfelsaftschorle zum Mitnehmen und ging wieder.

Der Bus war natürlich inzwischen weg. Aber das machte nichts, der nächste würde nicht lange auf sich warten lassen. Sie könnte sich solange auf die Holzbank unter der alten Linde setzen oder ein bisschen spazieren gehen. Das würde ihr guttun nach der langen Sitzerei.

Einen Park gab es hier leider nicht. Nur einen Fahrradweg, der ungeschützt in der prallen Sonne lag. Und natürlich den Friedhof. Auf dem es jede Menge Bäume und dementsprechend viel Schatten gab. Außerdem Ruhe und Natur. Ein schönes Fleckchen. Aber eben: ein Friedhof.

Öfter mal was Neues wagen, schoss ihr durch den Kopf, und sie gab sich einen Ruck.

Das schwere Eisentor öffnete sich lautlos. Claire dachte wieder an die Hollywoodschaukel. Hier war man offenbar nicht so nachlässig gewesen, was das Ölen betraf.

Mit einem überraschend leisen Klicken fiel das Tor hinter Claire ins Schloss, und sie schlenderte den Weg entlang, der sich bald mehrfach verzweigte.

Wie vorhin im Bus ließ sie sich einfach von ihrer Intuition leiten. Nach einer Weile wurden die Baumstämme dicker und höher, die Kronen dichter und die Grabsteine monumentaler. Sie las eine der Inschriften. Hier ruhte Elisabeth Maria Rieder. Geboren am 31. Dezember 1851, gestorben am 1. Januar 1952. Sie war also genau einhundert Jahre und einen Tag alt geworden. Was für ein seltsamer Zufall! Oder vielleicht auch nicht? Bestimmt hatte sie sich vorgenommen, den hundertsten Geburtstag noch zu erleben, und nachdem sie das geschafft hatte, konnte sie in Frieden einschlafen. So jedenfalls malte Claire es sich aus.

Nachdenklich spazierte sie weiter. Der nächste Grabstein, der ihre Aufmerksamkeit erregte, war ganz vermoost. Hier lagen drei Männer – Emil, Hugo und Artur Schneider, geboren 1892, 1894 und 1896. Gestorben waren sie alle im Laufe des Jahres 1916. Ein Autounfall? Gab es damals überhaupt schon Autos? Für einen Moment stand Claire auf dem Schlauch, dann begriff sie: Die Brüder waren im Ersten Weltkrieg gefallen. Sofort traten ihr Tränen in die Augen, denn das Kopfkino ließ sich nicht abstellen. Da hatten Eltern nicht nur einen Sohn verloren, sondern gleich drei. Den jüngsten hatte es kurz vor seinem zwanzigsten Geburtstag erwischt – er war also kaum älter gewesen als Colin bei seinem Tod. Doch anders als ihr Bruder war er nicht bei einem entspannten Sommerurlaub gestorben, in dem vor dem tragischen Unfall Spaß und Abenteuer im Vordergrund gestanden hatten, sondern im Schützengraben. Zerfetzt von einer Granate, von Kugeln durchsiebt oder durch Giftgas getötet. In jedem Fall ein grausamer Tod. Es war nur zu hoffen, dass ihre Angehörigen nicht so genau erfahren hatten, was die drei hatten durchleben müssen.

Für Claire war die Information, dass Colin sofort bewusstlos gewesen war und nicht gelitten hatte, in gewisser Weise ein Trost gewesen. Zu wissen, dass er sich furchtbar gequält, verzweifelt gekämpft und große Angst gehabt haben musste, hätte sie nicht ertragen.

»Ich bin froh, dass du wenigstens keine Schmerzen hattest, Colin«, flüsterte sie tonlos, während ihr die Tränen über das Gesicht strömten. Der Grabstein verschwamm vor ihren Augen, die Inschrift schien sich in nichts aufzulösen – genauso gut hätte Colins Name daraufstehen können. Claire wusste, dass sie eigentlich um ihn weinte. Doch gleichzeitig machte sie auch der Gedanke daran, dass genau an dieser Stelle vor über hundert Jahren einmal die verzweifelten Eltern der drei gefallenen jungen Männer gestanden haben mussten, vielleicht auch ihre Frauen oder Freundinnen, Schwestern und Brüder, unsagbar traurig. Und das war ja nur eine Familie von vielen! Und nur ein Krieg von unzähligen schrecklichen Kriegen, früher wie heute. Claires Tränen flossen für alle Opfer und für ihren Bruder. Sie beweinte zugleich ihr eigenes Schicksal, und nicht zuletzt galt ihr Mitgefühl auch Samuel, der um eine vergangene Liebe trauerte. Selbst wenn die Betreffende noch am Leben war, so hatte er doch einen schmerzhaften Verlust erlitten.

Plötzlich quälte sie die irrationale Vorstellung, wie einsam sich Colin in seinem Grab fühlen musste, das so weit weg von hier lag, während sie an dem dreier Wildfremder stand und sich einfach noch nicht dazu durchgerungen hatte, seines zu besuchen. Sie schluchzte erneut auf.

»Alles gut mit Ihnen, Fräuleinchen?«

Claire fuhr herum. Eine weißhaarige Frau mit Gehhilfe und runzeliger Haut blickte sie aus hellwachen grauen Augen an. Das Gepäckkörbchen ihres Rollators war mit einer Gießkanne, einem Rosenstrauß und einer Gartenschere bestückt. Als Claire die Taschen ihrer Jeans vergeblich nach einem Taschentuch durchsuchte, rollte sie näher und überreichte ihr eine Packung aus ihrer Handtasche.

»Hier, Fräuleinchen. Behalten Sie's. Meine Tränen sind schon lange versiegt. Aber versuchen Sie bloß nicht, sie zurückzuhalten. Die Trauer muss raus. Sosehr das auch schmerzt. Und glauben Sie mir, ich weiß, wovon ich rede. Auf diesem Friedhof liegen meine Eltern, meine vier Geschwister, meine beiden Ehemänner und meine Tochter. Sie wurde nur zweiundsechzig. Armes Kind.«

»Danke«, murmelte Claire und bediente sich. Sie brauchte drei Papiertaschentücher, bis alle Tränen getrocknet und ihre Nase wieder frei war. Als sie sich umschaute, war die alte Frau verschwunden. Nur die Spur ihres Rollators auf dem Schotterweg und die Taschentücher in Claires Hand erinnerten daran, dass sie überhaupt da gewesen war.

Auch Claire machte sich jetzt auf den Weg zurück zum Ausgang. Sie fühlte sich wie nach einer durchwachten Nacht – erschöpft, zugleich aber irgendwie gestärkt. Beinahe unbesiegbar.

So funktionierte wohl die berühmte Konfrontationstherapie: den Ängsten nicht ausweichen, sondern sich ihnen einfach aussetzen.

Wenn sie das nächste Mal ihre Eltern besuchte, würde sie es vielleicht sogar schaffen, zu Colins Grab zu gehen.

Was hieß vielleicht – ganz bestimmt. Sie würde sich zwingen. *Nein, sie wollte es.*

Jenny trug gerade das Rennrad durchs Treppenhaus, als Claire nach Hause kam.

»Hast du 'ne Allergie, oder was?«, kommentierte sie die roten Augen ihrer Mitbewohnerin.

»Nein, das kommt vom Heulen«, platzte Claire heraus. Vergessen war der Plan, nichts von Colin zu erzählen. Das war doch auch Unsinn! Sie war schließlich kein Roboter, sondern ein Mensch.

Erschrocken setzte Jenny das Rad ab und trat näher. »Ist etwas passiert? Hoffentlich nichts Schlimmes!«

»Doch, schon. Etwas sehr Schlimmes sogar.« Claire schluckte. »Weißt du, ich musste an meinen Zwillingsbruder denken. Er ist vor ein paar Wochen tödlich verunglückt.«

Betroffen starrte Jenny sie an. Damit hatte sie bestimmt nicht gerechnet. Schon bereute Claire, dass sie die Bombe hatte platzen lassen, aber das war nun nicht mehr ungeschehen zu machen.

Wortlos nahm Jenny ihre Mitbewohnerin in den Arm und wiegte sie. Sofort begannen Claires Tränen von Neuem zu fließen. Wie lange sie so dastanden, hätte Claire hinterher gar nicht sagen können. Vielleicht waren es nur Sekunden, vielleicht aber auch Minuten, die ihr wie Stunden vorkamen. Jenny hielt sie fest und flüsterte tröstende Worte in ihr Ohr, bis die Tränen versiegt waren – erst dann lösten sie sich voneinander.

»Komm«, sagte Jenny nur, dann ging sie voran in die Küche und öffnete eine Flasche Rotwein. Claire folgte ihr, holte zwei Gläser aus dem Regal und stellte sie auf den Tisch.

16. September

Vermutlich ist es keine weltbewegende Erkenntnis, aber für mich ist es die Erkenntnis des Tages: nämlich dass es absolut nichts bringt, den Kopf in den Sand zu stecken. Oder Dinge aufzuschieben.
Ich weiß, ich bin eigentlich ganz groß darin. Aber heute hab ich mir selbst einen Arschtritt verpasst. Sogar gleich mehrmals.
Keine Ahnung, wen ich dort auf dem Friedhof alles beweint habe. Ein bisschen diese fremden jungen Männer. Vor allem aber Colin. Und natürlich auch dich, Sam.
Zwischendurch gab es diesen verrückten Moment, an dem ich euch beide nicht richtig auseinanderhalten konnte. Genauer gesagt, in dem in meinem Kopf aus Colin und Sam eine einzige Person geworden ist. Cam. Oder Solin.
Und da wurde mir klar, dass es in Wahrheit nicht um euch geht, sondern um mich. Okay, das klingt jetzt ein bisschen egoistisch. Ist es aber nicht. Denn wie soll ich über Colins Schicksal hinwegkommen oder zumindest lernen, irgendwie damit zu leben, und wie könnte ich dir, Sam, helfen, wenn ich nicht mit mir selbst im Reinen bin? Deshalb hab ich vor diesem Friedhofstor keinen Rückzieher gemacht. Deshalb habe ich mich Jenny anvertraut. Und sie damit zum Weinen gebracht. (Mich selbst übrigens ebenfalls. Mal wieder.) Deshalb höre ich jetzt auf zu schreiben, schnappe mir ein Fläschchen Maschinenöl und gehe auf den Balkon, um diese blöde Hollywoodschaukel zu ölen. Ich nehm das jetzt in die Hand. Nächstes Mal wieder mehr.

Kapitel 5

Claire glaubte nicht an Traumdeutung, aber als sie eines Nachts schweißgebadet erwachte und sich noch bis ins letzte Detail an die wilde Story, die sie im Schlaf erlebt hatte, erinnern konnte, so als wäre sie ihr wirklich passiert, wurde ihr klar, dass sie das lieber nicht ignorieren sollte. Sie knipste die Nachttischlampe an, um den Traum zu fassen, bevor er sich verflüchtigte.

Anfangs war er sehr realistisch gewesen: Sie hatte wieder und wieder versucht, den Stadtbus zu erreichen. Aber er fuhr ihr jedes Mal direkt vor der Nase weg oder hielt nicht einmal an, obwohl sie unübersehbar an der Haltestelle stand und wartete. Dann wurde es immer verrückter: Auf einmal war sie im Zoo und fütterte die Eisbären. Jemand rief ihr verzweifelt zu, sie solle dringend das Gehege verlassen, hier sei sie in großer Gefahr. Plötzlich erkannte sie den Wärter, der sie gewarnt hatte: Es war Sam! Im nächsten Moment war Sam verschwunden, und die Eisbären hatten sich in Labrador-Welpen verwandelt …

Dann war sie mit klopfendem Herzen aufgewacht, so als wäre sie in höchster Not gewesen und nur ganz knapp entkommen.

Befand sie sich tatsächlich in Gefahr?

Nein, Unsinn. So funktionierten Träume nicht. Sie hatten keine direkte Botschaft, sondern mixten Gedankenfetzen, die man in der Hektik des Alltags nicht ausführlich genug verarbeitet hatte, zu einer neuen, meist völlig irren Geschichte zusammen. So jedenfalls Claires laienhafte Zusammenfassung des populärwissenschaftlichen Artikels, den sie einmal gelesen und für glaubwürdig gehalten hatte.

Demnach ließ sich auch die Entstehung dieses Traums leicht herleiten: Sie fuhr ja tatsächlich ständig mit dem Bus durch die Gegend und wartete darauf, dass Sam irgendwo auftauchte. Sogar im Zoo hatte sie ihn gesucht. Ein Job als Tierpfleger würde echt zu ihm passen.

Aber wie kamen die Hundewelpen ins Spiel? Und woher wusste sie überhaupt, dass er Tiere mochte? Hatte sie das einfach angenommen, weil sympathische Menschen nun mal meistens tierlieb sind? Gut möglich. Schließlich war alles, was sie tatsächlich über ihn wusste, dass er Liebeskummer hatte, einen Rucksack besaß, zumindest hin und wieder mit öffentlichen Verkehrsmitteln unterwegs war und begonnen hatte, Tagebuch zu führen.

Das Tagebuch …

Claire sprang aus dem Bett und fand es auf dem Schreibtisch. Eilig überflog sie die Zeilen, bis sie auf die Passage stieß, die sie gesucht hatte:

Nie habe ich daran gezweifelt, dass ihr dieselben Dinge wichtig sind wie mir. Nächtelange Gespräche führen. Indie-Bands entdecken. Ins Programmkino gehen. Einsame Hunde spazieren führen. Unsere gemeinsame Zukunft planen.

Verblüfft ließ sie das Heft sinken. Wie oft hatte sie Samuels Tagebucheintrag nun schon gelesen? Zehn Mal? Zwanzig Mal? Eher noch öfter. Aber hatte sie auch wirklich auf die Details geachtet oder nur versucht, seinen Kummer nachzuempfinden? Vermutlich Letzteres, und schlimmer noch: Sie hatte sich beim Lesen in ihre eigene Trauer fallen lassen und das Seelenleid, das ihnen gemeinsam war, als unsichtbares Bindeglied zwischen ihr selbst und dem Unbekannten gedeutet.

Dabei hatte sie völlig übersehen, dass der Text noch viel mehr über ihn verriet.

Wie hatte ihr das nur entgehen können? In wenigen Zeilen waren gleich mehrere Hinweise versteckt, die es ihr erlauben würden, die Suche auszudehnen. Das ständige Busfahren war sie ohnehin schon leid, und trotz ihres Eifers hatte es bisher überhaupt nichts gebracht.

Zum Glück hatte ihr Unterbewusstsein sie daran erinnert, dass es da noch mehr Möglichkeiten gab …

Claire setzte sich im Schneidersitz auf ihr Bett und fuhr den Laptop hoch. Die Müdigkeit war vergessen – sie war jetzt viel zu aufgeregt, um einschlafen zu können.

Es konnte losgehen! Was hatte Sam als Erstes erwähnt? *Indie-Bands entdecken*. Damit kannte sich Claire kein bisschen aus. Was in aller Welt war eine Indie-Band? Eine, die indianischen Folk spielte?

Eine schnelle Online-Recherche verriet ihr, dass sie mit dieser Vermutung meilenweit danebenlag! Laut Wikipedia spielten sie nicht Folk, sondern Indie-Rock, und der war so definiert:

Der Begriff Indie-Rock (auch in der ausgeschriebenen Form Independent Rock oder schlicht Indie geläufig) bezeichnete ursprünglich Rockmusik im weitesten Sinne des Wortes, die ausschließlich von Independent Labels vertrieben wurde. Inzwischen ist Indie-Rock eine Sammlung mehrerer Subgenres wie z. B. des Alternative Rock. Indie-Rock ist mittlerweile massentauglich geworden. Namensgebend für den Indie-Rock war die Unabhängigkeit (englisch independence) von den großen Plattenfirmen (Major Labels).

Wie sie beim Weiterlesen erfuhr, hatte sich die Indie-Musik als Gegenbewegung zum verpönten Mainstream aus der Underground-Szene heraus entwickelt. Das musikalische Spektrum reichte von New Wave bis zu Grunge, und einige aus dieser Subkultur entstandenen Strömungen wurden irgendwann selbst extrem populär – womit die Gegenbewegung zum Massengeschmack nun selbst irgendwie Mainstream geworden war. Doch daneben bezeichnete man vor allem die Musik junger, aufstrebender Bands als Indie-Rock, und die Spielarten dieser Bands galten als extrem vielfältig.

Das klang interessant, fand Claire, obwohl sie selbst eher eine Mainstream-Hörerin war. Was aber nicht daran lag, dass sie nicht offen für anderes war, sondern daran, dass sie einfach nur das kannte, was alle hörten und was im Radio lief.

Nun, das ließ sich ja ändern! Sie beschloss, das Thema Indie-Rock auf dem Schirm zu behalten, und wann immer sie einmal auf eine Ankündigung eines solchen Konzertes in der Nähe stieß, einen Selbstversuch zu machen. Zumal die Wahrscheinlichkeit groß war, dass auch Samuel dort sein würde …

Okay. Weiter zum nächsten Punkt! Programmkino. Immerhin konnte Claire mit diesem Begriff etwas anfangen. Sie liebte Kinos, in denen nicht immer nur die allerneuesten Blockbuster liefen, sondern auch ausgewählte ältere oder künstlerisch ambitionierte Filme. Arthouse statt Mainstream – Samuel schien insgesamt Vorlieben abseits des Massengeschmacks zu haben. Das gefiel ihr. Sie googelte nach Programmkinos in der Nähe und entdeckte gleich mehrere. Auch dieses Thema wollte sie in Zukunft weiterverfolgen. Obwohl es ihr schwerfallen würde, zum ersten Mal seit Colins Tod ohne ihn ins Kino zu gehen. Sie wollte gar nicht daran denken, wie sie sich dabei fühlen würde. Daher wandte sie sich gleich dem nächsten Stichwort aus Samuels Tagebuch zu:

Einsame Hunde spazieren führen. Was für ein tröstlicher Gedanke, dass es Menschen gab, die über so viel Einfühlungsvermögen verfügten, dass sie sogar Mitleid mit zurückgelassenen Vierbeinern hatten und ihnen freiwillig ihre Zeit widmeten.

Aber wo in aller Welt fand man einsame Hunde? Claire drapierte die Bettdecke um ihre Schultern. Ja, so war es gemütlich!

Dann gab sie »Hunde ausführen« in die Suchmaschine ein, und prompt erschienen eine ganze Reihe von Links. Einige führten zu Tierpensionen, andere zu Hundetrainern und einer Plattform namens *Gassi-to-go*, was ihr ziemlich absurd erschien, aber offenbar eine ziemlich gefragte Angelegenheit war: Hier wurden Leute vermittelt, die gegen Bezahlung die Hunde anderer spazieren führten.

Kurz überlegte Claire, sich anzumelden, dann ließ sie es doch bleiben. Auf diese Weise würde sie Sam garantiert nicht finden. Sie glaubte kaum, dass er so etwas für Geld machte. Außerdem waren die Hunde, um die es hier ging, keineswegs einsam – sie hatten lediglich Besitzer, die entweder keine Zeit für ausgedehnte Spaziergänge hatten oder krank oder gehbehindert waren.

Da war der nächste Link schon verheißungsvoller: Er führte zu einem Tierheim, das Gassigänger für seine Hunde suchte.

Claire änderte die Suche ab in »Hunde ausführen + Tierheim« und entdeckte, dass der vorige Treffer offenbar kein Einzelfall war. Dass ehrenamtliche Helfer die Gassigänge übernahmen, schien allgemein üblich zu sein.

Jetzt musste sie nur noch die Adresse des städtischen Tierheims ausfindig machen und dessen Öffnungszeiten recherchieren …

Claire gähnte. Kein Wunder, schließlich war es schon gleich halb drei. Fast so wie sonst, wenn sie von ihrer Schicht in der Bar nach Hause kam. Dabei hatte sie doch heute den verpassten Schlaf nachholen wollen!

Sie spürte, dass die Augenlider schwer wurden. Es gelang ihr kaum noch, sie offen zu halten.

Nur noch ein paar Minuten durchhalten, feuerte sie sich selbst an. Bloß noch schnell eine Google-Suche …

Als sie erwachte, wusste Claire im ersten Moment nicht, wo sie war. Was nicht zuletzt daher kam, dass ihr Kopf auf dem Laptop lag statt auf dem Kissen. Das Federbett hing zur Hälfte neben dem Bett und bedeckte lediglich ihre Schultern und den halben Rücken. Ihre Beine dagegen fühlten sich eiskalt und regelrecht steif an. Claire setzte sich auf und deckte sie zu. Dann rekapitulierte sie, was sie in der Nacht herausgefunden hatte.

Stimmt, sie war gerade dabei gewesen, die Adresse des Tierheims herauszufinden, als die Müdigkeit sie offenbar doch übermannt hatte.

Dann würde sie das eben jetzt nachholen. Erst musste sie allerdings aufstehen und das Ladekabel ihres Laptops suchen – der Akku war über Nacht vollständig leer geworden.

Als sie endlich online war, wurde sie schnell fündig. Auf der Startseite der Website prangte das Foto eines großen Zeitungsberichts, der erst wenige Tage alt war:

»Besucherrekord beim Tag der offenen Tür im Tierheim«, lautete die Headline. Claire schnappte nach Luft. Vielleicht hatte sie die Top-Gelegenheit verpasst, Sam zu treffen! Andererseits würde jemand, der sich regelmäßig um Tierheimhunde kümmerte, eher an jedem anderen Tag dort hingehen als ausgerechnet an einem Tag der offenen Tür, wo es von Besuchern nur so wimmelte.

Gespannt klickte sich Claire weiter durch die Website des Tierheims, und unter »Kontakt« fand sie dann auch Adresse und Öffnungszeiten. Ihr Herz begann zu pochen. Sie war Sam auf der Spur! Vielleicht würde sie ihm schon sehr bald begegnen. Ein Blick auf die Uhr verriet ihr, dass sie theoretisch sofort hinfahren könnte. Und praktisch auch, denn bis zum Beginn ihrer Schicht in der *UnzähmBar* blieben ihr noch fast sieben Stunden. Und die wollte sie nutzen!

Die Tür war verschlossen, doch es hing ein Schild mit der Aufschrift »Bitte klingeln« daran, auf das jemand von Hand »und bitte haben Sie Geduld – der Gong ist nicht kaputt, wir kümmern uns nur gerade um die Tiere« geschrieben hatte. Was gut war, denn ohne diesen Zusatz hätte Claire wohl nach einer Weile erneut geläutet. So aber wartete sie einfach ab, bis endlich Schritte zu hören waren und jemand den Schlüssel im Schloss umdrehte.

Die junge Frau, die in der Tür stand, trug eine verdreckte Latzhose, giftgrüne Gummistiefel und ein ärmelloses T-Shirt in einer Farbe, die vielleicht irgendwann einmal Gelb gewesen war – oder Grün? Ihr dickes, weizenblondes Haar hatte sie zu einem lockeren Zopf geflochten, der ihr fast bis zu den Hüften ging.

»Hey, wie kann ich dir helfen? Ich hoffe, du willst keine Katzenbabys abgeben. Dann wärst du nämlich schon die Dritte für heute.«

»Oh nein, ich will …«

Ja, was wollte sie? Eigentlich ging es ihr nur darum, mehr über Sam zu erfahren. Vielleicht kannte man hier ja sogar seinen Nachnamen, seine Adresse oder Telefonnummer. Aber die Latzhosen-Frau wirkte gestresst und wäre bestimmt ganz schön genervt, wenn sie erführe, dass sie ihre Arbeit nur unterbrochen hatte, um sich aushorchen zu lassen. Also beschloss Claire, nicht mit der Tür ins Haus zu fallen, sondern sie irgendwie wohlgesinnt zu stimmen.

»... also, ich will mich hier ein bisschen nützlich machen. Wenn du mich gebrauchen kannst«, beendete sie schließlich ihren Satz.

Sofort verwandelte sich die leicht genervte Miene ihres Gegenübers in ein breites Lächeln, sodass sich in ihren Wangen tiefe Grübchen bildeten. »Ja, super, Freiwillige können wir immer gut gebrauchen. Ich bin Ronja. Komm mit.«

Nachdem Claire sich ebenfalls vorgestellt hatte, folgte sie Ronja hinein.

»Nur zur Sicherheit – damit hier niemand einfach reinkommt und sein Haustier entsorgt wie Abfall, ohne uns wenigstens ein paar grundsätzliche Informationen geliefert zu haben«, erklärte diese die Tatsache, dass sie die Tür gleich wieder abschloss.

»Krass – so etwas gibt es?« Claire hatte sich noch nie Gedanken darüber gemacht, aus welchen Gründen Menschen ihre Lieblinge ins Heim brachten. »Ich dachte, hier landen nur Tiere, deren Besitzer krank oder gestorben sind.«

»Ha! Schön wär's.« Ronja zog eine Grimasse. »Es gibt

tausend Gründe, und die meisten machen mich einfach nur wütend. Wenn Menschen zum Beispiel ihre beschissenen Designermöbel mehr lieben als ihre Katzen und sie aus Angst vor Kratzern im Holz abschieben. Oder wenn sie mit ihren Hunden nicht mehr klarkommen, sobald sie in die Flegeljahre kommen – weil sie nämlich vergessen haben, sie zu erziehen, als sie Welpen waren. Oder wenn sie ein altes Tier ausmustern, weil es bei ihrem hippen, aktiven Lifestyle nicht mehr mithalten kann.«

»Nicht dein Ernst!« Claire war ehrlich entgeistert.

»Leider doch. Apropos – wenn du dich nützlich machen willst, könntest du gleich mal eine Runde mit einem unserer Senioren drehen. Chico müsste dringend mal raus.«

»Ähm – ja, okay«, machte Claire. Sie fühlte sich ein bisschen überrumpelt, aber immerhin hatte sie ja angeboten, auszuhelfen, also musste sie jetzt wohl in den sauren Apfel beißen. Dass sie in ihrem ganzen Leben noch keinen Hund ausgeführt hatte, musste ja keiner wissen. Sie würde das schon irgendwie hingekommen. Chico, das war ein hübscher Name. Bestimmt war die altersschwache Fellnase total süß.

»Super!« Ronja überreichte ihr eine Leine und einen Plastikbeutel. »Für den Fall, dass er sein Ei mal wieder mitten auf dem Gehweg legt statt im Gebüsch«, erklärte sie grinsend und steuerte dann auf den Hinterausgang zu. Irritiert steckte Claire den Beutel ein. Erwartete Ronja ernsthaft von ihr, einen Hundehaufen anzufassen?

»Chico ist ein bisschen verschroben«, erklärte Ronja, während sie an den Freigehegen vorbeigingen, in denen kleine und mittelgroße Vierbeiner munter herumtobten.

»Verschroben?«, echote Claire.

»Na ja, wie alte Hunde nun mal sind. Deshalb konnte ich ihn auch nicht mitnehmen, als ich vorhin mit der ganzen Meute unterwegs war. Er mag es nicht, wenn die Junghunde ihn zum Spielen auffordern – ihr Gebell macht ihn sauer, und sobald sie ihm zu nahe kommen, knurrt er sie an. Eigentlich will Chico nur noch seine Ruhe. Das hier ist er übrigens. Ein wunderschöner Schäferhund-Dalmatiner-Mix. Ein Jammer, dass er mit knapp vierzehn einfach nicht mehr vermittelbar ist.«

Claire erstarrte. Mit dieser Bestie sollte sie Gassi gehen? Von wegen entzückend und niedlich … Chico war ein Riese! Die angsteinflößende Statur hatte er vom Schäferhund, die Fellfarbe stammte eindeutig vom Dalmatiner. Rein optisch war er wirklich ein Prachtexemplar. Aber eben auch ein Monster von Hund! Ob der ihr überhaupt folgen würde?

»Wenn du zurück bist, führe ich dich ein bisschen rum. Bis dahin bin ich auch mit der Katzenfütterung durch.« Mit diesen Worten ließ Ronja sie allein und marschierte zurück zum Gebäude.

Es blieb Claire wohl nichts anderes übrig, als Chico anzuleinen und zu schauen, was passierte. Ihre Hände zitterten leicht, und beim ersten Versuch rutschte ihr der Karabiner, den sie eigentlich an dem Metallring des Halsbandes befestigen wollte, aus der Hand. Doch Chico blieb so lange ruhig stehen, bis sie es geschafft hatte. Dann setzte er sich in Bewegung. Offenbar wusste er – im Gegensatz zu Claire – ganz genau, wo es langging. Ronja hatte wohl nicht aus Nachlässigkeit darauf verzichtet, ihr den Weg zu erklären, sondern weil sie Chico gut genug kannte.

Das Tierheimgelände war größer, als es vom Parkplatz aus gewirkt hatte. Jenseits des Zaunes erstreckten sich Felder und Wiesen, etwas weiter entfernt lag ein Wäldchen. Claire öffnete die Pforte, die unverschlossen war. Allerdings nur von innen – um später wieder hineinzukommen, musste sie sich einen Code merken, der auf einem laminierten Schild stand. Eins – Sieben – Null – Sechs. Sie erstarrte. Das war Colins Todesdatum. Siebzehnter Juni. Auf diese Eselsbrücke hätte sie gerne verzichtet. Da hatte sie ihre Trauer mal für einen Moment in den Hintergrund geschoben, schon schubste sie der Zufall brutal mit der Nase darauf. Sofort war alles wieder präsent: der nächtliche Anruf, das Meer von Tränen, das Gefühl, nicht mehr atmen zu können …

Chico ignorierte ihr Zusammenzucken. Sein Bedürfnis, sich zu erleichtern, war eindeutig größer als seine Empathie. Falls Hunde so etwas überhaupt besaßen. Claire erinnerte sich an einen Film über einen Hund, der zuverlässig auf die Stimmung seines gemütskranken Frauchens reagierte. Sie hatte ihn als ihr Antidepressivum auf vier Pfoten bezeichnet – diese Formulierung war ihr im Gedächtnis geblieben.

Chico dagegen war eher ein wandelndes Beruhigungsmittel, denn er ließ sich durch nichts aus der Ruhe bringen, schon gar nicht von einer Zweibeinerin am anderen Ende der Leine, die nach Nervosität, Trauer und Unsicherheit roch. Seine stoische Ruhe übertrug sich nach einer Weile auch auf Claire, und sie geriet auch nicht in Panik, als ihr eine andere Spaziergängerin mit einem hysterisch kläffenden Terrier entgegenkam. Der Weg war ja breit genug und der andere Hund ebenfalls angeleint. Sie musste nur darauf achten, dass er Chico nicht auf die Pelle rückte. Jedenfalls hoffte sie das. Denn sie war nicht sicher, ob sie Chico in Schach halten konnte, falls er auf Angriff ging.

»Aus, Othello, pfui!«, schimpfte die Besitzerin des Terriers, als sie auf gleicher Höhe waren und ihr Vierbeiner regelrecht durchdrehte. Chico dagegen ignorierte den kleinen Kläffer, und obwohl das alles andere als ihr Verdienst war, empfand Claire einen Anflug von Stolz.

Kaum entfernten sie sich wieder voneinander, da beruhigte sich auch Othello wieder, um – wie ein Blick über die Schulter verriet, sogleich einen Haufen zu machen. Sein Frauchen zog einen Beutel aus der Hosentasche, steckte die Hand hinein, griff – geschützt durch den Kunststoff – nach dem Kackhaufen und stülpte dann den Beutel um, sodass sich der Hundekot jetzt darin befand, ohne dass sie ihn beim Auflesen wirklich berührt hätte.

Ach, so funktionierte das also! Gut zu wissen …

Wenig später änderte sich Chicos Gang. Er lief irgendwie breitbeinig und federnd zugleich, während er zugleich die Nase dicht am Boden hatte. Claire fragte sich, ob er wohl einer Fährte folgte. Was, wenn er urplötzlich losraste, um einen Hasen zu jagen oder ein Reh? Würde sie ihn dann überhaupt stoppen können? Vermutlich nicht. Chico war zwar altersschwach, doch wenn der Jagdtrieb mit ihm durchging, mobilisierte er garantiert sämtliche Kräfte, die er übrig hatte. Er würde ihr die Leine aus der Hand reißen oder – noch schlimmer – den Arm auskugeln, wenn es ihr gelang, sie festzuhalten.

Aber dann wurde ihr klar, dass diese Sorge unbegründet war. Chico raste nämlich nicht los, stattdessen ging er mit den Hinterläufen in die Hocke, was Claire zum Lachen brachte, denn diese Haltung sah aus, als würde er gleich zum Handstand ansetzen.

Natürlich machte er keinen Handstand, sondern lediglich einen Haufen, und das mitten auf den Weg, genauso wie Ronja es angekündigt hatte.

Jetzt konnte Claire die Technik, die sie bei Othellos Frauchen beobachtet hatte, selbst anwenden. Na gut: Hand in den Plastikbeutel, nach dem Haufen greifen – puh, der war ja noch ganz warm! – und umstülpen. Saubere Sache, eigentlich. Kein Hexenwerk. Ein bisschen eklig fand sie es dennoch, und dass sie den zugeknoteten Beutel bis zum nächsten Mülleimer tragen musste, machte die Sache nicht besser.

Was tue ich hier überhaupt? Statt neue Informationen über Sam zu finden, lief sie mit einem gutmütigen Riesenhund durch die Einöde und trug seine noch körperwarmen Ausscheidungen spazieren. Nicht besonders zielführend. Es sei denn, es brachte ihr Karmapunkte ein. Oder wenigstens Sympathiepunkte bei Ronja.

Als sie zurückkamen, war Ronja in ein Gespräch mit einem Paar vertieft, das die Katzenbabys bewunderte. Offenbar potenzielle Abnehmer – klar, dass dieses Gespräch Vorrang hatte.

Claire hielt sich unauffällig im Hintergrund und beobachtete die Szene. Die Frau trug ein enges Etuikleid und hochhackige Schuhe, war stark geschminkt und aufwendig frisiert. Allerdings hätte in diesem Augenblick wohl keine Modenschau der Welt ihre Aufmerksamkeit erregen können – sie hatte nur Augen für die Kätzchen. Die waren aber auch süß!

»Ich kann mich einfach nicht entscheiden – die Getigerte kam gleich auf uns zu, die Schwarze ist so elegant, und die Rotbraune so tapsig. Ich bin in alle drei verliebt!«, seufzte sie.

Ronja zog die Stirn kraus. Bestimmt hatte sie schlechte Erfahrungen mit Menschen gemacht, die sich nicht entscheiden konnten. Weil sie am Ende dann überhaupt kein Tier mitnahmen. Jedenfalls neigte Claire selbst dazu, so zu reagieren. *Erst mal abwarten.* Aber oft genug war aufgeschoben eben doch aufgehoben …

Die Stöckelschuhfrau schien da anders zu ticken. »Ich denke, wir nehmen alle drei. Was meinst du, Liebling?«, wandte sie sich an ihren Mann – einen Anzugträger, der sich in den letzten Minuten mehr auf sein Smartphone als auf die Katzenbabys konzentriert hatte.

Jetzt allerdings blickte er auf. »Alle drei? Bist du sicher?«

»Absolut sicher!«, rief sie und strahlte.

Ronjas Stirnrunzeln war verschwunden. »Herzlichen Glückwunsch, das ist eine wunderbare Entscheidung. Die drei Geschwister sind ein Dreamteam! Dann folgen Sie mir bitte ins Büro, damit wir die Formalitäten erledigen können.«

Mist, das würde bestimmt dauern. Claire schaute auf die Uhr.

»Willst du warten?«, fragte Ronja, die ihren Blick registriert hatte.

»Klar, warum nicht?«, erwiderte Claire. Noch vier Stunden, bis ihre Schicht begann. Genug Zeit, um nach Hause zu fahren, zu duschen, sich umzuziehen – und vorher etwas über Sam in Erfahrung zu bringen. Vielleicht hatte sie ja Glück?

21. September

Ich bin ganz aufgeregt! Endlich gibt es eine Spur von dir. Geduld zahlt sich eben doch manchmal aus. Eine geschlagene Stunde musste ich auf Ronja warten, bis die Katzenadoption abgewickelt war. Dann endlich hatte sie Zeit, mich im Tierheim herumzuführen. Das war meine Gelegenheit, sie vorsichtig auszuhorchen.
Dabei habe ich sie ein bisschen angelogen. Oder sagen wir: angeflunkert. Denn so ganz falsch ist die Behauptung ja nicht, ich hätte durch dich von den einsamen Hunden erfahren. Immerhin hast du mich tatsächlich auf die Idee gebracht, zum Tierheim zu fahren. Und mich zu engagieren. Wobei – das war im Grunde eher Tarnung. Egal, es ist das Ergebnis, das zählt!
Zuerst sah es nicht danach aus, als hätten mein Besuch und die Mutprobe mit Schäferhund-Mix und Kacktüte Erfolg. Ich habe deinen Namen mehrmals erwähnt, aber bei Claire schien da nichts zu klingeln – jedenfalls reagierte sie nicht darauf. Als ich dann dein Aussehen beschrieben und erwähnt habe, dass du immer eine Freundin im Schlepptau hattest, die inzwischen deine Ex-Freundin ist, erinnerte sie sich. Sie sagte, sie hätte dich schon länger nicht mehr gesehen, doch wenn sie sich recht erinnerte, wärst du meistens freitags da gewesen.
Bingo!
Dreimal darfst du fragen, wo ich kommenden Freitag sein werde … Oh, Sam, unser Wiedersehen steht unmittelbar bevor. Der Wahnsinn!

Kapitel 6

Je näher das Wochenende rückte, desto nervöser wurde Claire. Sie fieberte dem Treffen mit Sam regelrecht entgegen, und im Geiste ging sie immer und immer wieder durch, was sie zu ihm sagen würde. Nur, um es dann gleich wieder zu verwerfen und eine neue Variante auszutüfteln.

Du wirst dich sicher nicht an mich erinnern, dafür erinnere ich mich umso besser an dich – war das zu melodramatisch? Nein, so konnte sie das Gespräch nicht beginnen, sonst würde Sam sie noch für eine Stalkerin halten. Vielleicht besser: *Ich habe etwas, was du schon lange vermisst* ... Puh, das klang irgendwie nach Mafia-Film. *Mein Leben ist auch wie ein Novembertag – grau, dunkel und trostlos.* Das ging auch nicht. Denn dann wüsste er sofort, dass sie sein Tagebuch nicht nur gefunden, sondern auch gelesen hatte. Nicht gerade die beste Voraussetzung für eine wunderbare Freundschaft.

»Das ist aber kein Gin Tonic!«

Die Frau mit dem roten Neckholder-Kleid schob das Glas von sich und verzog das Gesicht. »Schmeckt eher nach Mojito. Und ich *hasse* Mojito!«

»Tut mir leid, mein Fehler, ich mixe dir einen neuen Drink.« Claire lächelte gequält. Auch das noch. Als ob nicht sowieso schon genug zu tun wäre. Wie jeden Donnerstag, wenn die Longdrinks im Angebot waren, kam sie an diesem Abend kaum mit dem Cocktail-Mixen hinterher. Auf ihrer To-do-Liste standen gerade drei Wodka Red Bull, zwei Cuba Libre, zwei Tequila Sunrise und ein Hurricane. Und jetzt also auch noch ein Gin Tonic.

Schade um den Mojito. Sie musste ihn wohl oder übel entsorgen. Es war schon das dritte Mal, dass sie heute einen Fehler gemacht hatte – und noch fast vier Stunden bis Feierabend. An dieser Quote war nur Sam schuld!

Nein, falsch. Sam konnte natürlich überhaupt nichts dafür, dass sie permanent an ihn dachte und dadurch abgelenkt war …

»Eigentlich wollen wir unsere Drinks verkaufen, nicht in den Ausguss kippen.«

Erschrocken fuhr Claire herum. Hinter ihr hatte sich Eros Conrady zu dem aufgebaut, was er wohl für eine strenge, doch zugleich unwiderstehliche und insgesamt sehr männlich markante Pose hielt. Eros, der in Wahrheit Erik hieß, es aber hasste, daran erinnert zu werden, hatte bis vor ein paar Jahren in einer Daily Soap mitgespielt und bezeichnete sich daher noch immer als Schauspieler. Seinen Ausflug in die Gastronomie nannte er ein Hobby. »So bin ich näher an den Fans, am Publikum, am Puls der Zeit«, hatte er einmal in einem Interview gesagt. Die Wahrheit war nicht ganz so spektakulär. Seit seinem Serientod bekam er einfach keine Rollen mehr, und da hatte er das, was von seinem Geld noch übrig gewesen war, eben in ein paar Clubs, Bars und Restaurants investiert. Wo er natürlich nicht arbeitete, sondern sich nur hin und wieder blicken ließ und so tat, als müsste man ihn zu einem gemeinsamen Selfie überreden. Dabei war diese Aufmerksamkeit sein Lebenselixier! Alles, was an seinen einstigen Ruhm erinnerte, ließ ihn aufblühen.

Leider gehörte Claire nicht dazu, denn blöderweise hatte sie beim Bewerbungsgespräch erwähnt, dass sie diese Soap nie gesehen hatte. Das hatte ihn nicht gerade amüsiert. Im Gegenteil, er schien ihr Desinteresse an der Serie als persönliche Beleidigung zu interpretieren. Vielleicht hätte sie selbst ein bisschen schauspielern und ihm die Bewunderung, die ihm als C-Promi zustand, gönnen sollen. Doch dazu konnte sie sich einfach nicht durchringen. Und es war ja auch nicht so, als litte Eros unter einem Mangel an Aufmerksamkeit – es waren immer irgendwelche Fans da, die ihn anhimmelten, um ein Autogramm baten oder eben um das unvermeidliche Selfie.

Dass Eros Conrady sie trotzdem eingestellt hatte, lag daran, dass sie sich beim Probearbeiten als flink und geschickt erwiesen hatte – und dass er damals dringend eine neue Aushilfe gebraucht hatte. Während der Semesterferien waren nicht so viele Studierende in der Stadt wie sonst und die Auswahl an günstigem Personal entsprechend geringer. Inzwischen sah die Sache etwas anders aus – der Semesterbeginn rückte näher, er war also nicht mehr so sehr auf Claire angewiesen – und davon, dass sie sich flink und geschickt anstellte, konnte zumindest heute Abend nicht die Rede sein.

»Das war schon dein zweiter Foopau für heute«, fuhr Eros fort.

Claire biss sich auf die Lippe und hoffte, einigermaßen zerknirscht zu wirken. Wenn er bemerkte, dass sie sich in Wahrheit das Lachen verkniff, war's das mit ihrem Job in der *UnzähmBar*. Aber es war einfach zu komisch, wenn Eros versuchte, sich gewählt auszudrücken, und dabei so was wie *Foopau* herauskam.

»Tut mir wirklich leid, das mit dem Fauxpas«, erwiderte Claire und konnte es nicht unterdrücken, das französische Wort überdeutlich auszusprechen: *Foopà*, mit Betonung auf der zweiten Silbe. Nicht *Foopau*, mit Betonung auf der ersten, wie Eros es ausgesprochen hatte.

Doch der schien das überhaupt nicht zu registrieren – und er ließ sich von ihrer Verbesserung auch nicht irritieren.

»Ich hab dich im Blick. Noch so ein Foopau, und du darfst hier höchstens noch Gläser spülen.« Mit dieser dramatischen Ankündigung ließ er Claire stehen, um seiner Lieblingsbeschäftigung nachzugehen: sich unters Volk zu mischen und auf »Der Wahnsinn, er ist es wirklich« huldvoll lächelnd zu reagieren.

Seufzend fuhr Claire mit ihrer Arbeit fort. Warum musste Eros ausgerechnet heute auftauchen? Er hatte sich schon ewig nicht mehr in der *UnzähmBar* blicken lassen. Letzte Woche hätte er sie in Topform erleben können …

Claire bemühte sich zwar redlich, Sam aus ihren Gedanken zu verbannen, doch so ganz gelang es ihr an diesem Abend nicht. Aber immer, wenn sie sich dabei ertappte, wieder von ihrem

Gespräch mit ihm zu fantasieren, riss sie sich zusammen und versuchte, sich wieder auf ihre Arbeit zu konzentrieren.

Zum Glück machte Eros seine Drohung, sie im Auge zu behalten, nicht wahr. Hätte er weniger mit einem ebenso langbeinigen wie vollbusigen weiblichen Fan geflirtet, wäre ihm wohl aufgefallen, dass sich Claire mehrmals beim Kassieren verrechnete, außerdem Gäste und Drinks verwechselte und einmal sogar so in Gedanken versunken war, dass sie nicht mitbekam, wie ein Gast verzweifelt versuchte, einen Sidecar zu bestellen.

Fast war Claire enttäuscht, dass sie bei keinem dieser »Foopaus« ertappt wurde. Dann hätte sich die Frage, wie lange sie sich diesen Job noch antun wollte, wenigstens von selbst beantwortet.

Das Klingeln ihres Handys riss Claire unsanft aus dem Tiefschlaf. Dennoch brauchte sie gerade mal drei Sekunden, um die Augen aufzuschlagen, alarmiert hochzufahren und mit pochendem Herzen das Licht anzuknipsen. Wenn ein unerwarteter Anruf sie aufweckte, konnte das nichts Gutes bedeuten! Sofort war alles wieder präsent – jener Morgen im Juni, an dem sie die schlimmste Nachricht ihres Lebens erreicht hatte … Eigentlich hatte sie sich nach Colins Tod angewöhnt, vor dem Zubettgehen den Schlafmodus einzuschalten, um bloß nie wieder von einer Hiobsbotschaft geweckt zu werden, doch gestern war sie so müde gewesen, dass sie eingenickt war, ohne das Handy aus der Tasche zu nehmen. Mit dem Resultat, dass sie es jetzt nicht sofort fand und wie eine Verrückte orientierungslos durchs Zimmer fegte, bis sie den Klingelton richtig ortete. Wenigstens war sie jetzt wach und klang nicht so verschlafen, als sie sich meldete.

»Claire, Liebes, wir haben so lange nichts von dir gehört, geht es dir gut?«

Ihre Mutter! Sie klang völlig unaufgeregt und überhaupt nicht nach Drama – aber vielleicht verstellte sie sich bloß, um ihre Tochter zu schonen? Sofort setzte Claires Kopfkino ein. Hatte etwa ihr Vater einen Herzinfarkt erlitten? Ihre Mutter eine Krebsdiagnose erhalten? Oder war ihr Elternhaus mit sämtlichen Erinnerungen an Colin abgebrannt?

»Ja, alles okay. Und bei euch? Ist was passiert?«, fragte sie atemlos.

Für einen Augenblick herrschte Stille in der Leitung.

Natürlich ist etwas passiert. Colin ist tot.

Doch diese naheliegende Antwort blieb unausgesprochen.

»Aber ja, Liebes. Uns geht's gut so weit.«

Claire atmete auf. Immerhin keine weitere Katastrophe! Dennoch fragte sie sich, was in aller Welt ihre Mutter so früh von ihr wollte, wenn nichts Besonderes anlag. Wobei – für sie als Frühaufsteherin erschien Viertel nach acht wohl eine angemessene Uhrzeit für einen Anruf, der kein Notfall war. Bestimmt hatte ihre Mutter schon eine Joggingrunde hinter sich, anschließend ausgiebig geduscht und gemütlich gefrühstückt. Claires Kreislauf dagegen hatte ordentlich zu kämpfen. Ihre Schicht in der Bar hatte mal wieder ewig gedauert, und sie war erst in den frühen Morgenstunden nach Hause gekommen. Kein Wunder, dass sie noch nicht fit war! Erschöpft ließ sie sich wieder aufs Bett sinken.

»Das freut mich«, sagte sie, nur um das Schweigen nicht noch länger auszudehnen.

Ihre Mutter räusperte sich. Offenbar lag ihr doch etwas auf dem Herzen. Warum rückte sie nicht einfach heraus mit der Sprache?

Claire beschloss, ihr entgegenzukommen. »Und sonst so? Gibt's irgendwas Neues?« Das war vage, aber signalisierte dennoch, dass sie offen war für was auch immer ihre Mutter zu verkünden hatte. Hauptsache, es war nichts Schlimmes.

»Dein Vater und ich fahren für zwei Wochen nach Südfrankreich«, erwiderte Claires Mutter schließlich. »Ganz spontan. Wir müssen einfach mal hier raus.«

Sie hielten es zu Hause also auch nicht aus. Wo Colins Abwesenheit so gegenwärtig war wie Sand in der Wüste.

»Gute Idee«, sagte Claire. Dann schwieg sie. Es gab nichts, was sie hätte sagen können, ohne in Tränen auszubrechen.

Ihrer Mutter schien es ähnlich zu gehen. »Wir melden uns, wenn wir zurück sind.« Ihre Stimme klang belegt.

»Ist gut. Gute Fahrt und ...«

Claire brach ab. Sie wusste nicht weiter. Viel Spaß zu wünschen, erschien ihr unangemessen. Der Spaß war zusammen mit Colin gestorben.

»... und eine gute Zeit«, schloss sie lahm.

Das Telefonat hatte nicht einmal drei Minuten gedauert.

Dennoch fühlte sich Claire danach völlig erledigt. Als hätte sie einen Langstreckenlauf hinter sich. Sie zog die Decke über den Kopf. Vielleicht würde es ihr ja gelingen, wieder einzuschlafen, wenn sie einfach an gar nichts dachte. Nicht an ihre verzweifelten Eltern. Nicht an ihr Zuhause, das sich in ein Trauerhaus verwandelt hatte. Nicht an ihre Sinnkrise, ihren anstrengenden Thekenjob und das bevorstehende Studium, von dem sie noch immer nicht wusste, ob sie es überhaupt antreten wollte. Nicht an den elend langen Tag, der vor ihr lag und an dem sie wieder allein mit ihren Gedanken sein würde …

Abrupt setzte Claire sich auf. Nein, es lag kein elend langer Tag vor ihr – denn es war Freitag!

Obwohl noch viel Zeit war, bis das Tierheim öffnete, hielt sie jetzt nichts mehr im Bett. Nach einer ausgiebigen Dusche und einem schnellen Frühstück war es gerade mal neun Uhr. Sie fragte sich, wie in aller Welt sie den langen Vormittag herumkriegen sollte. Unschlüssig in der Küche herumzusitzen war auf die Dauer zu langweilig und daher keine Option. Ihr Blick fiel auf die Tageszeitung, die Jenny abonniert hatte und die jetzt – bereits einmal durchgelesen und wieder ordentlich zusammengefaltet – auf der Arbeitsplatte lag. Ja, warum eigentlich nicht? Sie hatte schon lange keine Nachrichten mehr verfolgt. Höchste Zeit, dass sie sich mal wieder ein Update gönnte …

Doch schon nach wenigen Minuten schob sie die Zeitung zur Seite. Sie schaffte es einfach nicht, sich auf mehr als die

Headlines zu konzentrieren. Sobald sie versuchte, einen Artikel zu lesen, schweiften ihre Gedanken ab. Ihr Blick wanderte zwar über die Zeilen, aber der Inhalt schaffte es nicht, zu ihr durchzudringen. Immer wieder überflog sie dieselben Sätze, ohne sie wirklich wahrzunehmen. Entweder lag es daran, dass sie nicht richtig ausgeschlafen war, oder an ihrer Aufregung. Vermutlich an einer Mischung aus beidem! Sie war müde und hibbelig zugleich – eine Kombination, die ein aufmerksames Lesen einfach unmöglich machte. Also ließ sie es lieber bleiben, es hatte ja ohnehin keinen Sinn.

Aber irgendetwas musste sie doch tun!

An normalen Tagen würde sie sich jetzt Sams Rucksack schnappen und sich auf den Weg zur Bushaltestelle machen, um stundenlang sämtliche Linien abzufahren – doch das war überflüssig geworden, immerhin wusste sie inzwischen, wo sie Sam treffen konnte.

Was also stattdessen tun? Wieder putzen? Aufräumen? Wäsche waschen? Darauf hatte Claire heute auch keine Lust.

Die Idee kam aus dem Nichts. Shopping! Das war's! Sie hätte schon längst einkaufen gehen müssen – nach Colins Tod hatte sie so viel abgenommen, dass die meisten ihrer Sachen zu weit waren und wie Säcke an ihr hingen. Doch bisher war sie einfach nicht in der passenden Stimmung gewesen. Heute war sie es im Grunde auch nicht, aber sie musste sich schließlich beschäftigen, und die Vorfreude auf die Begegnung mit Sam machte sie irgendwie … fast euphorisch.

Also nahm Claire den Bus in Richtung Zentrum, stieg am

Hauptbahnhof aus und bog von dort aus in die Fußgängerzone ein. Sie hatte keinen konkreten Plan, sondern bummelte einfach drauflos.

Zwei Stunden und fünf Läden später war sie stolze Besitzerin einer hellblauen Jeans, einer geblümten Shorts, zweier Sommerkleider und von mindestens sieben Oberteilen. Und das meiste davon war sogar extrem reduziert. Die Jeans und eins der T-Shirts behielt sie gleich an. Es blieb noch genug Zeit, die Einkäufe nach Hause zu bringen und einen Kaffee zu trinken.

»Hey, du bist ja doch da.« Jenny kam wohl gerade aus der Dusche, denn sie hatte ein Handtuch um den Körper gewickelt und eins um die Haare geschlungen. Ihre nackten Füße hatten feuchte Spuren auf dem Boden hinterlassen.

»Ja, aber nur noch fünf Minuten, dann muss ich wieder los.«

»Ach, schade. Ben kommt auch gleich. Ich wollte vorschlagen, gemeinsam was Leckeres zu kochen.«

Normalerweise wäre Claire froh gewesen, eine Ausrede zu haben. Sonst würde sie den anderen bloß die Stimmung verderben. Doch heute bedauerte sie es ehrlich, absagen zu müssen.

»Klingt super! Aber leider habe ich schon was anderes vor, ausgerechnet. Schade. Vielleicht ein andermal.«

Jenny nickte und nahm sich ein Glas aus dem Regal, das sie mit Leitungswasser füllte.

»Und wie ist es heute Abend? Hast du da auch schon Pläne?«

»Ähm – keine Ahnung«, erwiderte Claire und spürte, wie ihre Wangen heiß wurden. »Bisher noch nicht, aber, na ja, vielleicht ergibt sich da gleich noch was.«

Falls Sam die Frau besser kennenlernen will, die alles Menschenmögliche getan hat, um ihn zu finden und ihm seinen Rucksack zu übergeben. Falls er die besondere Verbundenheit ebenfalls spürt. Falls alles gut wird …

»Du kannst dich ja noch spontan entscheiden. Ich bin heute Abend im *Blue Note Café* – da tritt so eine neue Indie-Band auf, die richtig gut sein soll. Die *Soulmates*. Wenn du Lust hast, kannst du ja mitgehen. Oder nachkommen, wie du willst.«

Indie-Band – noch so ein Stichwort aus Sams Tagebuch! Wenn sie ihm von dem Auftritt erzählte, würde er sie bestimmt begleiten. Selbst wenn er die Seelenverwandtschaft, die Claire sofort verspürt hatte, nicht auf Anhieb empfand, würde der gemeinsame Konzertbesuch gleich eine neue Verbindung knüpfen. Zwar wusste Claire gar nicht so genau, wie sich dieser Musikstil anhörte, aber sie wollte es unbedingt herausfinden. Irgendwie war sie sicher, sie würde ihn lieben.

»Guter Tipp. Das werde ich mir nicht entgehen lassen«, sagte sie, und die Dankbarkeit in ihrer Stimme war echt. Jenny hatte ihr damit, ohne es zu wissen, sehr geholfen.

»Super, bis später dann.« Jenny war schon fast zur Tür raus, als sie sich noch einmal umdrehte. »Übrigens, ich hab's Ben gesagt. Das mit deinem Bruder.«

Das war ja wohl … nicht wahr!

Mit offenem Mund starrte Claire ihre Mitbewohnerin an. Wie konnte sie nur? Das war doch ein vertrauliches Gespräch gewesen. Und Jenny hatte nichts Eiligeres zu tun, als gleich alles weiterzutratschen?

»Damit er Bescheid weiß und du das Ganze nicht noch mal erzählen musst«, fügte sie hinzu. Und dann mit einem kleinen Lächeln. »Gern geschehen.« Und weg war sie.

Claire sah ihr verstört hinterher, als hätte sie gerade eine Ohrfeige bekommen.

Als sie eine halbe Stunde später auf den Eingang des Tierheims zusteuerte, bekam sie einen ganz trockenen Mund vor Nervosität.

»Hey, da bist du ja wieder!«, begrüßte Ronja sie. »Sehr cool. Machst du gleich wieder eine Runde mit Chico?«

»Klar, warum nicht?«, stimmte Claire zu, auch wenn ihr eine Aufgabe in der Nähe des Eingangs lieber gewesen wäre. »Bin ich eigentlich die Erste?«

Ronja zog verständnislos die Stirn kraus.

»Ich meine, von den freiwilligen Helfern. Freitags ist hier doch sicher mehr los.«

»Ach so. Nö, noch niemand da. Das kann dauern, die meisten Leute arbeiten ja um diese Zeit. Vielleicht kommt im Laufe des Nachmittags jemand.«

Ach, so war das also. Das hatte sie natürlich nicht bedacht. Wenn es eh noch dauerte, konnte sie ebenso gut erst noch einen Hundespaziergang machen.

Chico schien sie zu erkennen – jedenfalls deutete sie sein erfreutes »Wuff« so. Ansonsten verhielt er sich so teilnahmslos gelangweilt wie beim letzten Mal. Er wählte den Weg, ignorierte alle anderen Hunde auf der Strecke und machte seinen Haufen mitten auf den Weg, sodass Claire erneut das Plastikbeutel-Manöver anwenden musste. Diesmal fand sie diese Aufgabe nur noch halb so ekelhaft.

»Gleich treffe ich Sam«, sagte sie. Zum ersten Mal sprach sie seinen Namen laut aus. Und weil sich das so gut anfühlte, tat sie es gleich noch ein paarmal. »Sam. Sam. Oh, hallo Sam. Hi, bist du nicht Sam?«

Chico kommentierte ihr Selbstgespräch nicht – es sei denn, man interpretierte die Tatsache, dass er währenddessen sein Bein hob und genüsslich pieselte, als Reaktion darauf. Was nicht sehr wahrscheinlich war, denn das hatte er beim letzten Mal ebenfalls getan, sogar mehrmals. Hunde verhielten sich nun mal so.

Nachdem sie Chico zurückgebracht hatte, waren Ronja und sie noch immer die einzigen Zweibeiner weit und breit. Deshalb übernahm Claire auch gern die nächste Aufgabe, die Ronja ihr übertrug: einen Gassigang mit Taxi, einer fünfzehn Jahre alten Pudeldame.

»Was für ein witziger Name«, fand sie.

»Eher ein total bescheuerter Name. Stell dir vor, dein Hund haut ab und du musst ihn rufen. Da stehst du dann also auf freier Flur oder mitten im Wald und brüllst *Taxi*. Dann kannst du nur hoffen, dass niemand in Hörweite ist, sonst würde man dich garantiert für übergeschnappt halten.«

Taxi haute nicht ab. Kunststück – sie war ja auch angeleint.

Als Nächstes war Buster dran, ein dreizehnjähriger Labrador. Und dann Miss Marple, eine vierzehnjährige Windhündin.

»Ich glaube, ich werde mich auf Seniorenhunde spezialisieren«, kommentierte Claire grinsend, als ihr Ronja entgegenkam.

»Das fänd ich echt gut. Die wenigsten haben ein Herz für alte, verschrobene Vierbeiner.«

Zu ihrem eigenen Erstaunen freute sich Claire sehr darüber.

»Übrigens, dein Freund ist vorhin gekommen. Dort drüben steht er.« Sie wandte den Kopf in die Richtung des Hundefreigeheges.

Claires Herz blieb kurz stehen – nur um gleich darauf umso schneller loszugaloppieren. Wie in Zeitlupe folgte sie Ronjas Blick. Dort stand er – ein junger Mann mit verwuschelten Haaren und Dreitagebart, der gerade dabei war, den Zaun zu reparieren.

Die Beschreibung passte perfekt. Aber er war nicht Sam.

27. September

Wenn man diesen Eintrag später kaum noch lesen kann, liegt das daran, dass ich ihn während der Busfahrt schreibe. Ich kann einfach nicht warten, bis ich zu Hause bin.
Heute war ich sicher, ich würde dich treffen, Sam.
Aber alles war nur ein riesengroßes Missverständnis. Ronja hat dich mit einem Typen verwechselt, der dir im Grunde überhaupt nicht ähnlich sieht. Er hat nicht diesen traurigen Blick. Nicht dieses besondere Charisma. Nicht das, was dich ausmacht – und mich auf unerklärliche Weise an Colin erinnert hat.
Er heißt übrigens Leon und fand es merkwürdig, dass wir ihn so angestarrt haben. Er hat mich später darauf angesprochen. Ich habe versucht, ihn aufzuklären, ohne als irre Stalkerin dazustehen. Ich bin mir nicht sicher, ob das gelungen ist.
Es ist also alles schiefgelaufen.
Aber es besteht Hoffnung. Denn Leon wusste, wen ich meinte. Er kannte dich. Nannte sogar deinen Namen. Samuel. Und den deiner Ex-Freundin: Louisa.
Sagte, du seiest in letzter Zeit nur noch selten im Tierheim gewesen. Hin und wieder hilfst du aber offenbar weiterhin dort aus.
Ich gebe die Hoffnung also nicht auf. Ab jetzt ist der Freitag bei mir für alte Hunde reserviert. Und aus irgendeinem Grund wäre das auch so, wenn ich genau wüsste, dich dort niemals zu treffen.
Aber wenn nicht dort, dann eben woanders!

Kapitel 1

Energisch klappte Claire das Tagebuch zu und verstaute es wieder im Rucksack. An der nächsten Haltestelle musste sie umsteigen. Oder zumindest aussteigen.

Etwas unentschlossen blieb sie am Straßenrand stehen. Der Feierabendverkehr brauste an ihr vorbei. Um ein Haar wäre sie von einem Radfahrer über den Haufen gefahren worden. Es gelang ihr gerade noch rechtzeitig, zur Seite zu springen.

Tief durchatmen.

Sie versuchte, den Straßenlärm um sich herum zu ignorieren und in sich hineinzuhorchen. Was nun? Eigentlich wollte sie überhaupt nicht nach Hause. Was sollte sie dort jetzt? Aber sie hatte sonst kein Ziel.

In diesem Moment fühlte sich Claire so verloren, als wäre sie ganz allein auf diesem Planeten. Da knurrte ihr Magen vernehmlich, und sie merkte, wie ausgehungert sie war. Kein Wunder, schließlich hatte sie heute noch fast nichts gegessen. Wie so oft in letzter Zeit hatte sie das vollkommen vergessen. Früher wäre ihr das nie passiert. Da hatte sie aber auch ihr geregeltes Leben gehabt. Gemeinsames Frühstück mit Colin, mittags eine Kleinigkeit aus der Schulkantine, weil alle das so machten, und abends eine warme Mahlzeit, die sie meistens gemeinsam als Familie zubereiteten. Colin war sehr kreativ darin gewesen, aus scheinbar nicht zusammenpassenden Kühlschrankresten etwas Köstliches zu zaubern, ihr Vater bezeichnete sich selbst als leidenschaftlichen Suppenkasper, und ihre Mutter bevorzugte die Mittelmeerküche. Claire selbst hatte sich meistens auf Hilfsarbeiten wie Gemüseputzen und Tischdecken beschränkt. Dennoch war das Kochen im Hause Cornelius stets eine Art Familienevent gewesen, ebenso das Zusammensitzen am runden Esstisch. Es wurde gelacht, gegessen, getrunken und erzählt, wie der Tag gelaufen war. Wie ihr das fehlte!

Zum Glück wohnte sie nicht ganz allein, sonst würde sie noch mehr Mahlzeiten ausfallen lassen.

Vielleicht hatten Jenny und Ben ja etwas von ihrer Kochorgie übrig gelassen? Darauf sollte sie sich lieber nicht verlassen. Ben konnte gigantische Portionen vertilgen, und auch Jenny hatte durch ihr Trainingspensum einen hohen Kalorienbedarf. Es wäre wohl besser, einen Abstecher in den Supermarkt zu machen und sich etwas zu besorgen. Irgendein Mikrowellen-Gericht, das ordentlich sättigte. Nasi Goreng oder so. Oder einfach ein belegtes Brötchen.

Wahrscheinlich hätte Claire die Tafel nicht beachtet, wenn diese nicht im Weg gestanden hätte und sie fast dagegengerannt wäre.

Spezialität des Tages: Fischteller vom Grill mit Spinatkartoffeln und Sommersalat stand darauf.

Das klang ja lecker! Das belegte Brötchen war sofort vergessen, das Mikrowellen-Nasi-Goreng ebenso. Wie ferngesteuert betrat Claire das italienische Restaurant, das ihr bisher noch nie aufgefallen war. Von außen war es auch völlig unscheinbar, doch der Gastraum wirkte edel und gemütlich zugleich mit dem Terracotta-Boden, den dezenten Designermöbeln und geschickt eingesetztem indirektem Licht. Das versprach ein gehobenes Niveau. Vermutlich auch entsprechende Preise, aber daran wollte Claire in diesem Moment nicht denken. Eigentlich dachte sie an gar nichts. Erst als ein Kellner in schwarzem Anzug und blütenweißem Hemd sie formvollendet begrüßte und fragte, ob sie noch weitere Personen erwartete, kam sie zu sich.

Am liebsten hätte sie sich auf dem Absatz umgedreht und wäre davongestürmt. Das wäre aber ziemlich kindisch! Außerdem hatte sie einen Bärenhunger. Was sprach also dagegen, hierzubleiben? Einmal von der Tatsache abgesehen, dass es garantiert höllisch unangenehm sein würde, allein am Tisch zu sitzen und angestarrt zu werden.

»Verzeihung – also erwarten Sie noch jemanden?«, wiederholte der Kellner, noch immer in zuvorkommendem Ton, bei dem jedoch ein winziger Hauch Ungeduld mitschwang – oder bildete sie sich das etwa nur ein?

»Ja, sorry – ich meine: Nein, ich esse allein«, stammelte Claire und ließ sich an den kleinsten aller Tische führen. Bevor sie es sich anders überlegen konnte, bestellte sie den gegrillten Fisch von der Angebotstafel, dazu ein stilles Wasser und ein Glas Weißwein.

Während sie auf die Getränke wartete, schaute sie sich um. Ungefähr die Hälfte der Tische war besetzt, doch sie war als Einzige allein. Als ob sie versetzt worden wäre. Oder einfach keine Freunde hätte. Allerdings könnte sie auch geschäftlich unterwegs sein – diese Erklärung klang wenigstens nicht so nach Versagerin.

Um nicht untätig herumzusitzen, zog sie ihr Handy hervor und klickte sich durch ihre Nachrichten. Nichts Neues dabei. Aber das musste ja niemand wissen.

Die Getränke wurden gebracht. Sie nippte zuerst am Wein und nahm dann ein paar große Schlucke Wasser. Anschließend schob sie das Weinglas ein paar Zentimeter nach rechts und die Gabel etwas nach links. Warum wusste sie auf einmal nicht, wohin mit den Händen?

Es war furchtbar.

Sie hatte ja noch nicht mal ein Buch dabei.

Obwohl … doch, das hatte sie sehr wohl! Claire packte das Tagebuch aus und blätterte darin herum. Nicht, um Sams Zeilen oder ihre eigenen Einträge zu lesen, sondern um beschäftigt und nicht so bemitleidenswert zu wirken, wie sie sich gerade fühlte. Vielmehr so, als würde sie sich auf eine Prüfung vorbereiten oder auf ein Bewerbungsgespräch.

Dann wurde das Essen serviert, und sie richtete ihre volle Aufmerksamkeit darauf. Es schmeckte wunderbar! Claire konnte sich gar nicht daran erinnern, wann sie das letzte Mal etwas so Gutes gegessen hatte. Und wichtiger noch: wann sie das letzte Mal eine Mahlzeit so sehr genossen hatte.

Dann fiel es ihr ein: Es musste am Abend nach der mündlichen Abiprüfung gewesen sein. Da hatten ihre Eltern Colin und sie eingeladen. Zur Feier des Tages hatten sie mit Champagner angestoßen. Sie hatte ebenfalls Fisch gegessen, ihre Mutter etwas Vegetarisches, ihr Vater gebratene Leber und Colin ein Steak. Er hatte von seinen Reiseplänen erzählt und dabei gestrahlt wie ein Kind an Weihnachten. Seine Augen hatten geleuchtet, als er von Hawaii schwärmte, den berühmten Surfspots, den unvergleichlichen Wellen, der besonderen Atmosphäre. Er hatte im Internet alles darüber gelesen und gesehen, was er finden konnte. Vermutlich wäre sein Notendurchschnitt noch besser ausgefallen, wenn er weniger Zeit damit vertrödelt und mehr gelernt hätte, aber auch so hatte es für ein 1,3er-Abi gereicht. Colin war immer alles zugeflogen, er musste nie viel lernen. Ein echtes Glückskind.

Und dann war sein Glück aufgebraucht gewesen.

Als ob er nicht sparsam genug damit umgegangen wäre.

Claire spülte diesen Gedanken mit einem Schluck Frascati herunter und wischte sich mit der Hand über die Augen. Musste ja keiner sehen, dass sie fast überliefen. Sie schaffte es einfach nicht, an Colin zu denken, ohne dass Tränen flossen. Und sie schaffte es auch nie länger als ein paar Stunden, *nicht* an Colin zu denken.

Um sich abzulenken, stellte sie sich vor, gemeinsam mit Sam hier zu sitzen. Ob er wohl auch den Fisch gewählt hätte? Oder war er, wie Colin, eher ein Steak-Typ? Claire tippte auf Letzteres, aber im Grunde spielte das keine Rolle. Viel interessanter wäre das, worüber sie reden würden. Was würde sie von sich preisgeben? Würde sie überhaupt von Colin erzählen oder so tun, als habe es ihn nie gegeben?

Puh. Schwierige Frage.

Ihn zu verschweigen, käme ihr vor wie Verrat.

Andererseits sollte Sam sie nicht als übrig gebliebene Hälfte kennenlernen, sondern als vollständige Persönlichkeit.

Irgendwann, wenn sie einander nähergekommen wären, würde sie ihn natürlich einweihen. Aber beim ersten Date wollte sie nicht in die Vergangenheit blicken. Sondern nach vorn. Mit ihm über die Zukunft reden, seine Träume und Ziele erfahren.

Wobei – dann würde er unweigerlich nach ihren fragen. Und darauf wüsste sie keine Antwort …

Vielleicht würde er aber auch einfach spüren, dass sie etwas bedrückte. Ganz ohne überflüssige Worte. Und er würde seine Hand ganz sanft auf ihre legen und ihr mit dieser kleinen Geste zeigen, dass er für sie da war. Dass er mit ihr schweigen konnte, wenn sie das wollte, aber auch zuhören würde, sobald sie dazu bereit wäre.

»Darf ich Ihnen noch etwas bringen? Ein Dessert vielleicht oder einen Espresso?«

Claire hatte den Kellner gar nicht kommen sehen. Und auch nicht bemerkt, dass ihre Gläser ebenso leer waren wie der Teller. Sicher bot sie ein seltsames Bild, wie sie davorsaß, Messer und Gabel noch in Händen, und ins Leere starrte. Schnell legte sie das Besteck zur Seite und bat um die Rechnung.

Draußen war es noch angenehm warm, die Hektik des Geschäftstages wich allmählich einer entspannten Feierabend- und Wochenendstimmung. Es wurde weniger gehastet und mehr geschlendert. Doch alle schienen irgendein Ziel zu haben. Eine Bar, ein Kino, einen Lieblingsmenschen. Nur auf Claire wartete niemand – abgesehen von ihren beiden Mitbewohnern, die sie im Grunde kaum kannte.

»Hey, pass doch auf!«, schimpfte ein Schirmmützenträger mit Hipster-Bart und Nerd-Brille, obwohl eigentlich *er* sie angerempelt hatte, nicht umgekehrt.

Allerdings wäre das wohl nie passiert, wenn sie nicht so abrupt stehen geblieben wäre. Und das wiederum wäre nie geschehen, hätte sie sich nicht an ihr Gespräch mit Jenny erinnert. War das wirklich erst heute Morgen gewesen? Es kam ihr vor, als seien seitdem Tage vergangen! Jenny hatte ihr vorgeschlagen, zu einem Indie-Konzert mitzukommen. Wo sollte das noch gleich stattfinden? In einem Irish Pub? Nein, einem Musik-Café. Irgendwas mit einer Farbe im Namen. *Purple Rain? Yellow Submarine? Green Day? Orange Bay? Blue Note Café*, das war's! Sie ließ sich den Fußweg dorthin auf ihrem Handy anzeigen. Er würde geschätzte dreiunddreißig Minuten dauern und sie quer durchs Zentrum führen.

Okay, dann mal los.

Ein Verdauungsspaziergang würde ihr guttun. Und wenn sie den Anfang des Konzertes verpassen sollte, machte das gar nichts. Schließlich wusste sie nicht mal, ob ihr diese Art von Musik überhaupt gefiel. Sie wusste nur, dass Jenny darauf stand – und Sam ebenfalls.

Eigentlich hatte sie gehofft, ihn zum Mitkommen überreden zu können. Wenn sie ihn getroffen hätte. Aber dieser Plan war ja gründlich schiefgegangen.

Andererseits …

Erneut blieb sie abrupt stehen, diesmal allerdings, ohne eine Karambolage zu verursachen. Und selbst wenn, hätte sie das vermutlich kaum bemerkt, denn dieser Gedanke hatte sie vollkommen überrumpelt: Was, wenn Sam sowieso da wäre? Als Indie-Fan hatte er garantiert mitbekommen, dass diese Band heute Abend im *Blue Note Café* spielte. Wie hieß sie noch gleich? Irgendwas mit Soul. Egal. Sam kannte den Namen sicher.

Plötzlich war Claire felsenfest davon überzeugt, ihn dort zu treffen. In wenigen Minuten würde sie ihm gegenüberstehen. Und vielleicht würden seine Augen ein bisschen weniger traurig aussehen, wenn sie ihm den Rucksack überreichte. Am besten wortlos – mit einem kleinen Lächeln. Ja, das war gut: Sie würde den Moment für sich sprechen lassen, nicht zerreden mit einer albernen, umständlich zurechtgelegten Formulierung.

»Das ist ja mein Rucksack!«, würde Sam überrascht rufen und sie neugierig mustern. »Woher weißt du, dass er mir gehört? Wo hast du ihn her? Wer bist du?«

Sie würde sich erst geheimnisvoll geben und ihm dann alles erzählen. Na ja, manches würde sie auch weglassen. Dass sie tagelang mit dem Bus hin und her gefahren war, würde sich mehr als nur ein bisschen merkwürdig anhören.

Und vielleicht stimmte das ja auch. Sie war nicht mehr sie selbst, seit sie Sam begegnet war. Eigentlich seit der Sache mit Colin. Obwohl – vielleicht stimmte das auch nicht. Vielleicht war sie das noch niemals gewesen: sie selbst. Oder umgekehrt: Vielleicht war sie es jetzt? Und vielleicht fühlte es sich nur so seltsam an, weil es ungewohnt war?

So viele Vielleichts – so wenig Gewissheit …

Und dann stand sie vor dem *Blue Note Café*. Ob Jenny wohl schon da war? Bestimmt. Die Band spielte bereits, das konnte man hören. Ihr gefiel die Musik auf Anhieb – sie klang irgendwie ursprünglich und ungekünstelt. Die Sängerin verzichtete auf unnötige Schnörkel und jegliche Effekthascherei. Die zweite Gesangsstimme war tief, männlich und auf interessante Weise rau. Obwohl das der größtmögliche Kontrast zu dem glockenhellen Sopran war, harmonierten die beiden Stimmen auf eine Art und Weise, die Claire fast den Atem raubte. So, als wären die beiden füreinander geschaffen. Seelenverwandte.

Soulmates!

Jetzt fiel ihr der Bandname wieder ein. Er passte perfekt.

Von der Musik magisch angezogen, betrat Claire das *Blue Note Café* und schob sich durch die Menge in Richtung Bühne.

»Hey, Claire, du bist gekommen! Sehr cool! Hier, schnapp dir den letzten Barhocker und setz dich zu uns.«

Etwas überrumpelt blieb sie stehen. Da saßen Jenny, Ben und offensichtlich Bens aktuelle Freundin. Die beiden hielten sich nicht nur eng umschlungen, sondern hatten sich derart ineinander verschraubt, dass es geradezu bizarr wirkte und Claire sich fragte, ob sie es überhaupt schaffen würden, sich wieder voneinander zu lösen, ohne Verletzungen davonzutragen.

»Claire, hallo. Wie schön«, begrüßte sie nun auch Ben, und etwas in seinem Tonfall erinnerte sie daran, dass er Bescheid wusste. Jenny hatte ihm von ihrem Gespräch erzählt. Brühwarm. Bestimmt war er schockiert gewesen. *Die arme Claire.* Sie hasste es, die arme Claire zu sein. Bemitleidet zu werden, war irgendwie … erniedrigend. Es schloss sie aus der Gemeinschaft der coolen Leute aus, die es sich leisten konnten, andere zu bemitleiden und dadurch auf sie herabzublicken, wenn auch unbeabsichtigt. Sie wünschte wirklich, Jenny hätte dichtgehalten. Oder noch besser: Sie hätte sich ihr gar nicht erst anvertraut.

»Willst du dich nicht setzen? Das ist übrigens Mila.«

»Hi«, stieß Claire hervor. »Danke, dass ihr mir einen Stuhl frei gehalten habt. Aber ich … Ähm, wisst ihr, wo hier die Toiletten sind?«

Eine bessere Ausrede, um wegzukommen, war ihr auf die Schnelle nicht eingefallen. Doch kaum hatte Claire sie ausgesprochen, merkte sie, dass ihre Blase tatsächlich voll war. Sie würde also das Notwendige mit dem noch Notwendigeren verbinden und sich auf dem WC nicht nur beruhigen, sondern auch erleichtern.

»Dort hinten, gleich neben der Bühne rechts rein«, erklärte Jenny. »Willst du nicht deinen Rucksack hierlassen?« Sie streckte ihre Hand aus, um ihn entgegenzunehmen. »Ich passe auch gut auf ihn auf.«

»Lieb, aber – nein, danke«, sagte Claire und marschierte los, bevor jemand diese Antwort hinterfragen konnte.

Beim Händewaschen dachte sie darüber nach, warum sie eben dermaßen die Fassung verloren hat. An das Mitleid ihrer Mitmenschen sollte sie sich inzwischen doch gewöhnt haben. Das war schließlich immer noch besser als Herzlosigkeit. Und vielleicht war es in diesem Fall auch gar kein Mitleid, sondern echte Empathie. Was also war ihr so übel aufgestoßen? Nicht der Unterton in Bens Stimme, wurde ihr jetzt klar. Es war Jennys eigenmächtige Entscheidung, ihm von Colins Tod und ihrer Trauer zu erzählen. Das war eine Grenzüberschreitung gewesen.

Eigentlich sollte sie stinksauer sein. Aber wenn sie genauer in sich hineinspürte, stellte sie fest, dass sie das gar nicht war. Jenny hatte das nicht gemacht, um zu tratschen, sondern weil sie ihr einen Gefallen tun wollte. Sie hatte nur versucht, ihr ein weiteres tränenreiches Gespräch zu ersparen. So wusste Ben Bescheid, ohne dass Claire da noch einmal durchmusste. So jedenfalls hatte Jenny ihr Verhalten vorhin erklärt, und Claire glaubte ihr.

Okay. Alles war gut. Jetzt schnell zurück, bevor die anderen einen Suchtrupp losschickten.

Während sich Claire durch die Menge zurück zum Tisch schob, spielte *Soulmates* einen besonders rhythmischen Song. Das Publikum klatschte nicht nur im Takt, sondern sang auch mit – jedenfalls die überwiegende Mehrheit. Offenbar alles Fans. Sie war die Einzige, die nicht einmal die bekannteste Nummer der Band kannte. Doch hinterher applaudierte sie genauso begeistert wie die anderen.

»Unser nächster Song ist ausnahmsweise kein eigener, sondern von *Queen*. Wir spielen ihn für unseren guten Freund Julius, der vor ein paar Tagen gestorben ist. Das Leben ist nicht fair, Leute, aber das heißt nicht, dass wir es nicht feiern sollten. Also für Julius, für euch und für alle, die ihr verloren habt: *No One But You.*«

Wie paralysiert blieb Claire stehen. Das konnte doch kein Zufall sein! Dieser *Queen*-Song war auf Colins Beerdigung gespielt worden. Trotz der drückenden Hitze bekam sie schon bei den ersten Akkorden eine Gänsehaut am ganzen Körper. Dann setzte der Gesang ein und berührte sie ganz tief in ihrem Innersten. *A hand above the water, an angel reaching for the sky. Is it raining in heaven, do you want us to cry?* Der raue Bass des Sängers klang genauso verletzlich, wie Claire sich fühlte – es war, als sänge er nur für sie. Sie schloss die Augen und vergaß, wo sie sich befand. Tränen strömten ihr über die Wangen. Alles war wieder genau wie damals auf dem Friedhof. Sie war nicht die Einzige gewesen, die bitterlich geweint hatte. Spätestens bei der Zeile *Only the good die young* war bei der Trauergemeinde kein Auge trocken geblieben.

Und jetzt ging es ihr nicht anders. Doch damit war sie nicht allein. Entweder hatte hier jeder in letzter Zeit einen geliebten Menschen verloren, oder das Mitgefühl war ansteckend. Die Musik tat ihr Übriges.

Claire schämte sich ihrer Tränen nicht. In dieser Umgebung war ihre Reaktion völlig natürlich, niemand starrte sie neugierig oder irritiert an.

Sie stellte den Rucksack ab, um darin nach einem Päckchen Taschentücher zu kramen. Als sie ihn wieder aufsetzte und gerade hinüber zu den anderen gehen wollte, sah sie ihn.

Wuschelige Haare.

Traurige Augen.

Zerschlissene Jeans.

Ein T-Shirt mit der Aufschrift *Soulmates*.

Sam!

27. September – immer noch

Oh Mann. Ich war so sicher gewesen. Da ist Sam – die Erkenntnis hatte mich getroffen wie ein Blitzschlag. Ich konnte kaum atmen vor Aufregung und wäre beinahe über meine eigenen Füße gestolpert, als ich mich voller Glück und Vorfreude auf das Wiedersehen durch die Menge schob ... Na gut, vielleicht lag es an der Hitze, dem Frascati, der Musik, dem Dämmerlicht und meiner Fixierung darauf, dich zu finden.
Fast hätte ich den Rucksack einem Wildfremden in die Hand gedrückt. Der hätte bestimmt nicht schlecht gestaunt. Und mich für so verrückt gehalten, wie ich vermutlich auch bin. Oder schlimmer noch: wäre mit dem Rucksack abgehauen.
Aber ich habe es ja noch rechtzeitig bemerkt. Ich habe mich also nicht komplett zur Idiotin gemacht. Sondern nur so halb. Herzlichen Glückwunsch!
Bestimmt habe ich reichlich lächerlich gewirkt, wie ich so zielstrebig auf den Kerl zumarschiert bin, ihn erst angestrahlt und dann blöd geglotzt habe, um mich dann auf dem Absatz umzudrehen und zu verziehen.
Hätte ich wenigstens so etwas wie »Sorry, ich hab dich verwechselt« gesagt! Vielleicht hätte sich daraus ja ein nettes Gespräch ergeben. Womöglich hätte er dich sogar gekannt und mich zu dir gebracht. Aber natürlich habe ich vor lauter Schreck keinen Ton hervorgebracht, nicht mal ein Krächzen. Und es dauerte geschlagene fünf Minuten, bis sich mein Puls wieder halbwegs normalisiert hatte. Erst dann wagte ich, zu den anderen an den Tisch

zu gehen und mich mit ihnen zu unterhalten, als wäre nichts geschehen. Meine Stimme hat zwar ein klein wenig gezittert, aber es war so laut, und die anderen kennen mich zu wenig, um das zu bemerken.
Na ja, wenn man davon absieht, dass ich dich schon wieder verpasst habe, war es dann doch noch ein schöner Abend. Die Musik war genial. Ich bin jetzt ebenfalls stolze Besitzerin eines Fanshirts. Und wir haben uns super unterhalten, Jenny, Ben und ich. Sogar Mila war ganz nett, auch wenn die so gut wie nichts zum Gespräch beigetragen hat. Außer einem ziemlich guten Vorschlag: morgen ins Kino zu gehen. Und zwar nicht in irgendeins, sondern in das Programmkino in der Altstadt. Dort läuft Astrid, *der Film über die junge Astrid Lindgren. Ich habe natürlich sofort zugesagt. Nicht nur, weil ich einer der weltgrößten Lindgren-Fans bin. Sondern weil du das vielleicht auch bist. Stichwort Programmkino. Ist das nicht genau dein Ding?*
Auf jeden Fall weiß ich, dass du auf Kinofilme stehst.
Es besteht also durchaus die Chance, dass wir uns dort morgen treffen.
Wäre es nicht lustig, wenn wir dann beide unsere Soulmates-*T-Shirts anhätten?*

Kapitel 8

»Ihr seid mir doch nicht böse, wenn ich nicht mitkomme? Mir geht's echt beschissen. Migräne«, stöhnte Jenny. Sie war leichenblass und konnte sich nur mit Mühe aufrecht halten. Ihre bordeauxroten kurzen Haare standen in alle Himmelsrichtungen ab, ihre Augen waren glasig. So hatte Claire ihre Mitbewohnerin noch nie gesehen. Sie gehörte eindeutig ins Bett!

»Soll ich den Arzt rufen?«, fragte sie eilig. »Oder einen Tee kochen? Ich bleibe auch gerne hier und kümmere mich um dich.«

Doch Jenny winkte ab. »Bloß nicht. Ich habe meine Medis eingeworfen. Das sind echte Hämmer. Müssten bald wirken. Und dann brauche ich einfach nur Ruhe.«

»Wirklich? Wie gesagt, es macht mir nichts aus …«

»Lass sie«, meinte Ben. »Bei Migräne braucht Jenny echt nur Dunkelheit und absolute Ruhe. Da ist es sogar gut, dass wir ausgehen. So stören wir sie nicht.«

Zweifelnd schaute Claire der davonschlurfenden Jenny hinterher. »Die Ärmste«, murmelte sie.

»Jenny ist ein großes Mädchen«, meinte Ben, während er seinen Männerdutt neu festzwirbelte. »Sie hat das alle paar Monate und kann damit umgehen. Und wir machen uns jetzt besser aus dem Staub. Mila müsste auch bald kommen. Eigentlich wollte sie längst da sein.« Er warf einen Blick auf seine Retro-Armbanduhr und runzelte die Stirn.

In diesem Augenblick wurde Claire bewusst, dass aus einem Kinobesuch mit Freunden gerade ein Kinobesuch mit einem Pärchen geworden war – und sie war das fünfte Rad am Wagen. Na ja, eigentlich das dritte, aber ein Wagen hatte nun mal vier Räder und …

Bens Handy unterbrach ihren Gedankengang. Das durfte doch nicht wahr sein – er hatte tatsächlich *Mister Bombastic* als Klingelton eingestellt, diesen Dancehall-Hit aus den Neunzigern mit dem Macho-Text. Wie peinlich war das denn? Irgendwie wurde Claire einfach nicht schlau aus ihrem Mitbewohner.

Ben tat so, als wäre das völlig normal, und meldete sich gut gelaunt mit »Hallo, Schatz«. Doch dann verschwand sein Lächeln. »Echt? Aber …« Er runzelte die Stirn. »Wer ist Jenna?« Die Antwort schien ihn zu überraschen. »Okay. Na, damit kann *Astrid* natürlich nicht mithalten … Sag liebe Grüße, unbekannterweise. Sehen wir uns morgen?« Nach einer weiteren kurzen Pause hellte sich seine Miene wieder auf. »Ich freu mich drauf. Bis dann!«

Claire versuchte zu ignorieren, dass er das Gespräch mit ein paar schmatzenden Kussgeräuschen beendete. Das war ihr eigentlich ein bisschen zu intim, aber wenn es Ben nicht unangenehm war, sollte es ihr wohl egal sein.

»Das war Mila«, informierte er sie überflüssigerweise. »Ihre Schwester ist überraschend zu Besuch gekommen. Bleiben also bloß noch wir beide übrig.«

Na großartig!

Genau das hatte Claire nie gewollt – nur sie und Ben zusammen im Kino. Fast wie ein Date. Wobei: Von ihrer Seite aus war es natürlich keins. Und hatte er nicht eben mehr als deutlich gemacht, dass er vergeben war? Andererseits war Mila schon Bens vierte Freundin, die Claire seit ihrem Einzug kennengelernt hatte. Offenbar war er nicht sonderlich beständig, was seine Beziehungen betraf. Was, wenn er einfach jede Gelegenheit nutzte, die sich ihm bot? Und so ein dunkler Kinosaal forderte ja quasi zu Annäherungsversuchen auf …

»Wir können das auch gern verschieben«, schlug sie daher vor. »Nächste Woche geht es Jenny garantiert besser, und dann hat vielleicht auch Mila Zeit. Kein Problem für mich.«

»Ach, Unsinn, wir ziehen das jetzt durch. Nächste Woche steht *Astrid* gar nicht mehr auf dem Spielplan, und ich will den Film unbedingt sehen, weil ich im kommenden Semester ein Seminar über Kinderliteratur belege«, erklärte Ben.

So wenig dieses Interesse für Kinderbücher zu einem Typen passte, der *Mister Bombastic* als Klingelton hatte, so beruhigend wirkte es doch auf Claire. Es ging ihm also wirklich um den Film, nicht darum, sie anzubaggern.

»Na gut«, entschied Claire. Sie hatte wohl einfach zu viel in die Situation hineininterpretiert. Das lag sicher an dem Gefühlschaos, das in ihr tobte. Denn sie freute sich wirklich auf den Film. Aber gleichzeitig nagte das schlechte Gewissen an ihr: Es war ihr erster Kinobesuch seit Colins Tod. Wie konnte sie da Freude empfinden?

Obwohl sie stramm marschiert waren, kamen Claire und Ben erst kurz vor Beginn des Films im Kino an. Während sie sich am Ticketschalter anstellte, besorgte Ben noch rasch Cola und Popcorn, ohne das für ihn ein Kinobesuch undenkbar war, wie er verkündet hatte. Süß für ihn selbst, salzig und mit zerlassener Butter für Claire.

Die Trailer liefen schon, als sie sich im Schein der Handy-Taschenlampe durch ihre Sitzreihe schlängelten, um zu ihrem Platz zu gelangen.

Der Saal war gut gefüllt, so viel konnte Claire erkennen, aber zu checken, ob Sam hier irgendwo saß, war unmöglich. Dazu hätte sie jeden einzelnen Besucher anleuchten müssen.

Es war ein seltsamer Gedanke, dass Sam womöglich ganz in ihrer Nähe saß, ohne dass sie es wusste. Andererseits wäre das ein riesiger Zufall. Außerdem – würde sie das nicht spüren? Wenn wirklich eine unsichtbare Verbindung zwischen ihnen existierte, dann wäre das durchaus möglich. Sie hatte so etwas schon häufig erlebt. Mit Colin. Einmal waren sie getrennt zu einer Party gefahren, weil er direkt von zu Hause kam und sie vorher einen Friseurtermin gehabt hatte. Sie war vor ihm da gewesen, und als er dann endlich eintraf, hatte sie es schon gewusst, bevor die Tür sich öffnete. So war es ihr ständig gegangen.

Natürlich hatte Claire nie jemandem davon erzählt – es

hätte sich zu verrückt angehört. Sie war doch keine Hellseherin und glaubte ja noch nicht einmal an Horoskope! Doch diese Sache hatte rein gar nichts mit Esoterik zu tun. Das war ganz einfach ihr sechster Sinn. Colins Anwesenheit zu spüren war so real gewesen, wie seine Stimme zu hören.

Sams Stimme dagegen kannte sie noch gar nicht. Jedenfalls nicht seine echte. Wenn sie seinen Tagebucheintrag las, stellte Claire sie sich warm und eher tief vor. In ihrer Fantasie klang er traurig, mit einem kleinen Funken Selbstironie.

Dann waren Werbung und Trailer vorbei, und der Film fing an. Sofort zog er Claire in den Bann. Für 123 Minuten dachte sie weder an Colin noch an Sam, sein Tagebuch und seinen Rucksack – und schon gar nicht an Ben, obwohl der ununterbrochen Popcorn knabberte, was sie unter normalen Umständen abgelenkt hätte. Nicht jedoch heute.

Stattdessen tauchte sie ein in das Leben einer ganz erstaunlichen jungen Frau, die vor fast hundert Jahren wesentlich mutiger und selbstbewusster gewesen war als Claire heute – und der das Schicksal ebenfalls einige schwere Prüfungen auferlegt hatte.

Wie hatte die gerade mal Neunzehnjährige es ertragen, ihren unehelichen Sohn heimlich in Dänemark zur Welt zu bringen und dort bei Pflegeeltern zurückzulassen? Wie schrecklich musste es für sie gewesen sein, zu erleben, wie er sich von ihr entfremdete? Wie war es ihr trotz alldem gelungen, ihre Leidenschaft fürs Schreiben zu entfalten und ihren einzigartigen Humor zu bewahren?

»Hast du mal ein Taschentuch?«

Claire hatte völlig vergessen, dass Ben neben ihr saß. Erst als er sie während des Abspanns ansprach, wurde sie sich seiner Anwesenheit bewusst.

»Sommergrippe oder Allergie?«, fragte sie.

»Nein, Heulfilmeritis.« Er grinste schief.

»Mir ist er auch ganz schön an die Nieren gegangen.«

»Jetzt brauch ich ein Kontrastprogramm. Wollen wir noch was trinken gehen?«

Warum eigentlich nicht? Wenn Jenny und Mila mitgekommen wären, hätte er sicher den gleichen Vorschlag gemacht. Das hier war immer noch kein Date!

»Einverstanden – aber bitte nicht in die *UnzähmBar*. Wenn ich schon einmal an einem Samstagabend freihabe, dann will ich auch was anderes sehen.«

»Das kann ich mir vorstellen. Um die Ecke ist ein Irish Pub. Magst du Guinness?«

»Hab ich noch nie probiert«, gab Claire zu.

»Na, dann wird's allerhöchste Zeit, das zu ändern!«

Wieder mussten sie sich durch die komplette Sitzreihe schieben. Hätten sie näher am Eingang gesessen, wären sie früher draußen gewesen, und Claire hätte die herausströmende Menge unauffällig mustern können. Wenn Sam unter ihnen gewesen wäre, hätte sie ihn bestimmt nicht verpasst.

So allerdings waren die meisten schon weg, als sie endlich ins Foyer kamen. Claire reckte ihren Hals und drehte sich einmal um die eigene Achse, doch von Sam war weit und breit nichts zu sehen.

»Suchst du was?« Ihr seltsames Verhalten war Ben natürlich nicht entgangen.

»Ich dachte nur, ich hätte vorhin jemanden gesehen, den ich aus der *UnzähmBar* kenne«, schwindelte sie. Zum Glück fragte Ben nicht weiter nach.

Der Irish Pub war gut gefüllt, doch es gelang ihnen, einen gerade frei gewordenen Zweiertisch zu ergattern.

»Gemütlich hier«, kommentierte Claire und schaute sich neugierig um. Die Einrichtung wirkte irgendwie urig – auf eine angenehme Art. Im Hintergrund lief irische Folkmusik. Man fühlte sich sofort wohl. Wie in einem Wohnzimmer. »Aber ich sehe überhaupt keine Servicekräfte«, wunderte sie sich.

»Kein Wunder – hier ist Selbstbedienung. Ich hol uns mal zwei Guinness, okay?«

Während sich Ben auf den Weg zur Theke machte, schweiften ihre Gedanken wieder zurück zu Astrid Lindgren. Beziehungsweise zu Astrid Ericsson, wie sie damals noch geheißen hatte. Eine Filmszene hatte sie ganz besonders beeindruckt, obwohl sie eher nebensächlich war: Astrid, wie sie völlig ausgelassen tanzte. Freestyle. War da die Pippi Langstrumpf in ihr durchgeblitzt, die sie erst viele Jahre später erfinden würde?

Claire hätte sich das nie getraut. Jedenfalls nicht, wenn sich alle anderen gesittet im Paartanz bewegt hätten. Lieber wäre sie in der Ecke sitzen geblieben und hätte zugeschaut.

Ich bin viel zu sehr Annika, dachte Claire und zog eine Grimasse.

»Was machst du denn für ein Gesicht?« Ben stellte einen Krug vor sie hin. Das war also Guinness? So dunkel hatte Claire es sich nicht vorgestellt.

»Ach, nichts. Danke dir! Sieht aus wie Cappuccino mit Milchschaum.«

»Stimmt. Aber geschmacklich gibt's durchaus gewisse Unterschiede. Prost – oder wie der Ire sagt: Sláinte!«

Claire nippte daran. Nach einem ersten, vorsichtigen Schluck riss sie überrascht die Augen auf und nahm einen zweiten, mutigeren.

»Na, wie schmeckt's?« Bens Augen blitzten neugierig. Als wäre das besondere Aroma dieses Bieres allein sein Verdienst.

»Ein bisschen süß, fast klebrig. Gleichzeitig total bitter. Wie eine Mischung aus Lakritze, dunkler Schokolade und kaltem Espresso.«

Ben prustete los. »Sehr treffend beschrieben. Du hast bloß den Alkohol vergessen.«

»Ups, böse Falle.« Sie kicherte. Dann brach sie erschrocken ab und schlug sich die Hand vor den Mund, als hätte sie etwas Unpassendes von sich gegeben.

Und so war es ja auch.

Wie konnte sie so unbeschwert sein, während Colin nie wieder lachen, nie wieder einen Film sehen, nie wieder Bier trinken würde? Hoffentlich wollte Ben nicht über ihre merkwürdige

Reaktion reden. Lieber wechselte sie schnell das Thema. »Welche Astrid-Lindgren-Figur beschreibt eigentlich deinen Charakter am besten?«, fragte sie ihn spontan. »Also ich bin eine Annika Settergren. Oder vielleicht sogar eine Ida Svensson.«

Ben überlegte keine drei Sekunden lang. »Ganz eindeutig: Karlsson vom Dach.«

Wieder musste Claire lachen. »Nicht dein Ernst!«

»Nein, ich wollte bloß einen Witz machen. In Wahrheit bin ich entweder Kalle Blomquist oder Ole vom Bullerbü-Mittelhof oder … Rasmus.«

»Rasmus? Der Waisenjunge, der aus dem Heim ausbricht, um eine Familie zu finden?«

Jetzt hatte er ihre volle Aufmerksamkeit.

»Bei mir geht die Geschichte so: Es war einmal ein kleiner Junge, der hatte alles, was ihn glücklich machte: ein Zimmer voller Spielsachen, einen Garten mit einer riesigen Schaukel darin, einen Haufen Freunde und Eltern, die ihn über alles liebten. Dann bekam seine Mutter einen bösen Husten, der in Wahrheit eine Lungenentzündung war, ihr eine Blutvergiftung bescherte und ihre Organe versagen ließ. Ein paar Tage später war sie tot.

Der Vater des Jungen machte sich Vorwürfe, weil er sie nicht rechtzeitig zum Arzt gebracht hatte, bekam Depressionen und wurde Trinker.

Und der Junge selbst war so traurig, dass er dachte, er würde nie wieder lachen. Nein, falsch: Er dachte, er *dürfte* nie wieder lachen.

Und vielleicht hätte er das auch wirklich nicht mehr getan, wenn sein Großvater ihn nicht eines Tages auf den Schoß genommen und ihm gesagt hätte, seine Mama sei jetzt ein Engel, der auf einer Wolke sitze und ihm von dort oben zuschaue. *Glaubst du etwa, sie will, dass du traurig bist?*, fragte Opa und lieferte die Antwort selbst: *Natürlich nicht! Sie will, dass es dir gut geht. Und je öfter du lachst und fröhlich bist, desto glücklicher ist auch sie.*

Das leuchtete dem Jungen ein, und so nahm er sich vor, das Leben zu genießen.«

Ben lächelte unbeholfen, während Claire ihn mit offenem Mund anstarrte.

»Ich weiß, das ist furchtbar kitschig, und an die Sache mit der Wolke glauben wir wohl beide nicht mehr. Aber der springende Punkt ist doch: Würde dein Bruder wirklich wollen, dass du dich für dein Lachen schämst?«

Er stand auf und schnappte sich die leeren Guinness-Krüge. »Ich hole uns noch eine Runde.« Und weg war er.

Claire hatte überhaupt nicht registriert, dass sie ausgetrunken hatten.

Was für eine Geschichte!

Sie hatte beim Zuhören regelrecht Gänsehaut bekommen. Verblüfft schaute sie ihrem Mitbewohner hinterher. Damit hätte sie nun ganz und gar nicht gerechnet.

Aber natürlich hatte Ben völlig recht. Colin würde nicht wollen, dass sie nie wieder lachte, im Gegenteil: Hätte er geahnt, dass er sterben würde, hätte er festgelegt, dass ein Comedian auf seiner Beerdigung die Grabrede hielt.

Erst als Ben mit den vollen Krügen zurückkehrte, begriff Claire, dass er ihr vorhin kein Märchen erzählt hatte. Er hatte das nicht aus einem Buch und auch nicht spontan erfunden, sondern wirklich erlebt.

»Wie alt warst du, als deine Mutter starb?«, fragte sie leise.

»Zwölf«, erwiderte er.

Claire schluckte. Mit zwölf war ihr Leben noch völlig unbelastet vom Schmerz und Elend dieser Welt gewesen. Sie hatte Ballett getanzt und *Harry Potter* verschlungen, war alljährlich mit ihren Eltern und Colin ans Meer gefahren, war behütet und geliebt worden und hatte nicht geahnt, dass das Schicksal so fies sein konnte, wie es nun mal war.

Wie hätte sie reagiert, wenn ihr in dem Alter so etwas Schreckliches passiert wäre? Bestimmt hätte es sie vollkommen aus der Bahn geworfen.

»Und wie hast du das überlebt?«

Ben nahm ein paar kräftige Schlucke Bier. »Zuerst dachte ich, das würde ich niemals. Mein Leben war pure Dunkelheit. Und als ich dann endlich wieder Licht sah, bin ich ihm hinterhergerannt wie ein Esel der berühmten Möhre.« Er kratzte sich am Kopf. Eine Verlegenheitsgeste, die irgendwie süß wirkte. Wenn man auf Weiberhelden stand. Was Claire nicht tat.

Irritiert schüttelte sie den Kopf.

»Was hast du?«

»Na ja. Ich werde irgendwie nicht schlau aus dir«, gab sie zu. »Deine Frauengeschichten. Dein Interesse an Kinderliteratur. Dein Einfühlungsvermögen. Dein Klingelton. Die Sache mit deiner Mutter. Dieses Gespräch …«

»Du meinst, es wäre einfacher, wenn ich ein kompletter Blödmann wäre?«

Sie fühlte sich ertappt. »Irgendwie schon.«

»Genau. Und Jenny nichts weiter als eine Sportsüchtige. Und du einfach nur eine Langweilerin.«

Okay. Das war unter der Gürtellinie.

»Kein Wunder, dass all deine Freundinnen nach zwei Wochen genug von dir haben«, gab sie ironisch zurück. Doch schon bevor sie es ausgesprochen hatte, merkte sie, dass das nicht witzig war. Nicht im Geringsten.

Verblüfft starrte Ben sie an. Langsam verschränkte er die Arme vor der Brust und lehnte sich zurück. »Okaaaaay«, sagte er gedehnt, »ich habe mich geirrt: Langweilerin stimmt nicht ganz. *Völlig humorlose Langweilerin* muss es heißen.«

Jetzt war sie diejenige, die ihn ungläubig anschaute. Dann verzog sich sein Mund zu einem breiten Grinsen. Und ihrer auch. Schließlich prusteten sie los, bis ihnen die Tränen über die Wangen liefen.

Diesmal schlug Claire keine Hand vor den Mund. Sie versuchte auch nicht, das Lachen zu unterdrücken. Stattdessen ließ sie zu, dass es immer stärker wurde, bis sie fast keine Luft mehr bekam und völlig erschöpft japste. Ihr schlechtes

Gewissen war verschwunden. *Colin wäre stolz auf mich*, dachte sie – und sie wusste, dass sie das Ben zu verdanken hatte.

Nachdem sie ihre Gläser erneut geleert hatten, brachen sie auf. Auf dem Heimweg kamen sie erneut am Kino vorbei. Eine Schlange hatte sich davor gebildet. Vermutlich für die Spätvorstellung. Claire blieb kurz stehen und studierte das Programm. Und stellte fest, dass es richtig gut war. Sie sollte wirklich öfter ins Kino gehen!

Da fiel ihr ein Aushang ins Auge.

Aber ja – das ist es!

28. September

Ich habe dich heute wieder verpasst, Sam, aber dafür hatte ich gleich drei wichtige Erkenntnisse:

1. Egal, welche Schicksalsschläge man überstehen muss: Eine unbeschwerte, glückliche Kindheit ist das Einzige, was einem die nötige Kraft dazu verleiht. Das war bei Ben nicht anders als bei Astrid Lindgren – und bei mir könnte das ebenfalls funktionieren. Na ja, vielleicht.

2. Menschen sind kompliziert. Niemand lässt sich nur mit einem Stichwort charakterisieren. Manche Eigenschaften können sogar widersprüchlich sein. Das macht einen nur interessanter. Für mich bedeutet das: Ich bin mehr als nur eine trauernde Schwester, die nicht weiß, wie ihre Zukunft aussehen soll. Und mehr als die Frau, die dich sucht, Sam. Ich könnte außerdem … alles Mögliche sein. Jetzt muss ich bloß noch herausfinden, was das sein könnte.

3. Ich habe einen neuen Aushilfsjob. Im Kino! Das schaffe ich locker neben dem Job in der Bar. Einmal pro Woche werde ich Tickets verkaufen oder Popcorn und Cola. Und dabei werde ich jeden einzelnen Besucher unter die Lupe nehmen können. Ist das nicht genial?

Kapitel 9

Während Claire zwei Aperol Spritz mixte, versuchte sie, ihre schmerzenden Füße zu ignorieren. Und ihren Rücken, der vom langen Stehen ebenfalls wehtat. Man sollte doch meinen, das würde mit der Zeit besser. Aber statt sich an die Arbeit hinter der Theke zu gewöhnen, hatte sie das Gefühl, sie fiel ihr immer schwerer.

Nur noch eine Stunde bis Feierabend. Der Abend zog sich wie Kaugummi in die Länge. Was auch daran lag, dass heute relativ wenig los war. Wenn sie Stress hatte, kam sie wenigstens nicht ins Grübeln.

Blöderweise wurde sie im Kino nur maximal an einem Abend pro Woche gebraucht. Nicht gerade ein Fulltime-Job. Aber er machte definitiv mehr Spaß als dieser hier.

Vorgestern hatte sie zum ersten Mal an der Kinokasse gesessen. Schon erstaunlich, wie viele Leute sich einen alten Woody-Allen-Film auf der großen Leinwand ansehen wollten, obwohl der schon unzählige Male im Fernsehen gelaufen war und sicher auch bei allen möglichen Anbietern gestreamt werden konnte. Und alle wollten »Zweimal *Midnight in Paris*, möglichst weit hinten, wenn's geht, ziemlich mittig«. Claire hatte es ziemlich schnell rausgehabt, wie man mit einem bedauernden Lächeln selbst Plätze in Reihe fünf und ganz an der Seite als attraktive Alternative verkaufen konnte. Sie hatte sogar Trinkgeld bekommen, was sie bei diesem Job überhaupt nicht erwartet hätte. Vielleicht lag das daran, dass sie die Kinobesucher direkt anschaute, nicht an ihnen vorbei. Und das tat sie, um Sam nicht zu verpassen. Sie hatte sich genau ausgemalt, was sie tun würde, wenn er vor ihr auftauchen würde. Nämlich ihm erst die Kinokarten überreichen und dann – kommentarlos – den Rucksack, der griffbereit unter dem Tresen stand. Erst würde er ihn ungläubig anstarren. Und dann sie …

Alles Weitere wollte sie auf sich zukommen lassen. Vielleicht würde sich sofort ein Gespräch ergeben. Vielleicht würde er den Rucksack auch schweigend nehmen und verschwinden. Um dann später wiederzukommen und sie zu fragen, wann sie Feierabend hätte. Vielleicht würde er den Kinosaal sogar verlassen, während der Film noch lief, weil ihm die Frage, wie in aller Welt sie an seinen Rucksack gekommen war, keine Ruhe ließ. Und weil er sie unbedingt kennenlernen wollte.

Ja, genauso hätte es laufen können. Wenn Sam aufgetaucht wäre. Leider schien er an diesem Abend etwas anderes vorgehabt zu haben. Oder er stand einfach nicht auf Woody Allen. Vermutlich war das die Erklärung. Würde passen, denn das wäre wieder eine Gemeinsamkeit. Aus irgendeinem Grund deprimierten seine Filme sie – sogar die Komödien. Nicht nur wegen der #MeToo-Vorwürfe, die neuerdings gegen den Regisseur erhoben wurden, sondern weil sein Humor stets einen bitteren Beigeschmack hatte.

»Ich kann mich nicht daran erinnern, dich zum Träumen eingestellt zu haben.«

Claire zuckte zusammen. Diesen ätzenden Ton kannte sie zu genau. War ja klar, dass Eros Conrady ausgerechnet in diesem Moment auftauchen musste. Wenn sie ein Mal in Gedanken versunken war.

So ein Kotzbrocken.

Sie hatte keine Lust auf einen seiner unsäglichen Vorträge. Deshalb servierte sie ihren Gästen die Drinks, auf die sie zugegebenermaßen etwas länger als nötig hatten warten müssen, kassierte und band ihre Schürze ab.

»Gut, dass du da bist, Eros, dann kannst du ja für mich einspringen. Ich fühle mich nicht gut.«

Eros Conrady war so perplex, dass er sich die Schürze tatsächlich in die Hand drücken ließ.

»Aber … du kannst doch nicht …«, stammelte er, und vermutlich meinte er eher, dass *er* das hier nicht konnte. Der Ex-Schauspieler schimpfte sich jetzt zwar Gastronom, doch das einzige Getränk, das er mixen konnte, war wohl eine Apfelsaftschorle.

»Wenn du jetzt gehst, dann …«

Stammte der Satz aus einem alten Drehbuch? Das hörte sich nicht nach Eros alias Erik Conrady an, sondern nach einem alternden Gigolo in einer Soap.

»… dann geht es mir morgen bestimmt schon viel besser, und ich kann pünktlich um sieben meine Schicht antreten«, vollendete sie seinen Satz. Damit ließ sie ihn stehen.

Als sie am nächsten Morgen aufwachte, hielt sie die Erinnerung an dieses Gespräch im ersten Moment für einen Traum. Dann fielen ihr sämtliche Einzelheiten wieder ein, und die waren einfach nicht vage genug, um nicht real zu sein. Ihre Traumbilder neigten dazu, sich zu verflüchtigen, sobald sie versuchte, sie zu fassen – nicht umgekehrt.

Oh Mann, was hatte sie nur getan?

Es wäre kein Wunder, wenn Erik – in ihrer Freizeit weigerte sie sich, von ihm als *Eros* zu denken – sie feuern würde.

Und dann?

Sie würde sich eben einen anderen Job suchen. Irgendwas. Theoretisch konnte sie alles Mögliche werden. Diese Erkenntnis hatte sich in ihrem Hinterkopf festgesetzt. Aber sie war bislang nicht weiter gereift.

Sie könnte ja noch nicht mal sagen, was sie gerne werden wollte, wenn auch das machbar wäre, wofür ihr im wirklichen Leben die Voraussetzungen fehlten. Eiskunstläuferin werden oder Astronautin etwa. Beides reizte sie kein bisschen.

Als Kind hatte sie mal davon geträumt, eine zweite Carolina Kostner zu werden, aber nur wegen der hübschen Eislaufkostüme – ganz bestimmt nicht wegen des harten Trainings.

Und heute? Wovon träumte sie jetzt?

Ihr fiel nichts ein. Nicht das Geringste! Wie traurig war das denn?

Natürlich war sie kein leidenschaftsloser Mensch. Sie liebte zum Beispiel Gedichte – von Mörike und Rilke kannte sie fast alles auswendig. Und Schmetterlinge, diese geradezu überirdisch schönen Lebewesen, die sie schon als kleines Mädchen fasziniert hatten. Und die Farbe Blau. Weil sie für Freiheit, Weite und Lebensfreude stand.

Aber all diese Dinge taugten nun mal nicht zu einer vernünftigen Zukunfts- oder gar Karriereplanung. Es sei denn, sie würde mit Gedichten über blaue Schmetterlinge zur Bestsellerautorin … Nur bezog sich ihre Begeisterung für Gedichte leider bloß aufs Lesen, nicht aufs Schreiben. Und selbst wenn sie das könnte, wäre es wohl allerhöchstens ein Hobby. Vom Dichten konnte heutzutage doch eh keiner leben. Und früher bestimmt auch nicht – der Spruch von der brotlosen Kunst kam schließlich nicht von ungefähr.

Claire schlug die Decke zurück und schwang die Beine aus dem Bett. Diese Grübelei brachte nichts. Statt stundenlang nachzudenken, sollte sie lieber etwas tun. Am besten mal was Neues. Etwas, was sie noch nie zuvor getan hatte. Und wovon sie bis eben nie gedacht hätte, dass sie es auch nur in Erwägung ziehen würde. Weil es einfach nicht zu ihr passte. Und sogar Colin verblüfft hätte.

Als ihr klar wurde, dass sie schon wieder grübelte, musste sie lachen.

»Was ist so lustig?« Jenny trocknete gerade das Besteck ab. Offensichtlich machte es ihr Spaß, die Löffel mit möglichst viel Radau in die Küchenschublade zu feuern. Oder sie hatte einfach zu viel Energie. Das kam sicher vom vielen Training.

»Bringst du's mir bei?«, platzte Claire heraus. »Das Joggen, meine ich.«

Es war schwer zu sagen, wer überraschter war – Jenny oder Claire selbst.

»Ist das dein Ernst?«

Nein, ist es nicht! War bloß ein Witz – wieso in aller Welt sollte ich …

»Ja, klar. Ich bin wild entschlossen.«

Was red ich da für einen Unsinn? Warum öffnet sich mein Mund, um so etwas Absurdes von sich zu geben?

Jenny ließ das Geschirrhandtuch sinken und verschränkte die Arme vor der Brust. Langsam breitete sich ein Grinsen auf ihrem Gesicht aus. »Dann mal los!«

»Du meinst … heute?«

»Nein, ich meine am Sankt-Nimmerleins-Tag.« Jenny zog eine Grimasse. »*Natürlich* heute. Genauer gesagt: jetzt.«

»Aber ich …« Claire brach ab. Am liebsten hätte sie alles gleich wieder zurückgenommen. Andererseits hatte sie sich vorgenommen, etwas Neues zu probieren. Doch musste es wirklich *so* bald sein? Okay, sie hatte nichts Besseres vor. Also brauchte sie eine andere Ausrede. »Ich hab überhaupt keine geeigneten Schuhe«, sagte sie lahm.

»Größe neununddreißig? Dacht ich's mir doch. Ich habe mindestens drei Paar Laufschuhe, die dir passen könnten«, nahm ihr Jenny sofort den Wind aus den Segeln.

Claire seufzte. »Ich werde das sicher gleich bereuen, aber: Ziehen wir's durch!«

»So, los geht's!«, kommandierte Jenny. Sie drückte auf die Stoppuhr und trabte in gemächlichem Tempo los.

»Das ist ja nicht schneller als eben beim Gehen.« Claire war ehrlich erstaunt. Sie hatte damit gerechnet, dass Jenny sie mehr fordern würde.

»Am Anfang wäre es sogar völlig okay, wenn wir von Senioren mit Rollator überholt werden. Wichtig ist bloß, dass wir uns dabei unterhalten können, denn solange du nicht außer Atem kommst, ist alles bestens. *Uuuuund wir gehen.*«

Jenny wechselte vom Trab wieder zurück in den Spaziermodus.

»Ich bin aber noch gar nicht schlapp«, erklärte Claire. »Meinetwegen können wir weiterjoggen.«

»Nix da. Das hier funktioniert nur, wenn wir genau nach Plan vorgehen. Heute lautet er: eine Minute joggen, zwei Minuten gehen. Immer abwechselnd.«

Das klang erfreulich.

»Und wie oft wechseln wir ab?«

»Zwanzig Mal. Insgesamt eine halbe Stunde lang. *Uuuuund wir laufen wieder.*«

Auch die nächste Jogg-Minute war im Nullkommanix vorbei.

»Und jetzt spazieren wir wieder zwei Minuten lang? Also echt, ich bin zwar völlig untrainiert, aber so sehr musst du mich nun wirklich nicht schonen. Bei diesem Schneckentempo könnten wir das Ganze auch locker umdrehen: zwei Minuten joggen und eine gehen.«

»Auf gar keinen Fall. Das ist erst in zwei Wochen dran«, widersprach Jenny streng. »Viele Einsteiger machen diesen Fehler. Sie denken, die mangelnde Ausdauer wäre ihr größtes Problem. Und deshalb überlasten sie sich. Genauer gesagt ihre Muskeln, Sehnen und Bänder. *Uuuuund wir laufen.*«

Sie trabten wieder los.

»Wie können denn meine Sehnen bei so einer armseligen Anstrengung überanstrengt werden?«

»Vom einmaligen Training würde das sicher nicht passieren. Aber wenn man das Programm konsequent durchzieht, würde das früher oder später so kommen. Meistens nach sechs bis acht Wochen. Dann bekommt man Schmerzen in den Waden oder im Knie, weshalb man das Training unterbricht, bis die Beschwerden besser werden, und ruckzuck verwandelt sich die angehende Sportskanone zurück in eine Couchpotato. *Uuund wir gehen.*«

»Ist ja genial. Die Gehpause kommt immer schon, bevor ich mich angestrengt fühle.«

»Genau das ist ja der Trick bei diesem Programm.«

»Und was genau wäre das Ziel?«

»Wenn du zweimal pro Woche trainierst und exakt nach Plan steigerst, schaffst du in drei Monaten eine halbe Stunde am Stück.«

»Eine halbe Stunde joggen? Ohne Gehpause?«

»Exakt. Und nach weiteren drei Monaten sogar eine volle Stunde.«

»Und das funktioniert bei jedem?«

»Jeder, der nicht krank oder verletzt ist, kann das schaffen. *Uuuund wir laufen wieder.*«

So langsam gewöhnte sich Claire an den Rhythmus. Trotzdem war sie noch skeptisch. »Jeder? Also theoretisch auch ich?«

»Auf jeden Fall. Und praktisch auch.«

»Niemals!«

»Wetten, dass doch?«

Ehe sie darüber nachdenken konnte, schlug Claire ein. »Die Wette gilt.«

Der triumphierende Ausdruck in Jennys rehbraunen Augen verriet ihr, dass sie in die Falle getappt war.

»Hey, bin ich jetzt etwa dein Versuchskaninchen?«

Jenny machte ein zerknirschtes Gesicht. »Na ja. Wenn es für dich okay ist, würde ich eine wissenschaftliche Hausarbeit darüber schreiben. Ich müsste allerdings vor und nach dem Training Puls und Blutdruck messen und notieren. *Uuuund wir gehen.*«

»Ha! Ich wusste es!« Jetzt war Claire die Triumphierende.

»Aber der Deal ist für uns beide gut. Ich habe eine Testperson für mein Trainingstagebuch und du eine kostenlose Lauftrainerin.«

Das klang tatsächlich fair.

Jenny machte ein ernstes Gesicht. »Ich habe allerdings drei Bedingungen!«

Also gab es doch einen Haken?

Claire nickte. »Schieß los!«

»Erstens: Du lässt keine Trainingseinheit ausfallen. Zwei Mal in der Woche ist Pflicht, jeweils mit mindestens einem Tag Pause dazwischen. Zweitens: Du verzichtest auf zusätzlichen Sport. Grundsätzlich trainierst du nur gemeinsam mit mir.«

»Geht klar. An Nummer eins wirst du mich schon erinnern, und was anderes als Nummer zwei käme mir niemals in den Sinn! Und drittens?«

»Drittens kaufst du dir ein Paar anständige Laufschuhe. Eigene! Die optimal sitzen und zu deinem Laufstil passen.«

Laufstil.

Unglaublich, dass sie jetzt so etwas wie einen Laufstil hatte!

Im Treppenhaus begegneten sie dem Briefträger. Er hatte eine Rechnung und eine Zeitschrift für Ben dabei, einen Sportartikelkatalog für Jenny und eine Postkarte sowie einen Brief für Claire.

Die Postkarte war von ihren Eltern.

Liebste Claire, die Auszeit im Süden tut uns gut. Blauer Himmel, gutes Essen, tolle Landschaft. Dir würde es hier auch super gefallen. Viele liebe Grüße und Küsse von Mama und Papa.

Das D bei »Dir« sah verschnörkelter als die anderen Buchstaben aus. Als hätte sich jemand verschrieben und dann den Fehler überkritzelt.

Das musste es sein!

Da hatte zuerst ein anderes Wort gestanden. *Nämlich: Euch. Euch würde es hier auch super gefallen.*

Ihre Eltern hatten also für einen kurzen Moment vergessen, dass Colin tot war.

Grundgütiger!

Auch sie hatte seit Stunden nicht mehr an ihn gedacht.

Das war doch ein gutes Zeichen.

Aber warum fühlte sie sich so beschissen?

Um sich abzulenken, öffnete Claire den Umschlag. Ein Brief von der Uni.

Sehr geehrte Claire Cornelius, bald beginnt das Semester … blablabla … Einführungswoche für Erstsemester … freuen uns darauf, Sie zu begrüßen … Mit freundlichen Grüßen …

Claire ließ den Brief sinken.

Das Medizinstudium. In ihrem Kopf war das so weit weg gewesen! Nun stand es unmittelbar bevor. Sie hatte ihre Zusage. Und hatte sich immatrikuliert – für alle Fälle. Jetzt, da es plötzlich konkret wurde, wusste sie nicht, was sie tun sollte.

Es war schwer genug, ohne Colin weiterzuleben. Aber das Studium ohne ihn anzutreten, erschien ihr fast unmöglich. Und die Praxis ihrer Eltern eines Tages allein zu übernehmen statt mit ihrem Bruder, war unvorstellbar! War es dann sinnvoll, überhaupt zu studieren, wenn das doch ihre gemeinsamen Pläne gewesen waren? Es gab nun einmal keine gemeinsame Zukunft mehr. Aber sehr wohl eine Zukunft. Wie auch immer die aussah.

In Momenten wie diesen wünschte sie, keine Wahl zu haben. Es war irrsinnig anstrengend, Entscheidungen zu treffen. Oder auch nur eine Meinung zu haben. Oder Fantasie aufzubringen.

Sie versuchte, sich ihr Leben in zwanzig Jahren vorzustellen. Wie sie vielleicht doch die Praxis ihrer Eltern führte. Dreimal im Jahr würde sie für jeweils zwei Wochen Urlaub irgendwo im Süden machen. Und zweimal im Jahr eine Fortbildung besuchen.

Würde sie einen Praxispartner haben? Eine Familie?

Wäre sie glücklich?

Und was, wenn sie einen anderen Weg wählte? Was würde sie dann ihn zwanzig Jahren tun? Eiskunstlauf und Weltraumtrips fielen schon mal flach. Trotzdem gab es noch genug Möglichkeiten. Rosen züchten, zum Beispiel. Oder Bücher verkaufen. Schafe züchten. Grundschüler unterrichten. Taxi fahren. Handy-Apps programmieren. Marathon laufen.

Seltsamerweise kam ihr Letzteres fast am wahrscheinlichsten vor.

5. Oktober

In meiner Fantasie liegen wir nebeneinander auf einer Sommerwiese, halten Händchen und blinzeln in die Sonne. Du fragst mich, was mich überhaupt noch in diesem Job hält. Er ist schlecht bezahlt, hat fürchterliche Arbeitszeiten und bietet keinerlei Perspektive.

Ich weiß, Sam. Aber das Semester fängt bald an, und ich habe immer noch keine Entscheidung getroffen, ob ich das mit dem Studium durchziehe. Stattdessen fange ich an, Sport zu treiben, alte Hunde auszuführen und Kinotickets zu verkaufen. Und während ich in der Bar Bier zapfe, Cocktails mixe und Sektflaschen öffne, muss ich wenigstens nicht darüber nachdenken, ob Medizin überhaupt noch mein Ding ist. Jetzt, wo Colin nicht mehr da ist.

Du wendest ein, dass es vielleicht klüger wäre, sich nicht abzulenken, sondern die Gedanken darüber zuzulassen.

Du hast ja recht. Ich suche mir lieber einen Job, der weniger hektisch ist. Ben kennt da eine Gärtnerei, die Aushilfen sucht. Das ist doch was Meditatives, findest du nicht?

Beim Unkrautjäten kann ich in aller Ruhe überlegen, wie es weitergehen soll. Und, was viel wichtiger ist: wie ich dir auf die Spur kommen könnte!

Ach, Sam.

Wie soll ich dich nur finden?

Kapitel 10

»Ich kann dort unmöglich hingehen. Denn bei so einer Einführungswoche geht es ja vor allem darum, die Kommilitonen kennenzulernen. Sogar meine Eltern haben sich damals während ihrer Einführungswoche kennengelernt, ist das zu fassen? Jedenfalls bin ich mir ja immer noch nicht sicher, ob Medizin überhaupt das Richtige für mich ist. Und ich will mich nicht aus den falschen Gründen dafür entscheiden. Zum Beispiel bloß, weil ich ein paar Mitstudenten so nett finde. Das wäre doch total dämlich, oder?«

Obwohl Claires Argumentation schlüssig und auch überzeugend vorgetragen war, bekam sie keine Reaktion darauf. Es sei denn, man interpretierte die Tatsache, dass Chico die Brennnesseln am Wegesrand gründlich beschnüffelte, als Antwort. Die wäre dann in etwa mit »Mir doch egal, ob du da hingehst – viel interessanter finde ich, dass vor wenigen Minuten ein Hase hier durchgehoppelt ist« zu übersetzen.

Claire ließ sich von seinem offensichtlichen Desinteresse nicht beirren. Im Gegenteil, es war ihr ganz recht, dass sie sich nicht auch noch mit Gegenargumenten auseinandersetzen musste. Ihre eigene Pro-und-Kontra-Sammlung war ohnehin schon lang genug.

Natürlich erfuhr man in so einer Einführungswoche wichtige Insider-Informationen, bekam allerhand nützliche Tipps, lernte die Räumlichkeiten kennen und so weiter. Wenn sie das mit dem Studium durchziehen wollte, wäre es tatsächlich klüger, hinzugehen. Aber sie konnte sich einfach nicht dazu durchringen.

Seit sie denken konnte, hatte festgestanden, dass sie Ärztin werden wollte. Sie wusste selbst nicht, warum sie das auf einmal infrage stellte. Das Medizinstudium war immer ein Grundpfeiler ihrer Lebensplanung gewesen. Wenn der ins Wanken geriet, worauf konnte sie dann überhaupt noch bauen? Es war mehr ein Gefühl, das sie zweifeln ließ.

»Aber heißt es nicht immer, man soll seinen Gefühlen vertrauen? Ach, ich weiß es selbst nicht …«

Vielleicht lag es auch daran, dass ihre Fantasie sie auf einmal im Stich ließ. Die Vorstellung, wie sie jemandem Blut abnahm, eine Wunde versorgte, mit dem Skalpell Bäuche aufschnitt oder gar schockierten Hinterbliebenen die »Wir haben alles versucht, aber leider …«-Nachricht überbrachte, erschien ihr absolut irreal.

Überhaupt schwirrten so viele Gedanken durch ihren Kopf, dass es immer schwieriger wurde, sie zu sortieren. Sie laut auszusprechen, half dabei ungemein. Aber das ging ja nur, wenn sie allein und niemand außer einem altersschwachen Hund in Hörweite war. So wie jetzt gerade.

»Andererseits will ich nicht ganz ohne Perspektive weiterleben. Ich meine, es bringt doch nichts, sich nur *gegen* etwas zu entscheiden, solange nichts Besseres in Aussicht ist. Meine

Aushilfsjobs sind ja keine langfristige Lösung. Die mache ich nur, um ein bisschen Geld zu verdienen und mich abzulenken. Meine Zukunft liegt definitiv nicht in der Gastronomie. Und auch nicht an einer Kinokasse.«

Chico hob sein linkes Hinterbein und markierte den eingetrockneten Haufen eines anderen Hundes mit einem satten Strahl. Genüsslich, wie es schien.

»Aber wo liegt sie dann? Manchmal wünsche ich mir eine Glaskugel, die mir die Zukunft zeigt. Wobei: Wenn ich eine hätte, wäre ich wohl zu feige, hineinzuschauen.«

Chico trottete weiter. Für einen Moment beneidete Claire ihn. Sie hatte einmal gelesen, dass Hunde kein Zeitempfinden haben. Kategorien wie Vergangenheit, Gegenwart und Zukunft spielen für sie keine Rolle. Sie leben im Moment. Die Glücklichen!

»Und dann sind da noch Mama und Papa. Schlimm genug, dass sie Colin verloren haben. Da kann ich sie doch nicht enttäuschen! Ich meine – sie verlassen sich darauf, dass wir Medizin studieren und die Praxis übernehmen. Also, dass *ich* Medizin studiere. Das macht sie stolz und glücklich. Jedenfalls, soweit man trauern und zugleich glücklich sein kann. Trauern und unglücklich sein würde viel besser passen. Es soll ihnen wegen mir nicht noch schlechter gehen.«

Chico blieb stehen und nahm die typische Haltung ein, die Claire verriet, was als Nächstes geschehen würde.

»Ernsthaft? Schon wieder mitten auf den Weg?«, seufzte sie und zog einen Beutel aus der Jackentasche.

Es war das erste Mal seit langer Zeit, dass sie überhaupt eine Jacke trug, und dennoch fror sie. Der Temperatursturz war aber auch krass gewesen: von fünfundzwanzig Grad auf gerade mal vierzehn. Das war's dann wohl mit dem Spätsommer. Was sollte man auch erwarten? Immerhin war Oktober. Und überhaupt: Das trübe Herbstwetter passte viel besser zu ihrer Stimmung.

»Bleibt es bei morgen um acht?«, fragte Jenny. Sie saß am Küchentisch und vertilgte gerade eine Riesenportion Käsespätzle. Unglaublich, wie viel in so eine kleine, schmale Person reinpasste.

»Klar, wie vereinbart«, bestätigte Claire.

»Was habt ihr Schönes vor? Wieder Kino?«, wollte Ben wissen.

»Es geht um acht Uhr morgens, nicht abends«, informierte Jenny ihn. »Wir gehen joggen.«

»Cool.« Ben schien wirklich beeindruckt zu sein.

Claire schnaubte. »Du solltest mich laufen sehen, dann würdest du das garantiert nicht sagen.«

»Warum redest du deine Leistung klein? Sei doch stolz auf das, was du bisher erreicht hast.«

Jenny hatte ja recht. Aber abwechselnd eine Minute zu traben und eine Minute zu gehen war nicht unbedingt das, was sie als cool bezeichnen würde. Auch wenn sie davon ordentlich Muskelkater bekommen hatte. Erstaunlicherweise im Bauch! Damit hätte sie im Leben nicht gerechnet, doch

Jenny hatte gesagt, das sei völlig normal. Laufen sei ein komplexer Vorgang, der nicht nur die Beinmuskulatur beanspruchte. Claire hingegen wertete diesen Muskelkater als Zeichen dafür, wie unfassbar untrainiert sie war – sonst würde ihr Körper nicht so übertrieben reagieren.

»Hast du dich nicht neulich noch als unsportlichste Person der Welt bezeichnet?«, hakte Ben nach. »Und außerdem bist du eher Eule als Lerche. Dass du in aller Frühe aufstehst, um dein Trainingsprogramm durchzuziehen … Respekt!«

So konnte man das auch sehen. Das frühe Aufstehen war definitiv die größte Herausforderung – aber in dieser Woche konnte Jenny nicht später. Blöd, dass Claire ausgerechnet heute Abend arbeiten musste. Wenigstens nur im Kino, nicht in der *UnzähmBar*, sonst wäre sie vor drei Uhr nachts bestimmt nicht im Bett. So konnte sie Feierabend machen, sobald die Spätvorstellung angefangen hatte, und wäre spätestens gegen Mitternacht zu Hause.

»Ach, übrigens – wenn du willst, kannst du nachher noch in der Gärtnerei vorbeischauen. Ich habe den Inhaber beim Bäcker getroffen und gefragt, ob der Job noch frei ist. Er meinte, er sei *wieder* frei.«

Da hatte wohl jemand sehr schnell aufgegeben – oder war gefeuert worden. Wollte sie so einen Job überhaupt, bei dem man quasi auf dem Schleudersitz saß? Aber wie Sam geschrieben hatte: *Versuch macht kluch.*

»Woher kennst du den überhaupt?«, fragte Jenny neugierig.

»Vom Friedhof«, gab Ben knapp zurück.

Das musste wohl etwas mit Bens verstorbener Mutter zu tun haben. Bevor Jenny nachhaken konnte, ließ Claire sich die Adresse geben und checkte die Lage auf Google Maps. Die Gärtnerei lag tatsächlich ganz in der Nähe des Waldfriedhofs, war also mit dem Bus gut erreichbar.

»Ich geh mich dann mal vorbereiten«, sagte sie.

»Vorbereiten – worauf?«

»Na, auf das Bewerbungsgespräch«, klärte sie Ben auf. »Bisher kann ich gerade mal Tulpen von Rosen unterscheiden. Die wichtigsten Blumen- und Pflanzennamen sollte ich schon draufhaben.«

Fast hätte sie den Rucksack im Zimmer liegen lassen. Was, wenn Sam ausgerechnet heute beschloss, ins Kino zu gehen, und sie nicht darauf vorbereitet war? Das durfte nicht passieren! Claire kehrte um, schnappte den Rucksack und musste dann sogar rennen, um den Bus zu erwischen.

Vor der Gärtnerei parkten mehrere Kleintransporter mit dem Firmenlogo darauf und der Aufschrift »Gartenbau Werner – Grabpflege, Parkanlagen, Blumen und Zierpflanzen«. Offenbar ein richtig großer Betrieb. Es gehörte nicht nur ein Laden dazu, sondern auch mehrere Gewächshäuser und Freibeete.

Im Laden war ordentlich Betrieb. Eine Dame ließ sich gerade einen gigantischen Herbststrauß binden, und drei weitere Kunden warteten darauf, bedient zu werden.

Das kann dauern.

Da stellte sie sich lieber nicht an, sonst würde sie noch

zu spät zum Kino kommen. Stattdessen folgte Claire dem Schotterweg um das Gebäude herum und hielt Ausschau nach jemandem, der ihr weiterhelfen konnte.

»Hallo? Entschuldigung?«, rief sie.

Eine hagere Zwei-Meter-Gestalt bog um die Ecke. Der bärtige Riese schleppte einen Sack Blumenerde, als würde der nicht mehr als ein Päckchen Mehl wiegen. Er blieb stehen, ohne den Sack abzusetzen, und runzelte die Stirn. »Warum, hast du was kaputt gemacht?«

»Ähm – kaputt? Nein, natürlich nicht. Ich wollte nur …«

»Und wofür entschuldigst du dich dann?«

Auf den ersten Blick wirkte sein Gesichtsausdruck nur grantig, aber auf den zweiten konnte man erkennen, dass seine tiefblauen Augen blitzten. Das durfte doch nicht wahr sein: Der Typ machte sich über sie lustig!

Na gut. Dann konnte sie auf weitere Höflichkeitsfloskeln ja wohl getrost verzichten.

»Ich bin wegen des Jobs da. Als Aushilfe. Wo finde ich den Chef?«

Er fletschte die Zähne. Wollte er sie bedrohen? Oder sollte das etwa ein Lächeln sein?

»Steht vor dir. Und du bist eingestellt. Neunfuffzig pro Stunde. Kannst du morgen um zehn da sein?«

Verblüfft starrte Claire ihn an. »Wollen Sie denn gar nichts fragen? Zum Beispiel meinen Namen oder meine Qualifikation?«

»Nicht nötig. Erzählen kannst du mir viel. Ich werde ja

sehen, wie du arbeitest. Das ist alles, was zählt. Mein Name steht am Eingang. Und deinen werde ich sowieso gleich wieder vergessen, also können wir uns die Vorstellerei sparen.«

Was für ein komischer Kauz!

Aber irgendwie mochte Claire ihn. Wenigstens war er nicht so ein Poser wie Conrady. Und seinen Namen hatte sie tatsächlich am Ladeneingang gelesen. *Inhaber: Kurt Werner* hatte dort gestanden.

»Alles klar«, sagte sie ruhig. »Morgen um Punkt zehn werde ich da sein.«

»Komm lieber ein paar Minuten früher und melde dich bei Helga im Büro. Die macht den Papierkram.«

Mit diesen Worten ließ er sie stehen. Claire wunderte sich schon gar nicht mehr darüber. Zu jemandem, der nichts davon hielt, sich vorzustellen, hätte ein förmlicher Abschied ohnehin nicht gepasst.

Als er um die Ecke verschwunden war, fiel ihr ein, dass es durchaus noch allerhand ungeklärte Fragen gab. Auch wenn dieser seltsame Herr Werner keine stellen wollte – sie hätte gern ein paar Kleinigkeiten abgeklärt. Zum Beispiel, ob sie an festen Tagen arbeiten würde oder nach Bedarf. Wie lange im Voraus der Dienstplan feststand. Ob Arbeitskleidung gestellt wurde. Und ob sie so etwas wie Arbeitshandschuhe brauchte. Und Gummistiefel.

Gut – wenn ihr neuer Chef es nicht für nötig hielt, sie zu informieren, dann war das eben so. Bestimmt würde sie das alles morgen früh von dieser Helga erfahren.

Du solltest einfach ein bisschen gelassener werden, hörte sie Colins Stimme in ihrem Kopf. Wie oft hatte er das zu ihr gesagt! Manchmal hatte er sich regelrecht lustig darüber gemacht, wie unentspannt sie angeblich war. Und sie hatte sich darüber ziemlich geärgert. Über beides – ihre Verkrampftheit und seine Hänselei.

»Ich bin gelassen. Wahnsinnig gelassen!«, sagte sie laut. Erschrocken schaute sie sich um. Hoffentlich hatte niemand mitbekommen, dass sie Selbstgespräche führte!

Ha, ha. Von wegen gelassen …

Als sie wenig später im Bus saß, den Rucksack auf dem Schoß und die Aufmerksamkeit gewohnheitsmäßig auf zugestiegene Fahrgäste gerichtet, überlegte sie, dass sie sich das mit den Blumennamen hätte sparen können. Kurt Werner hätte sie vermutlich auch eingestellt, wenn sie ein Gänseblümchen nicht von einer Orchidee unterscheiden könnte. Aber vielleicht konnte sie das neu erworbene Wissen wenigstens morgen bei der Arbeit gebrauchen. Oder irgendwann mal bei einem Pub-Quiz. Und überhaupt – es schadete nichts, die zehn meistgekauften Schnittblumen benennen zu können: An der Spitze stand natürlich die Rose. Gefolgt von Lilie, Chrysantheme, Gerbera und Freesie. Von Alstroemeria, Calla, Eustoma und Anthurie hatte sie noch nie etwas gehört. Immerhin war ihr die Hortensie ein Begriff. Vom Sehen kannte sie natürlich all diese Pflanzen. Die Anthurie war sogar die Lieblingsblume ihrer Mutter. »Eine einzige davon ist schöner als ein ganzer Strauß Rosen«, hatte sie einmal gesagt. »Sieht das rote Blütenblatt nicht aus, als hätte man es in Lack getaucht?« Diese Beschreibung traf es perfekt. Seltsam, dass nie jemand den Namen genannt hatte. Ob ihre Mutter ihn überhaupt kannte? Bei Gelegenheit würde sie …

»Mist!«, entfuhr es Claire, als ihr Blick aus dem Fenster fiel. Sie war zu weit gefahren! An der letzten Haltestelle hätte sie aussteigen müssen – das Kino lag direkt um die Ecke.

Sie stand auf, um nicht auch noch die nächste Gelegenheit zu verpassen. Zum Glück hatte sie noch genug Zeit bis zum Schichtbeginn. Die halbe Stunde, die sie eigentlich für das Vorstellungsgespräch einkalkuliert hatte, war mehr als genug Puffer.

Die Entscheidung fiel ganz spontan. Auf diesen weiteren Abstecher kam es jetzt auch nicht mehr an.

Sie hatte Glück. Eros Conrady war da. Er trug ein etwas zu enges Seidenhemd über weißen Jeans und schweineteuer aussehenden italienischen Slippers. Als wollte er jederzeit vorbereitet sein, wenn plötzlich ein Casting für eine Parodie auf *Miami Vice* stattfände. Mit anderen Worten: Er wirkte ein bisschen lächerlich. Jedenfalls auf Claire – obwohl sie diese Achtziger-Krimiserie liebte. Ihr Vater hatte einmal die DVD-Box geschenkt bekommen, und sie hatten die erste Staffel gemeinsam angeschaut, als sie krank gewesen war. Die beste Medizin ever.

Conrady, der von ihrem wenig schmeichelhaften Vergleich natürlich nichts ahnte, musterte sie unfreundlich.

»Du – heute?«

Wie charmant! Warum fiel überhaupt irgendjemand auf diesen Stinkstiefel herein? Wieso gab es immer noch Fans, die auf sein Autogramm scharf waren, und Frauen, die für eine Nacht mit einem Ex-C-Promi sämtliche Hemmungen über Bord warfen?

»Nein – ich heute nicht«, gab sie trocken zurück. »Und auch morgen nicht. Oder übermorgen. Ich kündige, Erik.«

Er wurde zuerst blass, dann lief sein künstlich gebräuntes Gesicht rot an.

»Raus hier«, flüsterte er heiser vor Wut, und als sie nicht gleich reagierte, brüllte er noch einmal: »Raus, aber sofort!« Seine Stimme überschlug sich regelrecht. Es schien ihm gleichgültig zu sein, dass sich alle Köpfe nach ihm umdrehten. Und die Blicke waren nicht bewundernd.

Normalerweise ging Claire Auseinandersetzungen lieber aus dem Weg. Doch statt schnellstmöglich das Weite zu suchen, blieb sie stehen und beobachtete seelenruhig, wie ihr Ex-Chef die Fassung verlor.

»Deine Gesichtsfarbe sieht irgendwie ungesund aus, Erik«, sagte sie mit sanfter Stimme. »Du solltest mal deinen Blutdruck checken lassen. In deinem Alter muss man da ganz vorsichtig sein.«

Bevor er vollends explodierte, drehte sich Claire auf dem Absatz um und verließ die *UnzähmBar* zum letzten Mal.

Zeit, Kinotickets zu verkaufen.

7. Oktober

Man erkennt es an meiner Schrift: Ich sitze mal wieder im Bus. Wäre dieser Abend anders gelaufen, hätte ich dieses Tagebuch gar nicht mehr, sondern säße mit dir in einer gemütlichen Kneipe, Sam. Der Rucksack stünde zwischen deinen Füßen. Mit großen Augen würdest du meinem Bericht lauschen, wie ich alles Mögliche unternommen habe, um dich zu finden. Und das würde sich kein bisschen wahnsinnig anhören, sondern furchtbar romantisch.

Aber so ist es nicht gekommen. Und das, obwohl ich fast sicher bin, dich gesehen zu haben. Für eine halbe Sekunde. Du standest am Eingang des Kinos und warst in das ausgehängte Programm vertieft. Doch kaum hatte ich dich entdeckt, hast du dich umgedreht, und zack, weg warst du.

Vielleicht hätte ich dich noch einholen können, wenn ich sofort losgespurtet wäre. Aber erst war ich zu verblüfft, um aufzustehen, und dann bekam der Blödmann, der gerade dabei war, sein Ticket mit Münzgeld zu bezahlen, Nasenbluten, und ich musste den Erste-Hilfe-Koffer herbeiholen, weil er keine Papiertaschentücher dabeihatte.

Am liebsten hätte ich ihn davongejagt mitsamt seiner blutigen Nase, aber zu diesem Zeitpunkt bestand ohnehin keine Hoffnung mehr, dich noch einzuholen.

Zumal ich inzwischen schon daran zweifelte, ob du es wirklich gewesen warst.

Wenn doch, dann heißt das nichts anderes, als dass du wieder-

kommen wirst. Vielleicht hast du deinen nächsten Besuch schon geplant? Wenn ich nur wüsste, auf welche Art Filme du stehst. Lass mich raten: Eher Thriller als Komödien, stimmt's?
Ich glaube, ich lasse mich demnächst einteilen, wenn die Hitchcock-Retrospektive läuft. Mit Psycho, Das Fenster zum Hof, Die Vögel *und* Ein Cocktail für eine Leiche. *Das könnte dir gefallen!*
Mir übrigens auch.

Kapitel 11

Als Claire die Wohnungstür aufschloss, registrierte sie sofort, dass es ganz wunderbar nach Pizza roch – und dass sie einen Bärenhunger hatte. Während sie ihre Jacke an die Garderobe hängte, überlegte sie, wann sie zuletzt etwas gegessen hatte. Es fiel ihr nicht ein. Das Frühstück hatte sie ausfallen lassen – und alle weiteren Mahlzeiten wohl ebenfalls. Warum vergaß sie bloß ständig zu essen? Immerhin war die Nahrungsaufnahme doch ein menschliches Grundbedürfnis. Fehlte ihr etwa der Überlebenswille?

Unsinn. Wer so viele Anstrengungen unternahm, einen fremden Rucksackbesitzer zu finden, war garantiert nicht lebensmüde!

Sie hatte einfach so viel zu tun gehabt, das war alles.

In der Küche stand noch das benutzte Geschirr in der Spüle. Auf dem Tisch fand sie eine Platte mit übrig gebliebenen Pizzastücken, daneben lag ein Zettel.

Liebe Claire, bedien dich, wenn du kalte Pizza magst! Aber vergiss nicht: Vor dem Joggen solltest du zwei Stunden lang nichts essen … Bis morgen früh, Jenny

Puh, daran hatte sie ja gar nicht mehr gedacht! Sie müsste also um halb sechs aufstehen, wenn sie vor dem Training noch frühstücken wollte. Oder danach erst essen. Das würde auch knapp, schließlich musste sie erst mal duschen und dann bald aufbrechen, wenn sie um Viertel vor zehn bei der Gärtnerei sein wollte.

Ach, egal. Dann eben jetzt!

Sie schnappte sich ein Pizzastück und biss hinein. Es war tatsächlich fast kalt und schon ein bisschen hart geworden, schmeckte aber besser als erwartet. Eigentlich mochte Claire keine kalte Pizza und normalerweise auch keine mit Salami und Pilzen, doch sie war einfach zu ausgehungert, um wählerisch zu sein. Sie aß das ganze Stück im Stehen und dann noch ein zweites. Danach füllte sie ein Glas mit Leitungswasser und leerte es in einem Zug.

Das hatte gutgetan!

Und nun? Mit vollem Magen ins Bett gehen brachte nur Albträume, das wusste sie aus Erfahrung. Sie würde ohnehin nicht einschlafen können – nicht nach diesem Abend.

Sie hatte Sam gesehen!

Vielleicht, jedenfalls. Wenn auch nur für einen kurzen Moment. Je länger sie darüber nachdachte, desto überzeugter war sie davon, dass er es wirklich gewesen war. Sie würde sein Gesicht überall wiedererkennen!

Andererseits war sie neulich im *Blue Note Café* auch ganz sicher gewesen. Und hatte sich dennoch geirrt.

Aber dort war es auch dunkel gewesen. Da konnte man sich schon mal vertun.

Diesmal war es bestimmt kein Irrtum gewesen. Und sie hatte die womöglich einzige Chance, Sam zu treffen, verpasst.

So ein Mist!

Im Nachhinein verstand sie selbst nicht mehr, warum sie ihm nicht augenblicklich nachgejagt war. Nasenbluten hin oder her. Selbst auf die Gefahr hin, dass sie auch diesen Job verloren hätte. Das wäre alles unwichtig gewesen – schließlich hatte sie ihn sowieso nur angenommen, um Sam zu finden. Und jetzt war ihr Sam durch die Lappen gegangen, bloß weil sie mal wieder überkorrekt sein musste.

Wütend auf sich selbst schob sie den Teller von sich. Der Appetit war ihr gründlich vergangen.

Ob Sam wohl kalte Pizza mochte? Und Salami? Ob er auch schon schlief, so wie ihre Mitbewohner?

Claire warf einen Blick auf die Uhr. Gleich halb eins. Eigentlich höchste Zeit, ins Bett zu gehen, wenn sie morgen fit sein wollte.

Sie beschloss, einen Kräutertee zu trinken, der würde helfen. Beim Verdauen und beim Runterkommen.

Sie fand eine fast leere Packung mit der Aufschrift »Gute-Nacht-Kräutermischung«. Perfekt. Ein Beutel war noch übrig. Sie hängte ihn in ihre grasgrüne Morgenmuffel-Tasse und schaltete den Wasserkocher ein.

Während sie wartete, bis das Wasser heiß wurde, konnte sie sich ebenso gut nützlich machen. Sie ließ Wasser ins Becken einlaufen und gab einen Spritzer Spülmittel dazu. Dann wusch sie das Geschirr ab, das Jenny und Ben im Laufe des Tages benutzt hatten, und fragte sich, ob sie Sam wohl jemals wiedersehen würde.

Die Tatsache, dass er heute aufgetaucht war, gab ihr einerseits Hoffnung, denn was einmal passierte, konnte auch ein zweites Mal geschehen. Andererseits fürchtete sie, die einzige Chance vertan zu haben …

»Ach, Sam«, seufzte sie.

»Wer ist Sam?«

Claire fuhr herum. Ben stand, nur in Boxershorts und Shirt bekleidet, in der Türöffnung. Obwohl er damit, rein objektiv betrachtet, einen durchaus ansehnlichen Anblick bot, reagierte Claire völlig anders, als es Ben wohl gewohnt war. Zumal sie auch sonst nicht für seine Reize empfänglich war, doch im Augenblick war sie vor allem eines: erschrocken.

»Was musst du dich so anschleichen?«, fuhr sie ihn an.

»Wohooow, welche Laus ist dir denn über die Leber gelaufen?«

In aller Seelenruhe setzte sich Ben an den Küchentisch und nahm sich das letzte Pizzastück.

Sofort tat Claire ihr barscher Ton leid. Und sie ärgerte sich über sich selbst. Sam sollte ja ihr Geheimnis bleiben, und nun hatte sie es quasi ausgeplaudert.

»Tut mir leid, ich bin nur ein bisschen … gestresst«, versuchte sie sich herauszureden.

Doch damit ließ Ben sie nicht davonkommen. »Nun sag schon, wer ist dieser Sam? Ich dachte, dein Bruder hieß Colin.«

Sie schluckte.

»Stimmt. Sam ist nur … jemand, der mich irgendwie an ihn erinnert hat.«

Das war noch nicht einmal geschwindelt. Bloß eben nicht die volle Wahrheit.

»Komm schon, Claire, da steckt doch mehr dahinter. Dieser Sam macht dich traurig – und bestimmt nicht nur, weil er dich an deinen Bruder erinnert.«

Ben stopfte den letzten Pizzahappen in den Mund und kaute genüsslich.

Oh Mann, warum ließ er nicht locker? Vielleicht sollte er lieber Ermittler werden als Deutschlehrer …

Claire atmete scharf ein.

»Was ist los?«

»Na ja. Nichts. Beziehungsweise vielleicht doch. Mir ist nur gerade was eingefallen. Bist du eigentlich gut im Rätsellösen?«

Jetzt hatte sie Bens volle Aufmerksamkeit. »Klar, ich liebe Rätsel. Schieß los!«

Claire schloss die Augen. Sollte sie wirklich? Vielleicht war das Ganze doch eine Schnapsidee gewesen …

»Los, wer A sagt, muss auch B sagen.«

Na gut. Ben würde ihr die Geschichte sowieso entlocken. Also konnte sie ihren Widerstand genauso gut gleich aufgeben.

Sie trocknete die Hände ab, brühte ihren Tee auf und setzte sich damit zu Ben an den Tisch.

»Es war vor ein paar Wochen, nachts im Bus. Ich war auf dem Heimweg von der Arbeit, und da sah ich ihn. Im ersten Moment dachte ich, da stünde Colin. Aber dann wurde mir klar, er war es nicht. Konnte er ja gar nicht sein. Er ähnelte ihm nicht mal besonders. Aber er hatte etwas an sich, was mich sofort an Colin denken ließ. Seine Augen. Die Haltung. Sein … ganzes Wesen.«

Ben runzelte die Stirn. »Sein ganzes Wesen? Aber so was erkennt man doch nicht auf den ersten Blick.«

Claire zuckte mit den Schultern. »Das hätte ich bis zu dieser Nacht auch gesagt. Aber es war nun mal so. Dieser kurze Blick war irgendwie … magisch. Für einen Moment hatte ich das Gefühl, ich könnte in seine Seele blicken. Klingt das verrückt?«

Ben grinste. »Ein bisschen schon. Oder nennen wir es doch einfach romantisch.«

Claire nickte. »Ja, du hast recht. Auf jeden Fall hat er ein unglaubliches Gefühlschaos verursacht.«

Damit hatte sie nun Bens volle Aufmerksamkeit. »Gefühlschaos? Warum das denn? Wie ging die Sache weiter? Habt ihr euch unterhalten? Trefft ihr euch regelmäßig? Läuft da was mit diesem Sam? Hat er dich unglücklich gemacht?«

»Das ist es ja! Da läuft gar nichts. Kurz danach ist er ausgestiegen, und das war's.«

Sie nippte an ihrem Tee und hoffte, Ben würde es dabei bewenden lassen. Was er natürlich nicht tat.

»Glaub ich dir nicht. Woher kennst du dann seinen Namen? Hey, du hast von einem Rätsel gesprochen. Wie soll ich es lösen, wenn du nicht sämtliche Fakten auf den Tisch legst?«

Da hatte er auch wieder recht. Trotzdem zögerte sie noch.

»Soll ich dir nun helfen oder nicht?«

Na gut. Wenn Ben wirklich so ein guter Detektiv war, sollte er beweisen, was er draufhatte. Ihre eigenen Versuche, Sam zu finden, waren ja leider erfolglos geblieben, also konnte es wohl nicht schaden, sein Angebot anzunehmen.

Claire stand auf und ging in den Flur, wo sie den Rucksack stehen gelassen hatte.

»Hier – die Fakten«, sagte sie und stellte ihn auf den Tisch.

Ben begriff sofort. »Der gehört ihm?«

Claire nickte. »Er hat ihn vergessen. Ich dachte, ich treffe ihn vielleicht mal wieder im Bus und …«

Sie brach ab. Dass sie davon träumte, in ihm einen Seelenverwandten zu finden, ging Ben nichts an. Am Ende würde er sich nur über sie lustig machen. Und es war ja auch irgendwie seltsam – wenn man es laut aussprach. Aber galt das nicht für alle Wunschträume? Selbst die größten Visionäre waren zuerst für ihre Ideen ausgelacht worden.

»Darf ich reinschauen?«

Wortlos öffnete sie den Rucksack und leerte ihn aus. Nur das Tagebuch nahm sie sofort an sich.

»Hey, *alle* Fakten!«, protestierte Ben.

»Das ist … zu privat. Ein Tagebucheintrag. Den hab ich schon tausend Mal gelesen. Unmöglich, dass darin ein Hinweis versteckt ist, den ich übersehen habe.«

Ben zog einen Flunsch, doch Claires Entschlossenheit wirkte so unerschütterlich, dass er vorerst nicht weiter aufs Lesen bestand. Stattdessen richtete er seine Aufmerksamkeit auf den Rest.

»Okay, er steht also auf Indie-Rock«, schlussfolgerte er mit Blick auf das *Arctic-Monkeys*-Shirt.

»So weit war ich auch schon«, bestätigte Claire. Dass sie von den *Arctic Monkeys* noch nie was gehört hatte, sondern diese Information dem Tagebucheintrag entnommen hatte, musste Ben ja nicht wissen.

»Und er ist entweder Raucher oder Romantiker«, fuhr er fort.

»Wie kommst du jetzt darauf?«

Ben deutete auf die Streichhölzer. »Die braucht man für Zigaretten oder für Kerzen.«

Daran hatte Claire noch gar nicht gedacht.

»Romantiker!«, sagte sie entschieden. Wer so unter Liebeskummer litt, musste einer sein.

»Glaub ich auch«, stimmte Ben zu. »Als Raucher hätte er auch Kippen dabei oder Tabak.«

»Und wenn er die in seiner Jacke hatte?«

»Glaube ich kaum. Raucher bewahren Feuer nie getrennt von den Zigaretten auf. Das eine können sie ohne das andere schließlich nicht gebrauchen.«

Genau. Zum Glück! Claire hasste Raucheratem. Sie konnte sich nicht vorstellen, jemanden zu küssen, der roch wie ein Aschenbecher.

»Okay, was haben wir hier noch? Einen Kugelschreiber.« Ben nahm ihn unter die Lupe. »Kein Logo. Hm. Das ist doof. Hilft nicht.«

Claires Hoffnung sank. Wie hatte sie ernsthaft hoffen

können, Ben würde sie weiterbringen? Dieser Kram verriet nichts über Sam, was nicht auch im Tagebuch stand.

»Na gut. Bleibt noch dieser Wisch. Aha, ein Einkaufszettel.«

»Genau. Aber da steht nichts Ungewöhnliches drauf«, sagte Claire. »Shampoo, Käse, Spüli, irgendwas Unleserliches, Müsli, Brot, Batterien – alles ganz alltägliche Sachen.«

»Unleserlich? Das wollen wir doch mal sehen …«

Ben nahm den Einkaufszettel genauer unter die Lupe. Hielt ihn mal direkt vor die Nase, mal weiter weg, als könnte er ihm dadurch eine Botschaft entlocken.

»Ach, das bringt doch nichts«, sagte Claire. Sie versuchte, nicht allzu enttäuscht zu klingen.

»Nix da, so schnell geben wir nicht auf!« Ben kniff ein Auge zu und legte den Kopf schief. Schließlich fotografierte er den Zettel mit dem Handy ab und vergrößerte den Schriftzug mit der Zoom-Funktion. Das machte ihn allerdings nur unscharf …

Claire leerte ihre Teetasse. Sie war jetzt wirklich müde. »Ist doch auch egal, was da steht. Waschmittel, Schokoriegel, irgendwas wird's schon sein. Und was würde es uns bringen, das zu wissen? Gar nichts.«

»Ha!« Ben sprang auf. »Ich hab's: Chomsky. Da steht Chomsky!«

»Und was soll das sein? Klingt wie eine Wodka-Marke.« Claire unterdrückte ein Gähnen.

»Wodka? Willst du mich veräppeln? Sag bloß, du hast noch nie was von der generativen Transformationsgrammatik gehört?«

Claire starrte ihn an. »Generative … was?« Das hörte sich an wie eine Krankheit. Oder eine Maschine. Aber was hatte das Ganze mit Grammatik zu tun?

»Noam Chomsky ist der Linguist-Papst schlechthin. Außerdem ein großer Kapitalismus- und Globalisierungskritiker. Er hat sein Fachgebiet völlig revolutioniert. Ohne ihn wären Übersetzungscomputer nicht denkbar. Er hat sogar die Psychologie und die Musikwissenschaft beeinflusst. Einer der meistzitierten Wissenschaftler überhaupt.«

»Leise, sonst weckst du noch Jenny auf«, versuchte Claire ihn zu bremsen. Vor lauter Begeisterung hatte Ben tatsächlich seine Stimme erhoben. Er tat ja fast, als wäre dieser Typ eine Art Rockstar.

»Siehst du denn nicht, dass das ein Durchbruch ist?«

Nein, das sah Claire ganz und gar nicht. Sie begriff nicht, worauf Ben hinauswollte. »Sorry, ich steh auf dem Schlauch.«

Ben grinste triumphierend. »Das bedeutet, dass dein Sam ein Fachbuch gekauft hat. Und warum? Weil er Linguistik studiert. Sprachwissenschaften!«

»Oh.«

Das war ja tatsächlich eine völlig neue Spur.

»Danke, Ben.«

»Gern geschehen. Ich hab doch gesagt, ich bin gut im Rätsellösen.«

Claire lag im Bett und starrte in die Dunkelheit. Kaum zu fassen, dass Ben das herausgefunden hatte.

Doch was sollte sie nun mit dieser Erkenntnis anfangen?

Erst mal eine Nacht drüber schlafen. Sie war zu fertig, um weiter nachzudenken.

Morgen. Morgen war ein neuer Tag.

Leider bewahrheiteten sich ihre Befürchtungen: Das späte Essen bescherte ihr einen wirren Traum …

Sie saß an der Kinokasse, doch statt Tickets wollten alle Cocktails. Und was für seltsame! An das Rezept für einen Casablanca konnte sie sich noch halbwegs erinnern – irgendwas mit Wodka und Eierlikör –, aber was in aller Welt war ein Avengers? Oder ein Black Panther? Das musste wohl etwas total Exotisches sein.

Es kamen immer mehr Leute, und alle brüllten ihre Getränkewünsche durcheinander. Verzweifelt versuchte sie, ihnen einen der aktuellen Filme zu empfehlen, doch sie hörten einfach nicht zu.

Wie aus heiterem Himmel stand Sam auf einmal vor ihr. Er trug ein *Soulmates*-T-Shirt, genau wie sie selbst, und sagte gar nichts, sondern schaute sie nur wissend an. Sie versank in seinen traurigen Augen. Es kam ihr vor wie Stunden.

Dann fiel ihr die Sache mit dem Rucksack ein. Sie bückte sich, um ihn unter dem Tresen hervorzuholen, und als sie ihn Sam überreichen wollte, sah der für den Bruchteil einer Sekunde aus wie Colin. Dann wie Erik »Eros« Conrady. Ben. Der Sänger der *Soulmates*. Kurt Werner. Ein Busfahrer … Die Bilder wechselten in rasantem Tempo. Dann verwandelte er sich zurück in Sam. Zögernd schob sie ihm den Rucksack hin.

»Der gehört mir«, sagte er mit Bens Stimme. »Ich habe ihn schon vermisst.« Jetzt klang er wie Erik. »Wo hast du ihn her?« Der Gärtner. »Hast du ihn gestohlen?« Colin.

Sie wollte ihm alles erklären, aber ihre Stimme versagte.

»Diese Frau ist eine elende Betrügerin, verhaftet sie!«, rief Sam, der sich jetzt anhörte wie die Synchronstimme von Adam Sandler. »Sie hat meinen Einkaufszettel geklaut. Ich brauche meinen Einkaufszettel. Sonst weiß ich nicht, wer Chomsky ist. Meine gesamte Zukunft steht auf dem Spiel. Sie hat meine Zukunft geraubt. Weil sie selbst keine hat!«

Claire wollte ihm den Rucksack wieder entreißen. »Du bist nicht Sam, du bist nur sein Avatar«, keuchte sie. Doch in diesem Augenblick löste sich der Rucksack in Luft auf und Sam ebenso.

Claire schrie.

Und erwachte. Schweißgebadet.

»Verdammte Pizza«, stöhnte sie und rollte sich auf die Seite, um nach ihrem Handy zu greifen. Zwanzig vor drei. Noch fast fünf Stunden Zeit, bis sie aufstehen musste.

Leider war sie hellwach. Mal wieder.

Sie knipste das Licht an. Das Tagebuch und ihr Stift lagen auf dem Nachttisch. Vorhin hatte sie es nicht mehr geschafft, einen Eintrag zu machen.

Dann holte sie das eben jetzt nach.

8. Oktober

Linguist bist du also, Sam.
Wow.
Ich bin tief beeindruckt.
Wobei ich keine Ahnung habe, was es damit so genau auf sich hat. Ben hat mir vorhin ein paar Stichworte um die Ohren geworfen, die eher nach Raketenforschung klangen als nach Sprachwissenschaft. Er schien ziemlich begeistert zu sein. Und du bist es vermutlich auch.
Dann hast du also eine Gemeinsamkeit mit meinem Mitbewohner. Der ist übrigens doch ganz nett. Verständnisvoll, hilfsbereit und so. Aber eben auch ein Weiberheld. Ich kann nur hoffen, diese Eigenschaft teilst du nicht mit ihm. Eigentlich muss ich das gar nicht hoffen – ich weiß es.
Bei mir gibt es übrigens auch was Neues: Ab morgen bin ich nämlich Aushilfsgärtnerin. Klingt kein bisschen nach Raketenforschung, ich weiß. Aber du hattest recht, alles ist besser, als zu kellnern. Nie wieder UnzähmBar.
Komm also bloß nicht auf die Idee, dort was trinken zu gehen. Wäre es nicht der blanke Hohn, wenn wir uns dort nur deshalb nicht begegnen, weil ich gekündigt habe?

Kapitel 12

»*Uuuuund wir laufen!*«, kommandierte Jenny, und Claire trabte los.

Es war ein kühler Herbstmorgen, der Morgennebel lichtete sich langsam über Gras und Beeten, nur über dem kleinen Bachlauf, der sich parallel des Weges durch den Park schlängelte, hielt er sich hartnäckig. Von drinnen hatte es wesentlich ungemütlicher ausgesehen, als es sich jetzt beim Joggen anfühlte.

»Na, frierst du immer noch?« Jenny grinste.

»Im Gegenteil, ich fange langsam an zu schwitzen.«

»Hab ich doch gesagt. Eigentlich ist so ein Sweatshirt viel zu dick. Besorg dir ein paar Funktionsshirts und eine leichte Sportjacke, die windabweisend und atmungsaktiv ist. Und ein Paar eigene Schuhe.«

Claire machte ein schuldbewusstes Gesicht. »Wollte ich längst, ich weiß, aber ich bin einfach noch nicht dazu gekommen. Und heute wird's wohl auch nicht klappen, höchstens nach der Arbeit.«

»Mitten in der Nacht?« Jenny war ehrlich verblüfft. »Wo willst du denn da noch einkaufen? Höchstens im Internet. Aber die Schuhe solltest du unbedingt anprobieren.«

Claire lachte. »Das hab ich dir ja noch gar nicht erzählt.

Die *UnzähmBar* ist für mich Geschichte. Ich hab dort gestern gekündigt. Ab heute bin ich Aushilfsgärtnerin.«

»Hey, Glückwunsch. Das nenn ich mal 'ne gute Entscheidung. Das ist bestimmt viel besser für deinen Biorhythmus. Und außerdem ein kostenloses Fitnessprogramm. *Uuuund wir gehen.*«

»Fitnessprogramm? Wie meinst du das?« Claire konnte sich nun wirklich nicht vorstellen, dass Blumenbinden irgendeinen Trainingseffekt hatte.

»Wo genau wirst du denn eingesetzt?«, fragte Jenny.

»Ähm – keine Ahnung. Das erfahre ich nachher. Aber so stressig wie in der Bar wird's schon nicht werden.«

Jenny kommentierte das nicht, ihre Miene verriet jedoch, dass sie das durchaus bezweifelte.

»Was sagt denn deine Pulsuhr?«, fragte sie stattdessen. Sie hatte Claire vor dem Loslaufen regelrecht verkabelt, um ihre Herzfrequenz zu kontrollieren. Der Blutdruck dagegen wurde nur vor und nach dem Training gemessen.

»Hundertzweiunddreißig«, las Claire ab. »Ist das okay?«

»Perfekt«, bestätigte Jenny. »In dir schlägt ein Sportlerherz, du musst es nur ein bisschen beschäftigen. *Uuuund wir laufen.*«

»Du machst Scherze. Ich war im Sport schon immer eine Niete. Kaum zu fassen, dass ich das hier überhaupt mache.«

»Aber du tust es.«

»Ja, irre. Und du glaubst wirklich, ich schaffe es eines Tages, eine halbe Stunde am Stück zu joggen? Ich meine – momentan sind wir gerade mal bei einer Minute. Also Welten davon entfernt.«

»Und nächste Woche sind wir bei zwei Minuten. Wenn du das geschafft hast, schaffst du auch alles andere, denn das ist die extremste Steigerung im ganzen Programm.«

»Ich dachte, wir steigern immer um eine Minute? Was soll denn daran extrem sein?«

»Nicht immer, später gibt es auch größere Intervalle, aber ja, anfangs geht es minutenweise. Trotzdem: Von einer Minute auf zwei Minuten, das ist eine Steigerung um hundert Prozent. So viel wird es danach nie wieder sein. *Uuuund wir gehen.*«

Verblüfft blieb Claire stehen. Das war ja eine seltsame Logik. Zwei Minuten laufen, das hörte sich doch überhaupt nicht schlimm an. Aber wenn das die größte Herausforderung war, dann war der Rest bestimmt auch irgendwie machbar. Bei diesem Gedanken wurde ihr fast ein bisschen schwindelig.

»Mir ... wird auf einmal ganz komisch.«

Jenny schien nicht überrascht zu sein. »Kein Wunder, das kommt vom plötzlichen Stehenbleiben. Das sollte man nie tun, dann macht der Kreislauf schlapp. Los, weitergehen! Sonst verfälschst du mir noch mein Messergebnis.«

Die heiße Dusche tat gut! Doch noch belebender war der Gedanke, dass aus ihr womöglich eine richtige Sportlerin werden würde. Ihr Leben lang war sie ein Bewegungsmuffel gewesen. Im Schulsport hatte sie nie eine bessere Note als eine Drei minus bekommen. Das Halbjahr, in dem Volleyball auf dem Lehrplan gestanden hatte, hatte sie irgendwie ohne eine einzige Ballberührung überstanden, beim Kugelstoßen war ihr mal ein Rückwärtswurf passiert, und wie ein normaler Mensch einen Felgaufschwung hinbekam, war ihr nach wie vor ein Rätsel. Claire hatte selbstverständlich auch zu den bedauernswerten Kindern gehört, die auf dem Knoten kauerten und sich hilflos am Seil festhielten, während andere in Windeseile bis an die Decke hinaufkletterten. Nein, diese Art von Sport hatte ihr kein bisschen Spaß gemacht. Daher war sie davon ausgegangen, dass sie einfach nicht dafür geboren war, sich körperlich zu betätigen. Doch jetzt stellte sich auf einmal heraus, dass das vielleicht ein Riesenirrtum war!

Claire gab einen Klecks von dem Shampoo, das so lecker nach Pfirsich roch, auf ihre Hand und begann, sich die Haare damit einzuschäumen.

Was, wenn überhaupt alles ein Riesenirrtum war? Wenn sie gar nicht diejenige war, für die sie sich hielt? Ihr Leben lang hatte sich Claire als Hälfte eines Zweierteams definiert. Colin war der Macher gewesen und sie die loyale Teamplayerin.

Wie wohl ihr Leben verlaufen wäre, wenn es Colin nie gegeben hätte? Eine furchtbare Vorstellung. Dennoch, nur so als Gedankenspiel: Wäre sie jemals auf die Idee gekommen, Ärztin zu werden?

Ein heftiges Pochen an der Badezimmertür riss sie aus ihren Gedanken.

»Hey, brauchst du noch lange da drin?«

Ben hatte aber auch wirklich ein Talent dafür, sie zu erschrecken.

»Mist! Hab Shampoo in die Augen gekriegt!«

»Nicht reiben, nur mit Wasser ausspülen.«

Darauf wäre sie auch von allein gekommen.

»Also sag schon. Ich muss in fünf Minuten weg, schaffst du es vorher? Ich will dir was zeigen!«

Warum diese Hektik? Andererseits hatte sie ohnehin nicht vorgehabt, noch lange herumzutrödeln, schließlich wollte sie selbst bald aufbrechen.

»Gib mir drei Minuten!«, rief Claire. »Aber wehe, es ist unwichtig!«

In weniger als zwei Minuten war sie abgetrocknet und angezogen. Um die nassen Haare hatte sie ein Handtuch geschlungen. Die konnte sie später föhnen. Sie war neugierig geworden. Was war da so dringend?

Ben wartete im Flur auf sie. Als sie hinaustrat, wedelte er mit seinem Tablet vor ihrer Nase herum.

»Halt mal still, ich kann ja gar nichts erkennen. Was ist das überhaupt?«

»Das Online-Vorlesungsverzeichnis. Schau mal hier: *Theorien des Spracherwerbs*. Da muss ich hin!«

»Und was hat das mit mir zu tun?« Als ob sie sich für Babysprache interessierte …

»Begreifst du denn nicht? Spracherwerb! Und wer hat das Verständnis der Wissenschaft zu diesem Thema grundlegend revolutioniert? Na?«

Ben wirkte ganz aufgeregt. Er riss die Augen auf, als wollte er sie hypnotisieren, und gestikulierte wild herum. Ohne Erfolg.

Claire seufzte. »Keine Ahnung, nun mach's doch nicht so spannend.«

»Noam Chomsky!«, verkündete Ben triumphierend.

Noam Chomsky? Das war doch …

»Du meinst – dieser berühmte Linguist?«

»Exakt. Und wer wird sich diese Vorlesungsreihe garantiert nicht entgehen lassen?«

»Na du. Hast du doch eben selbst gesagt. Willst du mich verkohlen oder …« Claire brach ab. Sie begriff. »Du meinst Sam.«

»Na endlich. Ich dachte schon, ich müsste dich von dem Schlauch runterheben, auf dem du stehst«, feixte Ben.

Claire boxte ihm auf den Arm. »Werd' nicht frech.«

»Hey, du wirst doch deinen persönlichen Privatdetektiv nicht angreifen.« Ihm schien das Spaß zu machen.

»Und hat mein persönlicher Privatdetektiv auch schon einen genialen Plan?«

Ben nickte. »Hat er. Meine verehrte Auftraggeberin wird mir eine detaillierte Personenbeschreibung liefern, sodass ich mit meiner ultimativen Detektivausrüstung« – er zückte sein Handy – »Beweisfotos von allen potenziellen Verdächtigen machen kann. Und bingo!«

»Wahnsinns-Idee. Genial!« Claire fiel ihm spontan um den Hals. Nach wenigen Sekunden löste sie sich wieder von ihm, damit er das nicht als Annäherungsversuch interpretierte. Und weil ihr doch wieder Zweifel kamen. Vielleicht war ihre Euphorie etwas voreilig. »Und du meinst wirklich …«

»Er wird garantiert dort auftauchen. Hundertpro. Ich brauche deine Beschreibung. Schriftlich.«

Puh, keine leichte Aufgabe. Aber irgendwie würde sie das schon hinkriegen.

Helga entpuppte sich als Tochter des Gärtnerei-Inhabers, das sah man auf den ersten Blick. Sie war ihrem Vater wie aus dem Gesicht geschnitten, nur ohne Bart, dafür mit knallrotem Lippenstift und riesigen silbernen Creolen. Auch sie war hager, baumlang und wirkte ein bisschen mürrisch, doch Claire erwartete gar nicht, überschwänglich begrüßt zu werden. Es reichte ihr schon, dass es hier keinen »Eros« gab.

Nachdem sie die Formalitäten geregelt und den Dienstplan besprochen hatten, rieb Claire sich tatendurstig die Hände. »Dann will ich mal loslegen. Ich geh nach vorne.«

»Nach vorne?« Helga runzelte die Stirn. »Du meinst, in den Laden?«

»Ähm, na ja, ich dachte …«, stammelte Claire etwas verunsichert.

Dank ihres ungewöhnlichen Bewerbungsgesprächs konnte sie Helgas Zähnefletschen und die gurgelnden Laute, die sie dabei von sich gab, gleich als Lachen identifizieren. Dass so etwas erblich sein konnte … wirklich erstaunlich.

»Geh lieber mal rüber zum Waldfriedhof. Mein Vater ist

heute in Sektor B unterwegs. Du findest ihn, wenn du den Hauptweg entlanggehst und beim Brunnen links abbiegst. Er wird dir schon eine Arbeit zuweisen.«

Na gut, dann half sie eben nicht im Laden aus.

Bis zum Friedhofstor war es nicht weit. Als es hinter Claire ins Schloss fiel und sie nach ihrem neuen Boss Ausschau hielt, fing es an zu nieseln. Mist. Da hätte sie sich die Zeit fürs Haareföhnen sparen können. Sie hätte sie sinnvoller nutzen können, um die Regenjacke zu suchen, die irgendwo herumfliegen musste. Sollte aus dem Nieseln ein kräftiger Schauer werden, würde ihr die Kapuze ihres Hoodies auch nichts mehr nützen. Zum Glück hatte sie wenigstens eine ärmellose Steppweste übergezogen.

»Da bist du ja!«

Sie hatte Kurt Werner gar nicht bemerkt – obwohl seine beeindruckende Erscheinung eigentlich nicht so leicht zu übersehen war. Das kam wohl daher, dass er hinter einem Grabstein gekauert hatte, um dort zu tun, was Gärtner hinter Grabsteinen eben so machen. Unkraut jäten?

»Hallo Herr Werner. Ihre Tochter meinte, ich soll mich bei Ihnen melden, damit Sie mir eine Aufgabe zuteilen.«

»Nun red mal nicht so geschwollen daher. Aufgabe zuteilen. Tsss. Da, schnapp dir einen Besen und einen Rechen. Heute ist der nächste Abschnitt des Hauptwegs dran. Und nenn mich Kurt. Auf Herr Werner höre ich grundsätzlich nicht, außer bei Kunden. Alles klar?«

Claire, die inzwischen näher getreten war und erkannt

hatte, dass ihr neuer Boss gerade einen Rosenbusch in Form schnitt, nickte. »Alles klar. Wobei – eigentlich nicht. Was genau soll ich mit Besen und Rechen anfangen? Was meinen Sie … Ich meine, was meinst du mit: Der Hauptweg ist dran?«

Zähnefletschen, Röcheln, Kopfkratzen. »Du bist ja lustig. Na, was wohl? Bestimmt nicht jonglieren. Den Weg sollst du kehren. Und das heruntergefallene Laub an den seitlichen Grünflächen zu Haufen zusammenrechen. Jetzt alles paletti?«

Da hätte sie tatsächlich von selbst draufkommen können. Das war ja ein toller Einstand! Kurt musste sie ja für komplett plemplem halten.

»Alles paletti«, bestätigte sie, diesmal ohne Nachfrage. Sie würde das schon hinbekommen. Jeder Idiot konnte schließlich kehren, oder?

Die praktische Umsetzung war allerdings gar nicht so einfach. Hoffentlich beobachtete niemand, was sie da trieb. Vorsichtshalber schaute Claire sich um. Kurt hatte sich wieder zu seinem Rosenbusch heruntergebeugt, sonst war weit und breit niemand zu sehen.

So ein Besen war ganz schön … unhandlich. Sie musste erst einmal ausprobieren, ob es einfacher war, von sich weg oder zu sich hin zu kehren. Hm. Zu sich hin ging schwer. Von sich weg gar nicht. Okay, dann eben die anstrengende, aber immerhin machbare Variante.

Nach einer Stunde hatte sie das Gefühl, die Arme würden ihr gleich abfallen. Nach einer weiteren halben Stunde wurde der Regen stärker, und es dauerte nicht lange, bis sie völlig durchnässt war. Die Jeans klebte kalt auf ihrer Gänsehaut und fühlte sich an wie Schmirgelpapier. Auch die Blätter klebten, und zwar auf dem Weg fest. Daher legte Claire den Besen beiseite und machte mit dem Rechen weiter. Was auch nicht weniger anstrengend war. Nachdem sie auf dem Rasen einen großen Blätterhaufen aufgetürmt hatte, kam Wind auf, und eine besonders kräftige Böe wirbelte alles wieder durcheinander.

Aber immer noch besser, als sich in der *UnzähmBar* blöd anmachen zu lassen, versuchte sie sich einzureden. Vor Frust und Anstrengung traten ihr Tränen in die Augen. Die ersten seit Monaten, die sie nicht aus Traurigkeit vergoss.

Wenn Colin sie so sähe, bekäme er mit Sicherheit einen gewaltigen Lachanfall. Wie gern hätte sie sein Lachen jetzt gehört. Es war so ansteckend gewesen!

Ein seltsames Geräusch ließ sie zusammenzucken. Dann registrierte sie, dass sie es selbst produziert hatte. Du liebe Zeit: Sie kicherte ja! Während ihr die Tränen über die Wangen liefen. Frusttränen und Trauerlachen. Wie passte denn das zusammen? War sie etwa dabei, vollkommen den Verstand zu verlieren?

»Hey, du. Wir packen zusammen!«, rief Kurt zu ihr rüber.

»Feierabend? Aber es ist doch gerade mal zwölf Uhr!«

»Und was sagt dir das? Zeit für die Mittagspause.«

Zurück in der Gärtnerei, gab Helga ihr eine alte Latzhose, die ihr mindestens zwanzig Zentimeter zu lang war und gleich mehrfach umgekrempelt werden musste, außerdem ein Karohemd, das sich angenehm flauschig anfühlte, und ein Paar Gummistiefel. Ihre Sneakers waren genauso nass wie ihre Klamotten, die Helga kurzerhand in den Wäschetrockner gestopft hatte.

Als Claire frisch umgezogen zu den anderen in den Aufenthaltsraum kam, saßen Kurt, Helga, zwei Floristinnen und drei weitere Aushilfen um einen großen Holztisch. Es gab Kaffee für alle und belegte Brote.

Claire zögerte zuerst, zuzugreifen, denn sie hatte kein Bargeld dabei, doch dann versicherte Helga, das sei alles gratis.

»Übrig geblieben beim Leichenschmaus drüben im Café«, grinste Kurt diabolisch. Versuchte er, sie aus der Reserve zu locken?

»Wäre jammerschade, wenn die guten Brötchen auch noch umkämen«, erwiderte sie trocken und entlockte sowohl Kurt als auch seiner Tochter ein anerkennendes, gurgelndes Lachen.

Nach der Pause hatte der Regen aufgehört. Claire bedauerte das ein bisschen, denn sie hatte schon darauf spekuliert, den Nachmittag im Laden verbringen zu dürfen – oder wenigstens im Gewächshaus. Aber als dann sogar die Sonne herauskam und der Wind nachließ, war die Arbeit auf dem Friedhofsweg nur noch halb so anstrengend wie vorhin. Mit der Zeit fand sie das Kehren und Laubrechen irgendwie meditativ. Sie konnte dabei ungestört nachdenken. Über Colin. Und Sam. Und ihre Zukunft.

Vor allen Dingen ihre nahe Zukunft. Und die hielt eine ebenso wichtige wie schwierige Aufgabe für sie bereit.

8. Oktober, immer noch

Es ist ja schon verdammt schwer, einen Menschen zu beschreiben, dem man gegenübersitzt. Oder dessen Foto man vor sich hat.
Wir mussten in der Schule mal einen Aufsatz verfassen. Die Aufgabe war, einen Mitschüler so zu beschreiben, dass die Klassenkameraden ihn erkannten. Ich habe – Überraschung – Colin gewählt. Hätte wohl jeder erraten können. Trotzdem haben nur drei meiner Mitschüler auf ihn getippt, als mein Text vorgelesen wurde.
Und nun soll ich also dich so beschreiben, dass Ben es schafft, dich unter mindestens hundert anderen Studenten zu identifizieren. Natürlich weiß ich genau, wie du aussiehst, Sam. Obwohl es schon ein paar Wochen her ist, dass ich dich gesehen habe, ist es ganz leicht für mich, dein Gesicht vor meinem inneren Auge heraufzubeschwören. Deine traurigen Augen. Deinen sensiblen Mund. Deine leicht gebogene Nase. Dein Kinn mit dem süßen Grübchen.
Aber sobald ich versuche, mich auf eins der Details zu fokussieren, verschwimmt das Bild, und es fällt mir schwer, das, was ich zuvor visualisiert habe, in Worte zu fassen.
Okay, das mit dem Grübchen ist relativ einfach. Die Nase ist schon schwieriger. Ich meine: Schmal und gebogen sind viele Nasen. Aber da sind ja noch die Sommersprossen und die Nasenflügel und …
Lassen wir das. Versuchen wir es mit dem Mund. Wie gesagt:

Er wirkt sensibel. Aber was genau erweckt diesen Eindruck? Vielleicht der Schwung der Oberlippe? Die minimal nach oben gezogenen Mundwinkel, die in Verbindung mit den traurigen Augen zu einem irgendwie bekümmerten Dauerlächeln werden?
Ich geb's auf.
Aber das darf ich nicht. Dann findet Ben dich ja nie!
Also von vorne. Deine Anti-Hipster-Frisur. Deine aufrechte, zugleich irgendwie schüchterne Haltung. Deine dunklen Wimpern und die Linie deiner Augenbrauen, die deinem Blick etwas Fragendes verleihen.
So komme ich nicht weiter …

Oder doch?

Okay, ich habe mir eben noch einmal durchgelesen, was ich da geschrieben habe. Ha! Die Aufgabe ist ja längst erfüllt. Jetzt muss ich nur noch alles, was für Ben relevant ist, stichwortartig zusammenfassen.
Ein Kinderspiel!

Kapitel 13

An diesem Morgen hätte Claire so einiges dafür gegeben, den Wecker ignorieren zu dürfen. Sich einfach auf die andere Seite zu drehen und noch ein Stündchen von Sam zu träumen. Sie liebte es, sich ihr Wiedersehen in allen Details auszumalen – und das, was womöglich daraus entstehen würde. In ihrer Fantasie war er zärtlich und liebevoll. Und natürlich humorvoll. Er würde sie ständig necken, und sie würden viel lachen. Es war wirklich ein wundervoller Traum, doch heute früh durfte sie sich leider nicht darin verlieren. Schließlich hatte sie Jenny fest zugesagt, keinen Trainingstermin grundlos zu versäumen, und was sie versprach, das hielt sie auch.

Colin war da ein bisschen lässiger gewesen. »Das darfst du nicht so eng sehen«, war eine seiner Lieblingsausreden gewesen, »da muss man auch mal flexibel sein.«

Nur war sie nun mal nicht wie Colin – und je größer der Abstand wurde, desto bewusster wurde ihr das auch. Fast kam es ihr vor wie Verrat – aber das hatte er nun davon, sie allein zurückzulassen. Irgendwie musste sie sich jetzt als übrig gebliebene Hälfte von *Colin und Claire* neu erfinden, und die Claire, die dabei zum Vorschein kam, war nun mal anders als die frühere. Und als er.

Dass sie heute früh so groggy war, lag nicht nur an der anstrengenden Arbeit in der Gärtnerei, an ihrem Sportpensum oder ihrem unruhigen Schlaf, sondern auch daran, dass sie gestern – nach acht Stunden Heckenschneiden – noch eine lange Schicht an der Kinokasse absolviert hatte. Aber die Hitchcock-Nacht hatte sie sich nicht entgehen lassen wollen! Sie war so sicher gewesen, dass Sam auftauchen würde. Das war er nicht.

Irgendwann war ihr eingefallen, dass er womöglich in einer Gruppe unterwegs war und ein Kumpel – oder eine Freundin? – für alle die Tickets besorgte. Daher verrenkte sie sich den Hals, um einen Blick auf möglichst alle Besucher zu werfen. Vielleicht hätte sie sich doch lieber für den Job als Kartenkontrolleurin eintragen lassen sollen? Als ihr diese glorreiche Idee gekommen war, war es dafür natürlich zu spät.

Sie war daher länger geblieben und hatte das Ende der Spätvorstellung abgewartet, um die Besucher beim Rausgehen noch einmal unter die Lupe zu nehmen. Aber auch das war vergeblich gewesen, und sie hatte den Rucksack doch wieder mit nach Hause nehmen müssen.

Sie war erst gegen halb zwei nach Hause gekommen. Das rächte sich jetzt. Es fiel ihr so schwer wie selten, sich aus dem Bett zu quälen. Fünfeinhalb Stunden Schlaf waren einfach zu wenig. Vor allem, wenn man nach dem Aufstehen nicht gemütlich frühstücken und sich mit viel Kaffee pushen konnte, sondern sich erst einmal verkabeln lassen und durch die Gegend rennen musste.

Aber dann war sie doch froh, dass sie Jenny nicht abgesagt hatte.

»Was für eine herrliche Morgenluft!«, staunte sie, als sie das Haus verließen. Es war kalt, aber sonnig und trocken.

»Perfektes Laufwetter«, bestätigte Jenny. »Gut, dass du dir endlich geeignete Klamotten besorgt hast. Du wirst sehen, wie viel angenehmer es damit ist.«

Tatsächlich hatte sich Claire letzte Woche in Unkosten gestürzt. Das letzte Kellnerinnen-Gehalt, das Erik ihr – sicher zähneknirschend – überwiesen hatte, war fast komplett dafür draufgegangen. Aber es hatte sich gelohnt. Die smaragdgrüne Trainingsjacke war superleicht und sogar richtig schön. Und die dünne Laufhose viel angenehmer als die alte Hose aus Sweatstoff. Am teuersten waren die Schuhe gewesen. Die hatte sie auf Jennys Rat in einem Fachgeschäft gekauft. Einfach aussuchen, anprobieren und kaufen war da nicht drin gewesen. Man hatte sie zuerst aufs Laufband gestellt und eine professionelle Analyse ihres Bewegungsablaufs gemacht. Als wäre sie eine echte Sportlerin.

Kaum hatte sie das Jenny gegenüber erwähnt, rückte die ihr erst einmal den Kopf zurecht. »Was heißt: als ob? Du *bist* eine echte Sportlerin!«

»Ja, und zwar eine, die ohne Probleme die unfassbar beeindruckende Leistungssteigerung um einhundert Prozent von einer Minute auf zwei geschafft hat«, erwiderte Claire lachend.

»Genau. Und darauf kannst du total stolz sein!«

Jenny hatte ja recht. Warum redete sie ihre Erfolge immer klein? So war das schon in der Schule gewesen. Für schlechte

Noten gab sie immer sich selbst die Schuld, gute dagegen schob sie auf Glück oder Zufall. Ganz schön dämlich, eigentlich. Es war doch nicht verboten, die eigenen Stärken zu kennen und sich darüber zu freuen, dass man etwas erreicht hatte.

Sie hatte das Gefühl, gerade erst losgelaufen zu sein, als Jenny zum letzten Mal auf die Stoppuhr drückte und sagte: »Geschafft für heute! Wie ist dein Puls? Hundertsiebenunddreißig, perfekt. Lass uns jetzt noch eine Minute gehen, damit der Kreislauf runterkommt, dann bleiben wir stehen und messen den Blutdruck.«

»Wie – schon fertig? War das wirklich eine halbe Stunde?«

»Allerdings. Man merkt gar nicht, wie die Zeit rast, wenn man Spaß hat«, feixte Jenny, und überraschenderweise musste Claire ihr recht geben: Es hatte wirklich Spaß gemacht.

Nach der Blutdruckkontrolle – alles im grünen Bereich – spazierten sie zurück zur Wohnung.

»Vorhin war ich fast zu müde zum Aufstehen, und jetzt könnte ich Bäume ausreißen«, sagte Claire. »Na ja, vielleicht muss ich das nachher sogar tun. Übrigens: Der Job in der Gärtnerei ist wirklich das reinste Krafttraining. Wie du prophezeit hattest. Superanstrengend, aber auch irgendwie meditativ.«

»Hab ich doch gesagt! Machst du dort erst mal Pause? In ein paar Tagen fängt ja das Semester an.«

»Ich weiß, ich kann's kaum erwarten, weil Ben …«

Claire brach ab. Dass sie ihr eigenes Studium im Grunde

schon fast abgehakt hatte, bevor es begann, hatte sie ihren Mitbewohnern noch nicht gestanden. Sie konnte es sich ja kaum selbst eingestehen. Und dass sie den Semesterbeginn nur deshalb kaum erwarten konnte, weil Ben im Fachbereich Linguistik nach Sam Ausschau halten wollte, hatte sie Jenny bislang nicht erzählt.

Warum eigentlich nicht?

Jenny wartete mit neugieriger Miene auf eine Erklärung. Ein Wunder, dass Ben dichtgehalten hatte. Das hätte sie ihm gar nicht zugetraut.

Witzig eigentlich – hätte sie drauf wetten sollen, hätte sie Jenny für verschwiegener gehalten. So konnte man sich irren.

»Erzähl schon – was ist mit Ben?«, holte Jenny sie wieder zurück ins Hier und Jetzt.

»Na ja.« Sie räusperte sich. Hoffentlich hörte sich das jetzt nicht blöd an – als wäre sie irgendwie besessen. Oder irre. »Ich habe da neulich jemanden getroffen, von dem ich nicht viel mehr weiß als seinen Vornamen und dass er vermutlich dieselbe Vorlesung besuchen wird wie Ben. Und der hat mir versprochen, die Augen nach Sam aufzuhalten.«

Das klang in der Kurzfassung doch gar nicht mal so stalkermäßig, fand Claire.

»Find ich ja cool. Dass ausgerechnet Ben für dich den Kuppler spielt.«

»Was heißt Kuppler? Ich will Sam ja nur … etwas zurückgeben. Und ja, ihn auch kennenlernen. Aber was heißt *ausgerechnet Ben*? Meinst du, weil er so ein Weiberheld ist?«

»Ben? Ein Weiberheld?« Jenny prustete los. »Was Treue und Bindungsfähigkeit betrifft, hat er wohl einen Weltrekord aufgestellt. Drei Jahre lang hatte er eine Freundin, die ihn permanent betrogen hat. Nachdem sie ihn endgültig verlassen hatte, leckte er monatelang seine Wunden. Dann hat er sich irgendwie berappelt, und seitdem ist er auf der Suche nach der großen Liebe. Und dabei ungefähr so erfolgreich wie Ted Mosby in *How I Met Your Mother*, bevor er das Mädchen mit dem gelben Schirm traf. Du weißt schon.«

Claire wusste nicht. Sie hatte die Serie nie gesehen. Aber da sie ahnte, worauf Jenny hinauswollte, und sie nicht vom Thema ablenken wollte, nickte sie, und Jenny fuhr fort: »Es ist zum Haareraufen. Ständig gerät er an Frauen, die einfach nur Spaß wollen und sich sofort aus dem Staub machen, wenn sie merken, dass er mehr will als nur Freundschaft mit gewissen Vorzügen. Genauer gesagt: viel mehr. Er ist das reinste Klammeräffchen. Ich hab ihm schon tausendmal gesagt, eine Beziehung muss langsam wachsen. Man sollte nicht schon in der zweiten gemeinsamen Nacht die Gästeliste für die Hochzeit ansprechen und Vornamen für die Kinder diskutieren.« Jenny zuckte mit den Schultern. »Na ja, vielleicht ist das übertrieben. Ein bisschen.«

Auch wenn die Hälfte dessen, was sie da gerade erfahren hatte, übertrieben war, genügte der Rest, um Claires Weltbild auf den Kopf zu stellen. Sie konnte es nicht fassen. Sollte sie sich so in Ben getäuscht haben?

»Und was ist mit Mila?«, fragte sie. »Die hab ich auch schon länger nicht mehr gesehen.«

»Dasselbe in Grün«, bestätigte Jenny. »Wahrscheinlich hat Ben irgendwas von Zusammenziehen, Zukunft und zehn Kindern gefaselt, und weg war sie.«

Jetzt hatte Claire fast Mitleid mit Ben. Im Stillen nahm sie alles zurück, was sie je über seine Frauengeschichten gedacht hatte.

Plötzlich erschrak sie. Was, wenn Ben nur deshalb so hilfsbereit war, weil er heimlich in sie verliebt war? Hoffte er etwa darauf, sie eines Tages über Sam hinwegtrösten zu können?

Jenny schien ihre Gedanken zu erahnen. »Keine Sorge. Wenn Ben auf dich stehen würde, hättest du das zweifellos bemerkt. Dann balzt er nämlich wie ein Gockel und macht sich selbst furchtbar zum Narren. Nein, ich glaube, er mag dich einfach nur richtig gern. Sei froh!«

Und das war Claire auch. Doch ein leiser Zweifel blieb. Schließlich kannte sie Ben nicht so gut, wie Jenny es tat. Und überhaupt: Kannte man jemals einen anderen Menschen so ganz? Oder sich selbst?

»Auf diesem Plan sind alle Gräber verzeichnet, die wir betreuen«, sagte Helga und überreichte ihr einen mehrseitigen Ausdruck.

»Ich dachte, die Gärtnerei ist für den kompletten Waldfriedhof zuständig.«

»Für alle allgemeinen Flächen. Die Bäume, Hecken, Wege und so weiter. Auftraggeber ist die Stadt. Was die Gräber betrifft, können die Angehörigen natürlich frei entscheiden, ob sie sich selbst darum kümmern oder die Pflege in Auftrag geben wollen – und bei welcher Gärtnerei.«

Claire kam sich dumm vor. Das hätte sie sich nun wirklich denken können. Nach Colins Tod hatten ihre Eltern die Grabpflegefrage ebenfalls diskutiert, sich dann aber für eine Grabplatte entschieden, die nur hin und wieder gereinigt werden musste. Im Frühjahr und Sommer konnte man eine Vase mit Schnittblumen draufstellen, im Herbst und Winter gab es Trockengestecke. Claire hatte es damals nicht ertragen, sich mit diesem Thema zu befassen, und einen langen Spaziergang unternommen.

Aber Colins Grab war über hundert Kilometer entfernt, und dieser Friedhof für sie inzwischen ein völlig normaler Arbeitsplatz. Nichts anderes als eine Bar oder ein Kino. Die Rasenflächen zu mähen, einen Grasshopper zu mixen oder Tickets für *Auf der anderen Seite ist das Gras viel grüner* zu verkaufen, kam im Grunde auf das Gleiche hinaus.

»Noch Fragen dazu?«

Sprach Helga mit ihr wie mit einer Grundschülerin? Nein, da war wieder dieses diabolische Zähnefletschen, das in der Familie Werner als Lächeln galt.

»Sorry, ich war gerade in Gedanken. Ja, ich hab's kapiert. Nur für die markierten Ruhestätten wurde Grabpflege gebucht«, sagte Claire.

»Was redest du denn so geschwollen daher? Genau, die markierten. Du fängst bei Grabstätte Nummer zweiundvierzig an und arbeitest dich dann in Richtung Westen voran.«

Zum Glück zeigte Helga mit ihrem rot glitzernden Zeigefingernagel auf das entsprechende Areal, denn in Geografie war Claire schon immer eine Niete gewesen, und sie hatte nicht die geringste Ahnung, wo auf diesem Plan Westen war.

»Ähm, und was genau mach ich da? Blumen gießen, Sträucher schneiden, Unkraut jäten?«

»Guter Scherz. Weißt du denn überhaupt, wie man Blumen wässert, wo man Sträucher abschneidet und was genau Unkraut ist?«

Konnte man dabei denn so viel falsch machen? Vor allem das Gießen war doch geradezu lachhaft simpel.

»Welche Pflanzen berieselt man von oben, bei welchen wässert man von unten? Gießt man besser morgens oder abends? Welche Pflanze braucht wie viel Wasser, und welche killt man eher durch zu viel als durch zu wenig davon?«, ratterte Helga herunter. »Und das ist erst der Anfang. Mit anderen Worten: Du lässt die Pflanzen in Ruhe, sonst richtest du nur Schaden an.«

So viel also zum Thema, man kann nichts falsch machen. Offenbar war Grabpflege, wie so vieles, eine Wissenschaft für sich. Fragte sich nur, welche niederen Hilfsarbeiten man ihr überhaupt zutraute.

»Und was *soll* ich tun?«

»Schnapp dir Eimer, Wasser, Schrubber, Abzieher und Poliertuch. Du reinigst heute die Grabsteine, -platten und -einfassungen.«

Beim dritten Grab las sich Claire nicht einmal mehr die Steinbeschriftung durch. Sie wollte sich nicht länger mit dem erfundenen Schicksal wildfremder Familien befassen, um sich abzulenken. Das war keine Lösung. Nur eine Flucht.

Es waren keine leeren Worte gewesen, als sie vorhin gesagt hatte, die Gartenarbeit sei meditativ. Sobald sie aufhörte, herumzufantasieren, war sie gezwungen, sich mit ihren Gedanken auseinanderzusetzen. Und einfach mal abzuwarten, wohin sie sie führten.

Sie führten zu Sam. Und der Frage, ob sie ihn jemals wiedersehen würde.

Vor allem aber zu Colin. Was mit Sicherheit an der Umgebung lag. Friedhof. Toter Bruder. Naheliegende Assoziation. Aber sie dachte nicht an den Tag des Anrufs. Die Beerdigung. Die schlimme Zeit danach. Oder Erinnerungen an ihre Kindheit. Nein, sie stellte sich vor, Colin stünde neben ihr. Genau hier. Genau jetzt.

Was geht ab?, würde er stirnrunzelnd fragen. *Bist du übergeschnappt? Ernsthaft – Gartenarbeit? Das war aber nicht unser Plan. Warum bist du nicht an der Uni? Die Einführungswoche läuft. Jeden Abend steigen massenhaft Partys. Wie viele coole Leute hast du schon kennengelernt? Hey, Klärchen – sag nicht, du kneifst!*

Oh, er würde ihr ordentlich zusetzen. Und sie würde spätestens nach fünf Minuten gestehen, dass sie überhaupt nicht vorhatte, das Studium anzutreten. Und dass sie daher auch keine Partys besuchen und keine coolen Leute kennenlernen wollte.

Er würde durchdrehen! Argumentieren. Sie überreden. Und sie zum Zweifeln bringen.

Das kannst du doch nicht machen. Denk an unseren Plan. Was ist mit Mama und Papa? Sie verlassen sich auf uns. Und kaum bin ich weg, lässt du sie im Stich.

Schon würde sich ihr schlechtes Gewissen melden. Und er würde weiterbohren.

Wenn es umgekehrt gekommen wäre, hätte ich mich umso mehr ins Zeug gelegt beim Studium. Für uns beide. Und nicht schon vorher die Flinte ins Korn geworfen.

Hatte er recht? Gab sie zu früh auf? Ließ sie ihren toten Bruder im Stich? Wie konnte sie nur!

Versprich mir, es wenigstens zu versuchen. Nur für mich. Eine Woche. Mehr verlange ich ja nicht. Wetten, du wirst zur Besinnung kommen? Medizin ist unser Ding. *Und die Praxis unser Traum. Das war abgemacht. Wie kannst du jetzt alles in den Dreck zerren, was uns jemals wichtig war? Mensch, Claire, ich bin gerade mal vier Monate tot. Und du tust schon, als hätte es mich nie gegeben!*

Er wusste, wie er sie bearbeiten musste, damit sie tat, was er wollte. Er hatte es schon immer gewusst. Nur war ihr das nicht immer so klar gewesen.

Seine Taktik funktionierte. Noch immer.

11. Oktober

Ich hab dir ja von meinem neuen Job erzählt. Ab sofort bin ich Aushilfsgärtnerin. Du hattest recht, das ist besser, als zu kellnern. Aber leider bin ich nicht besonders gut darin. Am ersten Tag habe ich mich beim KEHREN *dermaßen ungeschickt angestellt, dass man meinen könnte, ich hätte zwei rechte Hände. (Du musst wissen: Ich bin Linkshänderin. Mit rechts kann ich gerade mal das Telefon ans Ohr halten, sonst rein gar nichts.)*
Ich hatte gehofft, dass mir dieser Job Gelegenheit bieten würde, einfach nur … zu träumen. Zum Beispiel davon, wie wir uns gegenüberstehen, Sam. Ich einen alten Tierheimhund an der Leine, du einen Welpen auf dem Arm. Oder ich an der Kinokasse, du voller Vorfreude auf einen ebenso spannenden wie romantischen Film. Oder wo auch immer …
Jedenfalls würde ich mir wahnsinnig gern vorstellen, wie unser Wiedersehen verlaufen könnte. Furchtbar romantisch, natürlich. Du würdest mir lange in die Augen schauen und ich dir. Minutenlang würde keiner von uns auch nur ein Wort sagen, aber das wäre auch nicht nötig. Und dann würden wir uns küssen. Zärtlich. Intensiv. Wild …
Aber ständig funkt Colin dazwischen.
Zumindest bin ich kaum bei der Sache, weil meine Gedanken um ihn und seine Vorwürfe kreisen. Ja, ich höre seine Stimme. Er macht mich zur Schnecke. Und ich fürchte, er hat nicht ganz unrecht.

Kapitel 14

»Na, du fängst ja früh an«, frotzelte Ben, als er am Sonntagmorgen in die Küche kam. Claire hatte schon drei Tassen Kaffee intus und außerdem mehrere A4-Seiten vollgekritzelt – um dann alles wieder durchzustreichen und von vorn anzufangen. Auf dem Laptop war das Online-Vorlesungsverzeichnis geöffnet, daneben lag eine halb leere Keksdose.

»Dir auch einen guten Morgen«, murmelte Claire, ohne aufzusehen. Ihr Blick blieb auf den Monitor gerichtet. Mit der rechten Hand schob sie sich einen Cookie in den Mund, während sie sich mit der linken durch die Haare fuhr. Der ansonsten so korrekt frisierte Pagenkopf glich heute eher einem Wischmopp.

»Sag bloß, du hast dir deinen Stundenplan noch nicht zusammengestellt?«, rief Ben, um das Mahlwerk der Kaffeemaschine zu übertönen.

»Nö. Ich weiß ja noch gar nicht so lange, dass ich da überhaupt hingehe.«

»Ernsthaft? Ich dachte, du hast längst deine Zulassung und bist auch schon immatrikuliert.« Ben setzte sich zu ihr und schnappte sich einen Keks. »Igitt, die schmecken ja uralt. Da mach ich lieber Pfannkuchen. Willst du auch welche?«

»Wie?« Claire hatte ihm gar nicht richtig zugehört.

»Ich habe gefragt, ob du Pfannkuchen willst. Und was da los ist mit deinem Studienplatz. Bist du etwa nachgerückt?«

»Pfannkuchen sind cool, gern. Und nein, den Studienplatz hatte ich sicher. Aber *ich* bin mir nicht sicher, ob Medizin das Richtige für mich ist.«

»Du bist echt der Knaller. Ich dachte, das wäre dein Traum?«

»Es war auf jeden Fall Colins Traum. Seit er tot ist, weiß ich nicht mehr so genau, was ich überhaupt will. Eigentlich hatte ich das mit dem Studium sogar schon abgehakt, aber Colin hat mich mal wieder überredet.«

»Du ... siehst Geister?« Ben, der inzwischen angefangen hatte, den Pfannkuchenteig anzurühren, hielt kurz inne und runzelte die Stirn.

»Keine Sorge, ich bin nicht verrückt. Ich kriege ihn bloß nicht aus meinem Kopf. Colin würde wollen, dass ich es zumindest probiere. Das bin ich ihm schuldig. Wenigstens eine Woche lang. Und dann kann ich ja immer noch entscheiden.«

»Klingt einigermaßen vernünftig.«

Claire schnitt eine Grimasse. »Einigermaßen, ja. Den verrückten Umständen entsprechend.«

»Ich meine vielmehr: Das ist nachvollziehbar. Ein Deal mit dem Schicksal. Hab ich auch schon mal gemacht.«

Bestimmt wegen seiner Ex-Freundin, die ihm das Herz gebrochen hat.

Erst jetzt fiel Claire auf, dass es ihrem Mitbewohner im Grunde ganz ähnlich ging wie Sam. Ob der wohl auch mit dem Schicksal verhandelt hatte?

Wenn ich meinen Rucksack jemals wiederbekomme, wird alles gut. Und die Person, der ich ihn verdanke, wird meinem Leben eine neue Wendung geben.

Oder:

Solange mein Tagebuch verschwunden bleibt, ist kein Platz für Glück und Freude in meinem Leben.

Ben gab eine Kelle voll Teig in die heiße Pfanne. »Was grübelst du?«

»Ach, nichts.« Claire zögerte. Sollte sie Ben auf sein Beziehungschaos ansprechen? Ihm verraten, dass sie Bescheid wusste? Er kannte ja auch ihre Geheimnisse. Aber wenn er mit ihr darüber reden wollte, hätte er das Thema doch sicher von sich aus angeschnitten. Sie entschied sich dagegen und wandte sich wieder dem Vorlesungsverzeichnis zu. »Ich dachte nur, das mit dem Stundenplan geht einfacher«, stöhnte sie. »Manche Vorlesungen sind Pflicht, andere werden dringend empfohlen. Aber den Freitag will ich mir unbedingt komplett frei halten. Damit ich morgens mit Jenny trainieren gehen, dann im Tierheim ein paar altersschwache Fellnasen ausführen und am Nachmittag in der Gärtnerei arbeiten kann. Samstags arbeite ich ebenfalls, sonntags gehe ich noch mal joggen. Anschließend bleiben mir ein paar Stunden zum Lernen, und am Abend schiebe ich vielleicht eine Schicht an der Kinokasse. Oder donnerstags, je nachdem, wie lange da die Vorlesungen gehen …«

»Bist du des Wahnsinns? Dann bleibt dir ja überhaupt keine Freizeit mehr!«

»Wieso? Tierheim und Training zählen als Hobby. Und schlafen ist ja auch Freizeit.«

»Hier, nimm einen Pfannkuchen und genieße ihn, solange du noch Zeit zum Essen hast!«

Claire streckte ihm die Zunge raus. Dann nahm sie den Teller doch und machte sich über den Pfannkuchen her, der richtig lecker war.

»Hast du übrigens die Beschreibung der Zielperson fertig?«, wechselte Ben zwischen zwei Bissen plötzlich das Thema.

»Ähm, na ja, so halb.« Claire schluckte. Bis auf die gefühlsduseligen Zeilen aus ihrem Tagebuch hatte sie noch nichts dergleichen zu Papier gebracht. Eigentlich hatte sie das Ganze ja noch stichwortartig zusammenfassen wollen, aber irgendwie hatte sie das vergessen. Es war einfach zu viel los gewesen in letzter Zeit.

»Okay, dann lass es uns doch jetzt machen. Du beschreibst deinen Sam, und ich notier mir das Wichtigste«, entschied Ben. Er zog sein Handy aus der Hosentasche und öffnete die Notiz-App.

Darauf war Claire zwar nicht vorbereitet, aber warum eigentlich nicht? Schließlich konnte sie Sams Gesicht auf Anhieb vor ihrem geistigen Auge visualisieren.

»Er hat so etwas wie das Gegenteil einer Hipster-Frisur. Nicht gestylt, eher widerspenstig und verwuschelt. Dunkelblond. Seine Haltung ist aufrecht und schüchtern zugleich. Am auffälligsten ist sein Gesicht. Er hat unglaublich traurige

Augen. Bei der Farbe bin ich mir unsicher – vielleicht graublau? Oder grünbraun? Auf jeden Fall wahnsinnig gefühlvoll.«

Ben tippte in Windeseile mit. »Na gut«, kommentierte er, »lassen wir die Augenfarbe erst mal beiseite. Weitere Merkmale? Kopfform, Bart, Nase, Mund?«

»Kein richtiger Bart, eher unrasiert. Gerade so, dass die Stoppeln das süße Grübchen in seinem Kinn nicht bedecken. Seine Nase ist schmal und leicht gebogen, mit Sommersprossen drauf. Und sein Mund wirkt irgendwie sensibel – als würde er auf eine nachdenkliche und bekümmerte Weise lächeln. Kannst du dir ungefähr vorstellen, was ich meine?«

»Na klar, du bist eine ziemlich gute Zeugin, würde ich sagen.«

»Super«, freute sich Claire. »Dann hast du jetzt also ein Bild von ihm vor Augen.«

»Das wäre wohl ein bisschen übertrieben, aber ja – ich kann ihn mir halbwegs vorstellen. Haare wie Bradley Cooper, die Nase wie Josh Radnor, Augen und Mund wie Shia LaBeouf, das Grübchen wie Til Schweiger. So in etwa?«

»Wie hast du diese Beispiele so schnell aus dem Hut gezaubert? Warte, ich muss das eben checken.«

Claire öffnete die Google-Bildersuche und gab die Namen ein, die Ben genannt hatte.

»Ich würde sagen, Augen und Mund eher wie Jake Gyllenhaal und die Nase vielleicht wie Ryan Reynolds, der Rest kommt hin«, erklärte sie schließlich.

»Was für ein Traumtyp«, seufzte Ben gespielt theatralisch.

»Geträumt hab ich schon genug von ihm«, erwiderte Claire trocken. »Jetzt wird es langsam Zeit für die Realität. Wenn du ihn also für mich finden würdest …«

Ben streckte den Daumen in die Höhe. »Ich tue, was ich kann, Ma'am!«

Am Montagmorgen ging es los. Acht Uhr, Hörsaal zwei im Komplex Naturwissenschaften. Nach einem spärlichen Frühstück, das lediglich aus einer Tasse Kaffee und einer Maiswaffel bestand, machte sich Claire auf den Weg zum Bus. Mit gemischten Gefühlen – sie kam sich vor wie eine Hochstaplerin. Dabei hatte sie die Zulassung zum Medizinstudium locker geschafft und war offiziell eingeschrieben. Und dennoch fuhr sie nur deshalb überhaupt zur Vorlesung, weil sie es einem Toten versprochen hatte.

Bezeichnenderweise hatte sich Claire erst gestern Abend informiert, wo sie überhaupt hinmusste. Die verschiedenen Universitätsfachbereiche waren über die ganze Stadt verteilt, einige kleinere Fakultäten waren ganz für sich, so wie die Ernährungswissenschaftler in einem schicken Altbau, andere – wie die Geisteswissenschaftler – hatten einen gemeinsamen Campus. Auch die Mediziner, Chemiker, Biologen und Physiker teilten sich ein Areal etwas außerhalb des Zentrums. Hier gab es ebenfalls Parkanlagen, Cafés und mehrere Universitätsgebäude. Sie hatten Flachdächer und Fassaden mit Waschbetonplatten, die vielleicht einmal in den frühen Siebzigern modern gewesen waren, doch jetzt nur noch trostlos wirkten. Leider ließ die Beschilderung zu wünschen übrig, und Claire bereute, dass sie die Einführungswoche geschwänzt hatte. So musste sie sich als Neuling outen und durchfragen.

Sie sprach zwei Studenten an, die sich gut auszukennen schienen – vermutlich höhere Semester. »Wo finde ich denn den Fachbereich Medizin?«

»Siehst du nicht die großen Zahlen über den Eingängen?«, gab der eine von ihnen leicht genervt zurück. »Wer lesen kann, ist klar im Vorteil. Gilt selbst für Mediziner.«

Claire starrte ihn verständnislos an. Was hatten diese übergroßen Hausnummern bloß mit ihrer Frage zu tun?

»Das sind die Nummern der Fachbereiche«, erklärte sein Kumpel, der etwas freundlicher wirkte und zu ahnen schien, was ihr durch den Kopf ging.

»Ach so, alles klar, vielen Dank«, sagte sie leicht beschämt, weil sie so unwissend war. Immerhin kannte sie die Nummer des Fachbereichs Medizin. Es war die elf. Das war dort drüben, erkannte sie, und spurtete los.

Als sie den Hörsaal betrat, hatte die Vorlesung zwar noch nicht angefangen, aber natürlich waren alle Plätze besetzt. Und die Treppenstufen an beiden Seiten des Saales ebenfalls. Nur ganz hinten war noch ein Platz auf dem Boden frei, neben einem blassen Typen mit strähnigen Haaren, der auf ihr geflüstertes »Hi« nur mit einem Brummen reagierte. Immerhin hatte er sie nicht ignoriert.

Der Dozent, der laut Vorlesungsverzeichnis Professor Goliath hieß, stand bereits am Pult und sortierte seine Papiere. Er erinnerte sie ein bisschen an Severus Snape, den sarkastischen Hauslehrer von Slytherin aus den *Harry-Potter*-Filmen – groß und beeindruckend, aber auch irgendwie Furcht einflößend.

Nach einer kurzen Begrüßung ließ er seinen Blick durch die Reihen wandern. »Keine Sorge, meine Damen und Herren auf den billigen Plätzen, die Teilnehmerzahl in dieser Vorlesung wird sich im Laufe des Semesters dramatisch reduzieren, wie jedes Jahr.« Seine Stimme klang nasal und irgendwie unangenehm. »Nicht jeder von Ihnen wird später mal seine Brötchen als Arzt verdienen. Einige werden wohl als Taxifahrer oder Kassiererin enden. Aber wenn Sie vorhaben, durchzuhalten, müssen Sie auch meine Vorlesung überstehen. Und bevor jemand fragt: Ja, alles, was Sie hier hören, ist prüfungsrelevant.«

Nach dieser Anti-Motivationsrede begann er mit der Einführung in die Physik für Mediziner. Seine monotone Sprechweise verriet, dass er sich nicht die geringste Mühe gab, unterhaltsam zu sein, und auch inhaltlich war der Vortrag kein bisschen spannend – jedenfalls für Claires Geschmack. Leider verstand sie nur die Hälfte, und das nicht nur, weil sie in Physik noch nie eine Leuchte gewesen war, sondern vor allem, weil er so nuschelte.

Um sie herum kam Unruhe auf, es gab zaghafte »Lauter!«-Rufe, die Severus Snape alias Professor Goliath geflissentlich ignorierte. Vermutlich war es ihm piepegal, wie viele der anwesenden Anfänger das erste Semester überstanden, ob sich jemand für seinen Vortrag interessierte und wie gut die Akustik war.

Claire versuchte, so gut es ging mitzuschreiben, was sie aufschnappte, und die Formeln zu notieren, die er per Beamer an die Leinwand warf.

Der Typ mit den strähnigen Haaren ersparte sich diese Mühe. Stattdessen starrte er auf sein Tablet. Claire spähte unauffällig darauf. Er las. Offenbar ein E-Book.

»Ein Krimi?«, flüsterte sie ihm zu.

»Bist du irre? Das ist das Vorlesungsskript.«

»Vorlesungsskript?«

»Du hast wohl die Einführungswoche geschwänzt. Da ging der Link zu den Downloads rum. Angeblich hält der Goliath seit Jahren wortwörtlich dieselbe Vorlesung. Ich checke bloß, ob das stimmt. Und wenn ja, spare ich mir diese Massenveranstaltung künftig. Wenn man sich schon mit dem Scheiß befassen muss, dann wenigstens gemütlich im Bett.« Er grinste sie anzüglich an. »Wenn du willst, geb ich dir den Link. Und meine Adresse.«

Claire ging nicht auf seine plumpe Anmache ein. »Echt? Stimmt die Vorlesung wirklich mit dem Skript überein?«, fragte sie stattdessen.

Er nickte. »Scheint so. Bisher schon. Das heißt: Adios, Professor!«

Es gelang Claire, dem Kerl den Link entlocken. Da sie

ohnehin nichts davon mitbekam, was der Dozent da vorne herunterleierte, beschloss sie, das Ganze zu Hause in Ruhe nachzulesen.

Die logische Konsequenz wäre gewesen, aufzustehen und den Hörsaal zu verlassen. Vor Beginn der Anatomie-Vorlesung irgendwo noch einen Kaffee trinken zu gehen. Aber das würde für Unruhe sorgen, und alle würden sie anstarren, inklusive Severus Snape. Das musste nun wirklich nicht sein!

Lieber packte sie ihren Notizblock weg, lehnte sich an die Wand, um es ein bisschen bequemer zu haben, und dachte an etwas Schönes.

An Sam …

Die Anatomie-Vorlesung erwies sich ebenfalls als zäh, genauso wie Biochemie und der Terminologiekurs. Anders als es ihr Lateinlehrer immer behauptet hatte, brauchten Ärzte also gar kein großes Latinum. Sie mussten weder Cäsars Bericht über den Gallischen Krieg noch Ciceros Reden oder Ovids Gedichte übersetzen können. Nein, es genügte, dass sie mit lateinisch klingenden medizinischen Fachbegriffen um sich werfen konnten, sodass Normalbürger sie nicht verstanden und sich minderwertig vorkamen.

Am liebsten hätte Claire schon nach dem ersten Unitag aufgegeben. Sie kam sich hier so fehl am Platz vor wie noch nie zuvor irgendwo. Sie kannte niemanden, während alle anderen bereits Grüppchen gebildet hatten. Offenbar war sie die Einzige, die auf die Einführungswoche gepfiffen hatte. Was sie inzwischen wirklich bereute. Genau wie das Versprechen, das sie Colin gegeben hatte.

Und doch quälte sie sich am Dienstagmorgen aus dem Bett und machte sich auf den Weg zur Uni. Unterwegs versuchte sie sich Mut zuzureden. *Kann ja nur besser werden.*

Aber es konnte auch genauso beschissen bleiben. Und es konnte sogar noch schlimmer werden.

Das erfuhr sie dann am dritten Tag in der schrecklichsten Vorlesung von allen: in Histologie. Zu Deutsch: Gewebekunde. Die humorlose Professorin feuerte sofort die Definition ihres Herzensthemas auf die wehrlosen Erstsemester ab: »Verbände gleichartig spezialisierter Zellen nennt man Gewebe. Die Wissenschaft dieser Zellverbände ist die Gewebekunde, Histologie, auch Mikroanatomie genannt. Warum? Ganz einfach: Sie werden viel Zeit am Mikroskop verbringen und mindestens so viel lernen müssen wie im Fach Anatomie.«

Zellverbände. Grundgütiger. Das hörte sich aber überhaupt nicht gesund an! Und Auswendiglernen fand sie langweilig.

Die Professorin, die passenderweise Sauer hieß, ratterte nun die Liste der vier Gewebearten herunter, die es gibt: »Muskelgewebe, Nervengewebe, Binde- und Stützgewebe sowie schließlich Epithelgewebe. Wer weiß, was man unter Epithelgewebe versteht?«

Mindestens dreißig Finger schossen in die Höhe.

Streber.

Claire wollte es gar nicht so genau wissen. Irgendeiner

der Vorzeigestudenten wurde aufgerufen und durfte mit seinem Wissen angeben. Irgendwas mit spezialisierten Zellverbänden, Grenzflächen des Körpers und Hohlorganen. Claire hörte nicht richtig zu. Nur die Information, dass diese Epithelzellen mal flach, mal würfelförmig oder zylindrisch sein konnten, fand sie witzig. Konnten sich diese blöden Epithel nicht mal für eine Form entscheiden?

Dann wurde ihr bewusst, dass sie auch nicht viel besser war. Schließlich wusste sie auch nicht, was sie wollte. Nur eins war sicher: Histologie pauken war es nicht.

Sie hatte auch keinen Bock auf eine Erstsemesterparty. Aber als ihr eine ziemlich nett wirkende Mitstudentin beim Verlassen des Hörsaals einen Einladungsflyer in die Hand drückte, warf sie ihn zumindest nicht gleich weg.

Die Veranstaltung sollte am Donnerstagabend stattfinden. Ab achtzehn Uhr in der Mensa auf dem naturwissenschaftlichen Campus. Na ja, vielleicht schaute sie mal vorbei. Oder auch nicht – je nach Laune.

Als sie die Uni am nächsten Abend verließ, war ihre Stimmung am Tiefpunkt. Diese blöde Party würde sie sich sparen. Wozu Leute kennenlernen, die sie sowieso nie wiedersehen würde?

Claire war schon auf dem Weg zur Bushaltestelle, als sie unvermittelt an Colin dachte. Was würde er davon halten, dass sie jetzt kniff?

Hey, Sis, du kannst doch keine Party schwänzen! Eine Vorlesung vielleicht, aber doch nicht so ein Event! Tu mir das nicht an … Wenn ich schon nicht dabei sein kann, dann geh wenigstens du an meiner Stelle. Und versuch mal, Spaß zu haben. Sei nicht immer so verkrampft. Genieß dein Leben – es ist kurz genug …

Colin war mal wieder sehr überzeugend. Und irgendwie hatte er ja auch recht. Sie beschloss, über ihren Schatten zu springen. Das Schlimmste, was passieren konnte, war schließlich, dass sie sich amüsierte.

Die Mensa war kaum wiederzuerkennen. Es gab eine Tanzfläche und Discokugeln an der Decke, eine Bar und einen DJ. Die Musik dröhnte, sie konnte die Bässe im Bauch spüren. Wider besseres Wissen hielt Claire Ausschau nach bekannten Gesichtern. Für einen Moment schoss ihr der Gedanke durch den Kopf, auch Sam könnte hier sein. Doch dann verwarf sie ihn sofort wieder. Sam war kein Naturwissenschaftler und vermutlich nicht mal ein Erstsemester. Es gab keinen Grund für ihn, hier aufzukreuzen.

»Hallo! Hatten wir nicht eine Verabredung zum Lernen unter einer Decke? Warte, ich hole dir einen Drink. Magst du Cocktails?«

Na super. Ausgerechnet Mister Strähnenhaar »Ich geb dir den Link« musste ihr als Erstes über den Weg laufen! Am liebsten hätte sie sich umgedreht und ihn einfach stehen lassen, aber das wäre extrem unhöflich. Also begnügte sie sich damit, kurz angebunden zu sein und nicht zu lächeln, um bloß keine falschen Signale zu senden.

»Bier wäre okay«, erwiderte sie möglichst unbeteiligt und

eroberte einen freien Barhocker. Auf ein Getränk konnte sie ja wenigstens bleiben.

Mister Strähnenhaar brachte ihr einen großen Krug. Sie wollte ihm das Geld dafür geben, doch er winkte ab.

»Betrachte dich als eingeladen«, sagte er großspurig, als hätte er ihr eine Flasche Champagner und ein mehrgängiges Menü spendiert – kein Drei-Euro-Pils. »Ich bin übrigens Tristan.«

Oje. Welche Eltern benannten ihre Kinder nach dem Titelhelden einer Wagner-Oper?

Das Bier schmeckte bitter und wässrig zugleich. Kein bisschen wie das köstliche Guinness neulich nach dem Film. Irgendwie würde sie es wohl runterkriegen. Und sich dann aus dem Staub machen.

Doch kaum hatte sie ihr Glas – so schnell wie möglich – geleert, stellte er ihr schon ein neues vor die Nase.

Oh Mann, was wollte der Typ nur von ihr? Wenn er sich wirklich für sie interessieren würde, hätte er die letzten zwanzig Minuten dazu genutzt, sich mit ihr zu unterhalten, statt auf sein Handy zu starren.

Andererseits hatte sie überhaupt keine Lust, sich mit diesem Tristan zu unterhalten. Sie würde ihn sowieso nie wiedersehen! Also behauptete sie einfach, auf die Toilette zu müssen. In Wahrheit wollte sie durch den Hinterausgang verschwinden.

Dass das keine kluge Idee war, merkte sie daran, dass der Gang, der dorthin führte, menschenleer war. Warum in aller Welt war sie nicht einfach durch den Haupteingang rausgegangen? Das wäre doch viel einfacher gewesen.

Plötzlich hörte sie Schritte hinter sich. Sie wurden schneller. Irgendjemand kam näher, war ihr auf den Fersen?

Claire beschleunigte nun ihrerseits das Tempo, was ihren Verfolger nur ebenfalls schneller werden ließ.

Nur noch eine Biegung und dann wenige Meter bis zum Ausgang! Hastig warf sie einen Blick über die Schulter. Der Verfolger war noch nicht zu sehen, nur zu hören. Das musste sie schaffen!

Höchstens drei Schritte vor der rettenden Tür wurde sie am Arm gepackt und herumgewirbelt.

Es war Tristan! Er musste ihr gefolgt sein. Und er schien zu glauben, die Investition von sechs Euro für zwei Krüge Bier würde ihn dazu berechtigen, sie anzugrapschen. Am Po, am Busen, zwischen den Beinen …

»Hör auf, verpiss dich, du Arsch!«, zischte sie. So drastisch drückte sie sich normalerweise nicht aus, aber in diesem Fall wollte sie keinen Zweifel daran lassen, dass dies ein eindeutiges Nein war.

»Nun hab dich doch nicht so«, höhnte Mister Strähnenhaar. »Gib's zu, du willst es doch auch.«

»Träum weiter. Nicht in diesem Leben!«, gab sie wütend zurück. Wie konnte dieser Widerling so verdammt selbstsicher sein? Sich von ihm küssen zu lassen, war so ungefähr das Letzte, was sie jemals gewollt hatte. Eher würde sie bei Eros Conrady zu Kreuze kriechen und um ihren alten Job in der *UnzähmBar* betteln, als diesen Tristan an sich heranzulassen.

»Lass mich los!«

Er umklammerte ihre Handgelenke und näherte sich mit feuchten Lippen ihrem Gesicht.

Gleich muss ich mich übergeben, dachte Claire. Dann fiel ihr ein, dass das vielleicht sogar das Beste wäre, denn dann würde er wenigstens von ihr ablassen. Leider blieb es bei der Vorstellung, und dummerweise hatte sie keinen Finger frei, den sie sich in den Hals hätte stecken können. Stattdessen spuckte sie ihn einfach an.

»Sag mal, spinnst du, Bitch?«, fuhr er sie an. Dabei lockerte er seinen Klammergriff und wischte sich mit einer Hand den Speichel von der Wange.

Diesen Moment nutzte Claire. Irgendwie schaffte sie es, ihn von sich zu stoßen. Er stolperte und verlor das Gleichgewicht. Doch das war ihr egal. Sollte er doch hinfallen. Sein Problem.

Claire stieß die Tür auf und taumelte nach draußen. Dann rannte sie los in Richtung Bushaltestelle, blind vor Tränen und voller Panik. Immer wieder schaute sie über die Schulter. Er war doch hoffentlich nicht hinter ihr her? Aber nein – das war ihm wohl zu anstrengend gewesen.

Gut so!

Sie wollte ihn nie wiedersehen.

Dieses Universitätsgelände nie mehr betreten.

Kein Wort mehr über Physik, Biochemie, Anatomie, Terminologie oder Gewebekunde hören.

Einfach nur schnell weg von hier!

17. Oktober

Ich zittere immer noch.
Oh, Sam, das war so entwürdigend!
Ich war ja so naiv. Dass Kerle uns Frauen für Freiwild halten und glauben, ein paar kostenlose Drinks wären eine Lizenz für Übergriffe, habe ich nicht für möglich gehalten.
Aber so etwas könnte einem theoretisch überall passieren, ich weiß.
Unabhängig davon bin ich durch mit dem Medizinstudium.
Wie konnte ich nur glauben, das wäre was für mich?
Ach, Sam, ich beneide dich dafür, dass du deine Leidenschaft gefunden hast. Genauso wie Ben. Und Jenny.
Ich weiß nur, was ich NICHT WILL.
Immerhin!
Ein kleiner Schritt für die Menschheit. Aber ein Riesenschritt für Claire Cornelius.

Kapitel 15

Als ihr Handy klingelte, war Claire gerade dabei, Chicos gewaltigen Haufen aufzulesen und die Tüte zuzuknoten. Es war ungemütlich heute, der unbarmherzige Wind trieb ihr Tränen in die Augen. Halb blind nahm sie das Gespräch an.

Mit ihrer Mutter hatte sie nicht gerechnet.

»Claire, Liebes, wir sind wieder zurück.« Sie klang wesentlich entspannter als beim letzten Telefonat – und als Claire sich gerade fühlte. Denn Chico an der Leine, das Tütchen mit seiner Hinterlassenschaft in derselben Hand, das Handy am Ohr und der Wind im Gesicht waren schon Herausforderung genug. Nun musste sie auch noch vorgeben zu wissen, wovon ihre Mutter da redete.

»Wie … schön.« Die Antwort passte auf jeden Fall.

»Die Reise hat wirklich gutgetan. Weißt du, wir brauchten einfach den Abstand. Nächste Woche öffnen wir die Praxis wieder.«

Aaaah, stimmt ja. Ihre Eltern hatten Urlaub gemacht. Wo noch gleich? Kreta? Toskana? Kanalinseln?

»Das kann ich mir vorstellen«, erwiderte sie. »Und das Wetter war dort bestimmt auch besser als hier.«

Das war ein Schuss ins Blaue. Wenn es eine Schottlandreise oder eine Nordkap-Kreuzfahrt gewesen war, flog sie jetzt auf.

»Südfrankreich ist um diese Jahreszeit einfach herrlich. Noch angenehm warm und nicht mehr so überlaufen.«

Genau! Das war es gewesen.

»Freut mich für euch«, sagte Claire und meinte es auch so. Alles, was ihren Eltern dabei half, mit der Trauer fertigzuwerden, war gut.

»Aber erzähl doch mal – wie war deine erste Woche als Medizinstudentin?«

Grauenhaft! Einfach nur fürchterlich! Und es war nicht nur meine erste, sondern auch meine letzte …

Am liebsten hätte sie genau das gesagt. Und um ein Haar hätte sie es auch getan – Claire hasste Lügen, und sie war nicht sonderlich geübt darin. Sie hatte ihrer Mutter immer alles erzählt, sogar als sie einmal beim Abschreiben erwischt worden war und eine glatte Sechs bekommen hatte. Und als sie auf einer Party Gras geraucht und sich anschließend hundeelend gefühlt hatte.

»Prima, alles ist super«, stieß sie schließlich hervor.

Sie hörte selbst, wie wenig überzeugend das klang. Das musste ihre Mutter doch auch registriert haben.

»Das freut mich für dich.«

Fast dieselben Worte, die Claire vorhin gebraucht hatte. Und es schwang die gleiche Erleichterung mit.

Sie kauft mir das ab!

»Wir wissen ja, wie schwer das für dich ist, Claire.«

Da begriff sie, dass ihre Mutter ihr nicht glauben konnte. Aber sie wollte es so gern, also tat sie so, als würde sie.

Natürlich kannte sie nicht die ganze Wahrheit. Sie dachte, es fiele Claire bloß schwer, den ehemals gemeinsamen Traum jetzt allein zu verwirklichen. Ohne Colin. Dass sie ihn ausgeträumt hatte, konnte ihre Mutter nicht ahnen.

Noch war Zeit. Wenn sie jetzt gestand, wie sie sich wirklich fühlte, konnte alles gut werden. Ihre Eltern waren verständnisvoll.

Aber Claire brachte es einfach nicht übers Herz, sie zu enttäuschen. Und vor allem wusste sie zu genau, was dann passieren würde: Sie würden ihr einen Vorschlag nach dem nächsten präsentieren. *Du könntest doch Pharmazie studieren oder Architektur. Wie wäre es mit Zahnmedizin? Und was hältst du von Jura?*

Das würde sie nicht ertragen. Nein, sie musste ihren Weg allein finden. Und ihren Eltern reinen Wein einschenken, sobald sie ihn gefunden hatte. Bis dahin schadete es nicht, wenn sie sich noch ein bisschen länger der Illusion hingaben, aus ihrer Tochter würde einmal eine Ärztin.

»Bisher komme ich ganz gut mit«, tat sie so, als hätte sie die Bemerkung ihrer Mutter falsch verstanden, und die ließ es dabei bewenden.

»Hast du heute noch Vorlesungen?«

»Nein, ich gehe arbeiten. Stell dir vor, ich bin jetzt Aushilfsgärtnerin.«

Das sollte lustig rüberkommen, klang aber eher trotzig.

»Du musst doch während des Semesters nicht jobben! Dein Vater und ich erhöhen den Dauerauftrag, wenn du mit dem Geld nicht auskommst. Ich weiß doch, wie teuer das Leben ist.«

Und das Sterben erst …

»Lieb von euch, aber ich komm schon klar, ihr seid sowieso total großzügig. Ich arbeite gern. Das ist ein guter Ausgleich zum Lernen. Und fast ein bisschen wie Sport.«

»Du hasst Sport, Liebes!«

»Hass ist ein großes Wort.«

»Du hast recht. Wenn es dir guttut, dann arbeite eben ein bisschen. Übertreibe es nur nicht, hörst du? Du brauchst deinen Schlaf. Und Zeit zum Lernen.«

»Da pass ich schon auf, Mama.«

Nachdem Claire das Gespräch beendet hatte, kehrte sie um. Chico wirkte ohnehin müde, er lief schwerfälliger als sonst und war offensichtlich froh, sich endlich wieder ausruhen zu können.

Am liebsten hätte Claire sich zu ihm gelegt. Oder noch besser: in ihr Bett. Sich die Decke über den Kopf ziehen und an gar nichts denken. Vor allem nicht an ihre Zukunft.

Vor zwei Monaten hatte sie das Elternhaus verlassen, und was hatte sie in dieser Zeit erreicht? Nichts.

Na ja, abgesehen davon, dass sie neue Freunde, neue Hobbys und zwei Aushilfsjobs ohne Perspektive gefunden hatte.

Und einen herrenlosen Rucksack.

Was war aus ihr geworden? Eine Stalkerin. Eine Lügnerin. Eine Kopf-in-den-Sand-Steckerin.

»Hey, auch mal wieder da?«

Der junge Mann mit dem Dreitagebart kam ihr bekannt vor. War das nicht …

»Wir haben uns doch neulich schon mal hier getroffen«, half er ihr auf die Sprünge. »Du hattest mich mit jemandem verwechselt, glaube ich.«

Aaaaah! Das war der Nicht-Sam. Und verwechselt hatte nicht sie ihn, sondern Ronja. Wie war noch gleich sein Name?

»Leon, stimmt's?«

Er nickte. Ihr Gedächtnis funktionierte also doch noch.

»Letzte Woche war er übrigens hier. Er heißt doch Samuel, oder?«

Claires Herz schlug schneller. »Wirklich? Wann? Bist du sicher?«

»Wow, ich wusste ja nicht, dass es um Leben und Tod geht!« Leon grinste.

Was für ein Scherzkeks!

»Tut es aber. Wenn ich ihn nicht finde, stirbt irgendwo ein Einhorn«, parierte sie.

Leon lachte. Es war ein sympathisches Lachen. Doch für Claire zählten ganz andere Dinge – nämlich die Frage, ob er mitgedacht hatte.

»Hast du ihm von mir erzählt? Ihn nach seinem Nachnamen gefragt? Oder noch besser: seiner Nummer?«

Das Lachen verschwand. »Die Sache ist dir wirklich wichtig,

stimmt's? Sorry, wenn ich das geahnt hätte, hätte ich ihn natürlich gründlich verhört. Und um deine Frage von vorhin zu beantworten: Es war vorletzten Freitag, nachmittags gegen halb vier.«

Mist. Um diese Zeit war sie längst in der Gärtnerei gewesen. Vielleicht sollte sie ihre Schicht verlegen? Sie war ja, seit sie das Studium geschmissen hatte, zeitlich wieder flexibler.

»Wenn ich ihn wieder mal treffe, sag ich dir Bescheid. Gibst du mir deine Nummer? Dann kann ich dir eine Nachricht schicken.«

Claire zögerte. Nach dem Erlebnis von gestern Abend, an das sie am liebsten nie wieder denken wollte, erschien es ihr nicht so klug, einem fast Wildfremden ihre Kontaktdaten zu geben. Andererseits war Leon nicht wie Tristan – jedenfalls sagte das ihre Menschenkenntnis, und auf die konnte sie sich normalerweise verlassen. Sogar bei Tristan hatte sie funktioniert – sie hatte bloß unterschätzt, wozu er fähig war. Und wer, wie Leon, freiwillig Katzenklos sauber machte, war bestimmt so nett, wie es sein Lächeln versprach.

»Okay«, sagte sie und diktierte ihm ihre Nummer.

»Schade, dass du nicht nach meiner fragst«, meinte er. »Schon kapiert. Gegen diesen Sam hat wohl niemand eine Chance.«

Sie lachte. »Sorry, aber ich fürchte, du hast recht. Trotzdem: sehr nett von dir. Danke!«

Auf dem Weg zur Gärtnerei gingen ihr Leons Worte durch den Kopf. Er hatte tatsächlich ins Schwarze getroffen: Zurzeit hätte niemand eine Chance bei ihr. Und das war nicht erst seit der Begegnung mit Sam so, sondern seit Colins Tod. Wie könnte sie sich verlieben, wenn er es doch nie wieder konnte?

Ihre Sehnsucht nach Sam war etwas völlig anderes. Es fühlte sich nicht nach Schwärmerei an, so wie früher, wenn sie ein bisschen verknallt war, sondern viel stärker.

Oder redete sie sich das nur ein? Schließlich hatten sie noch kein Wort gewechselt …

Claires heutige Aufgabe bescherte ihr jede Menge Zeit, um über diese Frage nachzudenken, denn sie beanspruchte ausschließlich ihre Muskeln, nicht ihr Gehirn: Sie musste Kies in eine Schubkarre schippen und später von dort aus auf einem Weg ausleeren.

»Immer im Abstand von fünf Metern«, hatte Kurt gesagt. »Ungefähr. Mach einfach große Schritte – bis fünf zählen kannst du ja sicher.« Offenbar ein Scherz, dem anschließenden Gruselgrinsen nach zu urteilen.

»Geht klar, kein Problem«, hatte sie gesagt und sofort angefangen.

Nach der dritten Ladung schmerzten ihre Arme schon höllisch, nach der fünften auch ihr Rücken, und nach der siebten begannen ihre Beine zu zittern. War das etwa eine Nebenwirkung vom Joggen? Heute früh hatte sie zum ersten Mal drei Minuten am Stück geschafft. Jenny war sehr zufrieden mit ihr gewesen. Und sie mit sich selbst auch. Aber nach dem Gespräch mit ihrer Mutter war es wieder vorbei gewesen mit diesem guten Gefühl. Daran änderte die Fähigkeit, drei

Minuten lang im Schneckentempo vor sich hin zu traben, nicht das Geringste. Das konnte schließlich jedes Kind.

Nach zwei Stunden machte sie eine kurze Trinkpause. Danach schuftete sie weiter. Trotz der Schmerzen. Um sie zu vergessen, rief sie sich das Gespräch mit Leon in Erinnerung. Er war sehr hilfsbereit gewesen. Ein netter Typ. Unter normalen Umständen hätte sie ihn gebeten, ihr gleich eine Nachricht zu schicken, um zu testen, ob die Nummer auch richtig gespeichert war. Dann hätte sie auch seine gehabt und ihm damit gezeigt, dass es okay wäre, wenn er sich mal bei ihr meldete. Sie hätte sogar darauf gehofft. Schließlich war sie Single, und er sah echt nicht übel aus.

Aber die Umstände waren nun mal nicht normal. Weil …

Ja, warum eigentlich?

Weil Colin tot war? Ihr Bruder würde ihr dafür einen Vogel zeigen. *Mein Leben ist vorbei, nicht deins*, würde er sagen.

Wegen Sam? Aber wieso glaubte sie überhaupt, dass der an ihr interessiert war? Colin würde garantiert behaupten, diese besondere Verbindung zwischen ihnen bestünde in Wahrheit nur in ihrer Einbildung. Vielleicht wäre Sam in Wirklichkeit ein Kotzbrocken. Oder ein Langweiler. Oder …

Sie wusste es besser. Es bestand ein unsichtbares Band, das sie unweigerlich zu ihm hinzog. Sie musste ihn einfach finden!

Okay, mal angenommen, die Sache mit dem Rucksack wäre nie passiert. Bestünde dann die Möglichkeit, dass sie sich in jemand anderen verliebte? In Leon zum Beispiel, oder vielleicht sogar in Ben?

Schwer zu sagen.

Viel wichtiger war die Frage, was sie mit ihrem Leben anfangen wollte.

Eins war sicher: Wenn sie mit sich selbst unzufrieden war, würde sie sich garantiert in niemanden verlieben.

Aber solange sie ihre Zeit damit vergeudete, einem Phantom nachzujagen, blieb fürs Pläneschmieden keine Zeit.

Sie konnte doch nicht ihr Leben lang Kinotickets verkaufen und Hunde spazieren führen in der Hoffnung, eventuell Sam zu treffen. Und das alles nur, weil der zu blöd war, auf sein Gepäck aufzupassen!

Sie wollte auch nicht bis in alle Ewigkeit Hilfsarbeiten in einer Gärtnerei verrichten. Der Job war nun wirklich nicht die Erfüllung! Auch wenn er ihr hundertmal lieber war als Physik, Anatomie und Histologie.

Leider war es zu wenig, zu wissen, was sie *nicht* wollte. Sie musste in sich gehen. Alle Optionen durchdenken. Sich vielleicht sogar beraten lassen. Notfalls von einem Karrierecoach. Ja, sie würde …

»Willst du keinen Feierabend machen? Es ist schon fünf nach sechs!«

Kurt. Er stemmte die Fäuste in die Seiten und zeigte verblüfft auf den Weg. »Hattest du Heinzelmännchen zur Hilfe?«

Sie schüttelte den Kopf. Dann brach sie in Tränen aus.

»Was hast du denn, Mädchen?«

»Das … ist so furchtbar anstrengend. Ich kann nicht mehr.«

»Du hast es auch total übertrieben. Kein Wunder, dass du fix und fertig bist. Nächstes Mal schaltest du einen Gang runter.«

Claire wischte sich mit dem Handrücken über die Augen. »Nein, Kurt, tut mir leid. Es gibt kein nächstes Mal. Ich muss mich ... auf meine Zukunft konzentrieren.«

»Was ist denn mit dir los?« Jenny, die gerade mit nassen Haaren aus dem Bad kam, wirkte ehrlich erschrocken.

»Mir tun alle Knochen weh«, seufzte Claire und setzte den Rucksack ab. »Erst das Joggen, dann der Hundespaziergang und zur Krönung vier Stunden Kies schippen ... Ich geh echt auf dem Zahnfleisch.«

»Was du brauchst, ist ein heißes Bad. Das hilft den Muskeln, sich zu regenerieren. Glaub mir, ich weiß, wovon ich spreche. Ab mit dir in die Wanne!«

Claire war zu müde, ihr zu widersprechen. Außerdem gefiel ihr die Idee. Sie durfte bloß nicht im Wasser einschlafen.

Während die Badewanne volllief und sich der duftende Schaum auftürmte, schlüpfte Claire aus ihren Kleidern und stopfte die schmutzigen Sachen in den Wäschekorb. Dann legte sie ihren Bademantel auf den Heizkörper, damit er nachher noch kuscheliger und wärmer war als ohnehin schon.

Im Wasser war es herrlich! Sie ließ sich in die Wanne sinken und genoss die Wärme, die sie ganz und gar einhüllte. Dieses Gefühl müsste man abspeichern können! Es war so wunderbar tröstlich und wohltuend. Und es ließ sie ihre schmerzenden Glieder vergessen.

Warum hatte sie sich auch so ins Zeug gelegt? Es war schon absurd: Eigentlich hatte sie angefangen, hart zu arbeiten, um sich vom ständigen Grübeln abzulenken. Vorhin dagegen hatte sie gegrübelt, um sich von der anstrengenden Arbeit abzulenken. Und hatte sich dabei versehentlich übernommen. Aber die ganze Sache hatte auch etwas Gutes: Sie war zu einem Entschluss gekommen! Genauer gesagt zu zwei Entschlüssen. Erstens würde sie ab morgen endlich ihre Zukunftsplanung in die Hand nehmen. Und zweitens musste Schluss sein mit der Suche nach Sam. Sie hatte sich da in etwas hineingesteigert. Okay, wenn Leon ihm zufällig begegnete und ihr Bescheid gab, konnte sie Sam ja seinen Rucksack wiedergeben. Aber der hatte sicher längst einen neuen und auch ein Ersatz-Tagebuch.

Jemand klopfte an die Tür und riss sie aus den Gedanken. »Claire, kann ich reinkommen?«

Nicht schon wieder. Wollte Ben es sich etwa zur Gewohnheit machen, sie zu stören, wenn sie im Bad war?

»Bist du verrückt geworden? Nein, kannst du nicht!«

»Aber du wirst mich dafür küssen?«

»Werde ich nicht. Hast du getrunken?«

»Noch nicht. Und das mit dem Küssen meine ich auch nur im übertragenen Sinn. Du wirst begeistert sein, wetten? Beeil dich also lieber, ich muss dir unbedingt was zeigen.«

War das ein Déjà-vu? Fast genauso hatte es sich abgespielt, als Ben ihr neulich das Vorlesungsverzeichnis präsentieren wollte.

»Hat das zufällig was mit den *Theorien zum Spracherwerb* zu tun?« Sie hatte sich so abrupt aufgesetzt, dass das Wasser in der Wanne fast über den Rand schwappte.

»Volltreffer«, lautete seine Antwort.

Das war vermutlich das kürzeste Entspannungsbad aller Zeiten, dachte Claire, während sie aus der Wanne kletterte. Eilig trocknete sie sich ab und zog den Bademantel über.

Ben hatte Tee gekocht und wartete in der Küche auf sie. Aufgeregt wie ein kleiner Junge an Weihnachten. Auch Claire war ganz zappelig, als er sein Handy zückte und die Fotogalerie öffnete.

Irgendwie war es ihm offenbar gelungen, während einer Vorlesung heimlich alle infrage kommenden Kommilitonen zu knipsen.

Und dann dachte Claire, ihr Herz bleibt stehen.

18. Oktober

Ich kann nicht schlafen.
Sobald ich die Augen schließe, sehe ich dein Gesicht vor mir. In meiner Erinnerung wirktest du trauriger, nicht so entspannt wie auf Bens Schnappschuss, aber das Lächeln steht dir gut, wirklich!
Ich stelle mir vor, es gilt mir. Und lächele zurück.
Wie deine Stimme wohl klingt? Wie hört es sich an, wenn du meinen Namen sagst?
Bestimmt tief und ein bisschen rau. Aber auch zärtlich. Sie würde mich garantiert ziemlich nervös machen. Schon bei der Vorstellung wird mir ganz anders zumute. Vor allem: Was würde ich sagen, wenn du plötzlich vor mir stündest? Ich glaube, wenn es so weit ist, kriege ich kein Wort heraus.
Und weißt du was? Vorhin habe ich noch mit dem Gedanken gespielt, die Suche nach dir aufzugeben. Verrückt, oder?

Kapitel 16

Claire beschloss, den Samstag im Bett zu verbringen. Sie verließ es nur, um in regelmäßigen Abständen Kaffeenachschub zu holen und hin und wieder auch eine Kleinigkeit zu essen. In letzter Zeit hatte sie zu wenig auf ihre Ernährung geachtet und noch weiter abgenommen – sogar die neuen Jeans saßen schon wieder ziemlich locker. Da musste sich was ändern. Zum Beispiel mithilfe von Käserühreiern, Paprikachips und Karamellschokolade. Letztere hatte schon beim Lernen fürs mündliche Abitur perfekt als Doping funktioniert, also konnte es nicht schaden, auch beim Projekt Zukunftsplanung darauf zu setzen.

Aus Kissen, Decken und Serviertablett baute sie sich eine gemütliche Chillbase. Nach einigem Hin-und-her-Schieben war alles, wo es sein sollte: der Laptop auf dem Schoß, der Kaffee in der rechten Hand, die Maus in der linken, ein Stück Schokolade im Mund – und der Rest in Reichweite.

Und weiter?

Sie trank den Kaffee aus und stellte die Morgenmuffel-Tasse beiseite. Dann googelte sie nach *Talent und Zukunftsplanung*. Als Ergebnis wurden ihr vor allem Seiten von Unternehmensberatern angezeigt, die Firmen dabei unterstützten, ihre *Human Resources* optimal auszuschöpfen.

Na, super. So sahen potenzielle Arbeitgeber sie also – als

menschlichen Rohstoff. Bloß – was war sie, Claire Cornelius, Neunzehnjährige mit Abitur und ungenutztem Studienplatz in Medizin, für eine Art Rohstoff? Worin war sie gut? In welche Nische würde sie perfekt passen? Welche ihrer Eigenschaften und Stärken prädestinierten sie für ihren Traumjob?

Sie änderte die Suchanfrage. *Welcher Beruf passt zu mir*, gab sie ein. Okay, das sah schon besser aus. Sie überflog die Treffer und klickte einige der Seiten an. Manche boten allgemeine Tipps, andere enthielten Tests. Wunderbar. Gleich mal ausprobieren.

Erste Frage: Was wäre dir in deinem Job besonders wichtig?

A: viel Geld verdienen, Karriere machen

B: mit Menschen zusammenarbeiten, Menschen helfen

C: etwas gestalten, bauen, erfinden, kreieren

D: mich immer wieder neuen Herausforderungen stellen

Das war leicht. B. Karriere war ihr nicht so wichtig, und kreativ war sie leider nicht wirklich.

Zweite Frage: Was ist dir besonders unangenehm?

A: wenn ich vor vielen Leuten im Mittelpunkt stehe

B: wenn ich mich körperlich anstrengen muss

C: wenn ich viel lesen, lernen und nachdenken muss

D: wenn ich unregelmäßige Arbeitszeiten habe

Puh, das fand Claire schon kniffliger. Nach kurzem Abwägen entschied sie sich für Antwort A. Und weiter im Test:

Dritte Frage: Wie gehst du mit Problemen um?

A: Ich ignoriere sie und warte ab, bis sie verschwinden.

B: Ich wäge ab und finde eine sachlich fundierte Lösung.

C: Ich tausche mich mit anderen aus und lasse mich inspirieren.

D: Ich denke gründlich nach, entscheide aber meist emotional.

Am liebsten hätte Claire B angeklickt, aber wenn sie ehrlich war, traf D viel eher zu. Puh. Damit hatte sie sich garantiert für die meisten anspruchsvollen Jobs disqualifiziert. Wobei A noch schlimmer wäre, fand sie.

Vierte Frage: Welche Rolle übernimmst du in Gruppen am liebsten?

A: Alles dreht sich um mich, ich bin gern Anführer/-in.

B: Ich halte mich zurück und ordne mich meistens unter.

C: Ich will einfach nur dazugehören.

D: Ich gebe mein Bestes, damit die Gruppendynamik funktioniert.

Seltsame Frage. Darüber musste Claire ein bisschen länger nachdenken. Schlussendlich entschied sie sich auch hier für D. Jedenfalls war das bei Colin und ihr so gewesen – und ein Zweierteam war schließlich auch eine Art Gruppe, oder?

Fünfte Frage: Welche dieser Eigenschaften trifft auf dich am ehesten zu?

A: Ich bin zielstrebig und weiß genau, was ich will.

B: Ich bin empathisch und kann mich gut in andere hineinversetzen.

C: Ich lasse mich nicht von Gefühlen leiten, sondern tue einfach, was getan werden muss.

D: Ich arbeite am besten im Team.

Claire zog eine Grimasse, als sie Antwort A las. Wenn das zuträfe, säße sie jetzt nicht hier und müsste sich nicht den Kopf darüber zermartern, was sie mit ihrem Leben anfangen wollte.

Kurz war sie versucht, D anzuklicken, schließlich war Teamfähigkeit etwas, was bei den meisten Stellenausschreibungen ausdrücklich gewünscht war. Aber wenn sie es sich recht überlegte, war sie besser, wenn sie allein arbeitete. Und Antwort C traf leider nur bei Jobs zu, die sie ohne große Leidenschaft ausübte, so wie an der Theke oder in der Gärtnerei. Da ging es ja auch bloß ums Geldverdienen. In einem echten Traumjob sollte das auf jeden Fall anders sein. Also B. Empathie passte.

Sechste Frage: Welche Herausforderung darf dein Traumberuf an dich stellen?

A: dass ich mich chic machen und gepflegt aussehen muss

B: dass ich viel unterwegs bin und oft reisen muss

C: dass ich die meiste Zeit im Büro und am PC verbringe

D: dass ich mich permanent weiterentwickeln kann

Die letzte Frage war wieder einfach zu beantworten. Reisen war nicht so ihr Ding, einen Bürojob stellte sie sich langweilig vor, und jeden Tag vor der Arbeit eine Stunde vor dem Schminkspiegel zu verbringen, fand sie auch nicht sonderlich reizvoll. Blieb Antwort D. Ja, sie wollte sich entwickeln. Veränderungen bedeuteten wenig Routine und somit auch keine Langeweile.

Gespannt klickte sie auf den Button »Resultat« und hoffte, dass die Antwort nicht »Medizinstudium« lautete – dann wäre sie nämlich nicht weiter als zuvor. Im Gegenteil, denn dass Medizin nichts für sie war, hatte sie ja bereits herausgefunden.

Das Ergebnis ploppte auf und brachte sie auf Anhieb zum Lachen. Ganz oben auf der Liste stand *Fitness- und Wellness-Coach*. Das konnte ja wohl nur ein Witz sein!

Darunter waren aufgelistet:
Physiotherapeut/-in
Ergotherapeut/-in
Logopäde/Logopädin
Streetworker/-in (Studium der Sozialpädagogik, Sozialarbeit, Sozialwissenschaft, Soziokultur, Psychologie oder Pädagogik)
Fachangestellte/-r für Medien- und Informationsdienste, Fachrichtung Bibliothek
Altenpfleger/-in
Hörgeräteakustiker-/in
Ernährungsberater/-in
Bäcker/-in, Konditor/-in
Augenoptiker/-in
Erzieher/-in
Lehrer/-in

»Na, immer noch Hunger?«, kommentierte Ben, als Claire am Nachmittag wieder in der Küche auftauchte.

»Eigentlich nicht, aber wenn ich nicht schon wieder Klamotten kaufen will, muss ich ein bisschen zunehmen. Und damit ihr auch was davon habt, dachte ich, ich backe uns einen schönen Kuchen. Falls wir die Zutaten im Haus haben.«

»Genial«, fand Ben. »Ich wusste gar nicht, dass du backen kannst.«

Ob sie das wirklich konnte, wusste Claire selbst noch nicht. Aber sie konnte schließlich lesen, die Küchenmaschine bedienen und den Herd programmieren. Alles keine Kunst.

Was sie herausfinden wollte, war, ob das Backen ihr Freude machte. Denn falls nicht, konnte sie diesen Vorschlag ebenso streichen wie zuvor Altenpflegerin – es würde ihr einfach zu nahe gehen, wenn jemand von den alten Leutchen starb, und das blieb in einem Pflegeheim nun mal nicht aus. Auch Hörgeräteakustikerin und Augenoptikerin schieden aus. Sie war handwerklich einfach zu ungeschickt. Wer schon Schwierigkeiten hatte, einen Besen richtig zu halten, wäre mit High-tech-Präzisionsgeräten definitiv überfordert.

Die therapeutischen Berufe waren ihr zu dicht am Thema Medizin, und als Lehrerin oder Erzieherin sah sich Claire beim besten Willen nicht. Die Kinder würden ihr auf dem Kopf herumtanzen und sich über sie lustig machen. Wenn sie etwas überhaupt nicht hatte, dann war es eine natürliche Autorität. Nicht mal die Seniorenhunde im Tierheim gehorchten ihr, im Gegenteil – sie spazierten einfach, wohin sie wollten, und sie folgte ihnen. Bestimmt dachten Chico, Taxi und die anderen Vierbeiner, *sie* gingen mit Claire Gassi, nicht umgekehrt.

Blieben noch Streetworkerin (was war das überhaupt genau?), Bibliothekarin (langweiliger ging's ja wohl nicht!) und die Berufe rund um die Ernährung.

Claire konnte sich zwar kaum vorstellen, dass aus ihr mal eine gute Ernährungsberaterin oder Konditorin würde, aber warum eigentlich nicht? Vielleicht musste sie sich einfach mal drauf einlassen.

Sie hatte im Internet nach supereinfachen Rezepten gesucht und einen Apfel-Nuss-Kuchen gefunden, der auf dem Foto richtig gut aussah.

Ein Blick in den Vorratsschrank zeigte ihr, dass alle Zutaten vorhanden waren: Äpfel, Eier, Haselnüsse, Mehl, Butter, Zucker, Zimt, Backpulver, Zitrone.

»Perfekt, es kann losgehen!«, rief sie tatendurstig.

»Darf ich dir assistieren?« Ben schien das ehrlich zu meinen.

Warum eigentlich nicht? Dann konnte sie gleich auch ihre Teamfähigkeit unter Beweis stellen.

Anderthalb Stunden später holte Ben den herrlich duftenden Kuchen aus dem Backofen. Es hatte sich herausgestellt, dass vielmehr *sie* die Assistentin gewesen war, während sich Ben als routinierter Bäcker entpuppt hatte.

»Meine Oma hat mir das alles beigebracht«, verkündete er nicht ohne Stolz und grinste. »Ich habe fast alle Schulferien bei ihr verbracht. Mein Vater musste ja arbeiten, und meine Mutter … Du weißt schon.«

Claire nickte. Mehr gab es dazu nicht zu sagen.

Geschickt stürzte Ben den Kuchen auf ein Gitter, damit er abkühlen konnte.

»Riecht schon mal lecker«, stellte er zufrieden fest. »Das erste Stück probiere ich lauwarm. Du auch? Und dazu einen Kaffee?«

»Schon überredet! Wenn du den Kuchen schneidest, mach ich den Kaffee.«

Damit hatte sich das Thema Bäckerin endgültig erledigt. Sie traute sich nicht einmal zu, den Kuchen unfallfrei aus der Form zu lösen und in einigermaßen gleich große Stücke zu teilen. Eine Tasse unter den Vollautomaten zu stellen und auf den Knopf zu drücken war eindeutig weniger riskant.

»Wo steckt eigentlich Jenny?«, fragte sie, während sie den Tisch deckte.

»Die läuft heute doch einen Halbmarathon. Hat sie dir das nicht erzählt?«

Verblüfft hielt Claire inne. »Nein, hat sie nicht.«

Dabei waren sie doch am Vortag gemeinsam gejoggt. Allerdings hatten sie da ausschließlich über Claires Trainingsplan gesprochen und ihre Steigerung auf drei Minuten gefeiert. »Bestimmt wollte sie mich bloß nicht frustrieren«, überlegte sie laut.

»Warum sollte dich das denn frustrieren?«

Das war doch offensichtlich! »Hallo? Ist doch klar: Ich schaffe gerade mal drei Minuten, während sie über zwanzig Kilometer läuft, und das wahrscheinlich fünfmal so schnell wie ich. Im Vergleich bin ich also voll die Loserin. Und Jenny will einfach nicht, dass ich mich mies fühle.«

Ben lachte. »Echt, so tickst du? Ist ja schräg.«

Er schob ihr einen Kuchenteller hin.

»Danke. Aber ich hab ja gar nicht behauptet, dass ich so ticke, sondern dass ich glaube, Jenny denkt, ich würde so ticken.«

Ben zog eine Grimasse. »Puh, jetzt wird's mir zu kompliziert, da kriegt man ja Knoten ins Hirn.«

Claire musste ebenfalls lachen.

Ben wurde wieder ernst. »Aber jetzt mal ohne Witz: Ich finde, dass Jenny einen Halbmarathon schafft, sollte dich nicht frustrieren, sondern motivieren. Sie schafft das schließlich nur, weil sie dafür trainiert hat. Also könntest du das auch eines Tages schaffen, wenn du weitermachst.«

Ja, in einem anderen Leben.

Andererseits ...

Warum eigentlich nicht? Jenny hatte schließlich auch mal klein angefangen. Sie war jung und gesund, im Grunde war alles möglich. Theoretisch jedenfalls.

Nachdenklich nahm sie einen Bissen von ihrem Kuchenstück. Lecker! Fast schade, dass sie nur die Eier aufgeschlagen und die Schüsseln gespült hatte. Es musste toll sein, etwas dermaßen Köstliches fabrizieren zu können. Gab es eigentlich Konditoren mit Burn-out? Es war doch bestimmt wahnsinnig erfüllend, Menschen mit Torten, Pralinen und Feingebäck glücklich zu machen!

»Sag mal«, wechselte sie unvermittelt das Thema, »weißt du zufällig, was ein Streetworker genau macht?«

Ben ließ seine Kuchengabel sinken. »Wie kommst du denn jetzt *darauf*?«

»Apropos *Knoten im Hirn*. Ich hab gelesen, dass es verschiedene Studiengänge gibt, die zu diesem Beruf qualifizieren. Einer davon ist Psychologie. Na ja, und ich dachte, das könnte vielleicht was für mich sein.«

»Okay. Ganz schöne Gedankensprünge, die du da machst.«

Claire grinste.

Er kratzte sich am Kopf. »Soweit ich weiß, arbeitet man als Streetworker vor allem mit Drogenabhängigen, Prostituierten, Obdachlosen, kriminellen Jugendlichen und so. Und zwar nicht in irgendwelchen Einrichtungen, sondern dort, wo diese Leute sind, nämlich auf der Straße. Allerdings machen das meistens Sozialarbeiter.« Er hielt kurz inne. »Meinst du wirklich, das würde besser zu dir passen als Medizin? Also ich kann mir dich eher im weißen Ärztinnenkittel vorstellen.«

Claire zögerte. Da hatte Ben wohl nicht ganz unrecht. Sie traute sich ja nicht einmal zu, harmlosen Grundschülern das Einmaleins und das Alphabet beizubringen – wie sollte sie da mit Menschen arbeiten, die am Rande der Gesellschaft standen und vielleicht sogar gewaltbereit waren?

»Aber Psychologie wäre vielleicht wirklich was für dich. Du kannst es ja einfach mal ausprobieren«, überlegte Ben. »Such dir ein paar Vorlesungen aus, die dich interessieren, und hör sie dir an.«

»Ich weiß nicht ... ich bin doch in diesem Fachbereich gar nicht eingeschrieben. Man wird mich rausschmeißen.«

»Ach was, das kontrolliert kein Mensch. Solange du nicht an Seminaren teilnimmst, bei denen Teilnahmelisten geführt und Scheine ausgestellt werden, merkt niemand was. Und wenn dir der Studiengang gefällt, kannst du dich ja offiziell einschreiben.«

Ben nahm sich ein weiteres Stück Kuchen – es war sein drittes.

»Du auch noch eins? Okay, bitte sehr.«

Claire füllte die Kaffeetassen auf. »Klingt nach einer guten Idee.« Sie nahm einen Schluck. »Und wo finde ich den Fachbereich Psychologie? Doch wohl hoffentlich nicht bei den Medizinern!«

»Nein, bei uns – den Geisteswissenschaftlern. Du weißt schon: Sprachen, Politologie, Musikwissenschaften, Geschichte, Kunstgeschichte …«

»… und Linguistik«, ergänzte Claire.

»Genau«, erwiderte Ben. Dann sprang er auf. »Genau!«, rief er. »Das ist es!«

»Was ist was?«

Ben sah aus, als würde er Claire am liebsten schütteln. »Das ist doch klar: Du begleitest mich zu der Spracherwerbs-Vorlesung. Ist zwar nicht so ganz das Fach deiner Wahl, aber für eine Stunde in der Woche wirst du das schon aushalten. Wobei du da bestimmt sowieso nicht zuhören wirst, sondern dich lieber nach einer bestimmten Person umschaust.«

Sam!

Natürlich …

Was für eine geniale Idee. Warum war sie da nicht selbst drauf gekommen?

»Ja«, sagte sie schließlich. Ein Lächeln breitete sich auf Claires Gesicht aus. »Warum eigentlich nicht?«

Und das war wohl die Untertreibung des Jahres.

19. Oktober

Woher wusstest du eigentlich, dass Linguistik das Richtige für dich ist, Sam?
Ich weiß noch nicht mal so genau, was Linguistik überhaupt ist. Und schon gar nicht, was aus mir werden soll.
Colin war da ganz anders. Er hatte genug Sicherheit für uns beide. Sicher bin ich mir nur, dass ich dich finden muss. Keine Ahnung, warum ich davon überzeugt bin. Es ist mehr so ein Gefühl – und das hatte ich gleich, als ich dich damals sah. Als ob ich so lange handlungsunfähig wäre, bis du mich erlöst.
Klingt ziemlich verrückt?
Colin würde mich auslachen. Er war der rationalste Mensch, der mir je begegnet ist. Aberglaube fand er albern. Er glaubte auch nicht an Schicksal.
Ich früher auch nicht.
Aber inzwischen tue ich es.
Denn du bist meins.
Und ich deins.

Kapitel 11

Im ersten Moment dachte Claire, sie wäre aus Versehen wieder auf dem Campus der Naturwissenschaftler gelandet. Das Philosophikum sah fast identisch aus: Es gab eine Parkanlage, ähnliche Institutsgebäude, sogar das Café glich dem der Mediziner – und doch fühlte sich Claire hier von der ersten Sekunde an wohl.

Das lag auch an Ben, der sich einen ganzen Vormittag lang Zeit nahm, sie herumzuführen und ihr alles zu zeigen, von den Fachbereichsbibliotheken bis zu den Hörsälen und dem Büro des Studierendenausschusses.

»Man kann sich hier eigentlich gar nicht verlaufen – die ganze Anlage ist sternförmig gebaut, und am Ende führen alle Wege zur Mensa«, erklärte Ben und grinste. »Apropos – hast du Hunger?«

Eigentlich nicht. Aber das hatte nichts zu sagen, schließlich hatte sie in letzter Zeit so viele Mahlzeiten ausgelassen, und ein einziger Genießertag reichte bei Weitem nicht aus, um die alle nachzuholen, also nickte Claire.

»Oh, es gibt Fleischkäse!«, freute sich Ben, als sie die Essensausgabe inspizierten. »Magst du auch welchen?«

Darauf hatte Claire so gar keinen Appetit. »Ich glaube, ich nehme die vegetarische Lasagne.«

Ben verzog sein Gesicht. »Sicher, dass du dir das antun willst? Wenn die so schmeckt, wie sie aussieht, ist das keine gute Idee.«

»Dann betrachte ich es einfach als Mutprobe.« Claire lachte.

»Na gut. Aber eins ist klar: Ich geb dir nix von meinem Essen ab!«

Scherzkeks.

Ein bisschen kam sie sich vor wie eine Hochstaplerin, als sie mit ihrem Tablett zur Kasse ging. Schließlich gehörte sie hier nicht wirklich dazu. Aber immerhin besaß sie einen Studierendenausweis, und der genügte der Kassiererin als Legitimation. Für welches Fach sie eingeschrieben war, kümmerte im Grunde niemanden – außer sie selbst.

Und Ben.

»Schau mal, das sind die Vorlesungen, die deinen Sam interessieren könnten«, sagte er und schob ein dreifach gefaltetes Blatt Papier, das er aus der Hosentasche hervorgezogen hatte, über den Tisch. Sie hatten einen freien Platz in der Nähe des Fensters gefunden – ein echter Glücksfall, wie Ben kommentiert hatte.

»Hast du das extra für mich ausgedruckt?«

»Hm.« Er widmete sich seinem Fleischkäse. Wurde er etwa rot? Warum sollte ihm seine Hilfsbereitschaft peinlich sein? Dafür gab es eigentlich nur einen Grund: Er hatte es nicht aus reiner Gefälligkeit getan, sondern mit Hintergedanken. Aber sie war doch gar nicht sein Typ! Oder hatte er inzwischen doch Gefühle für sie entwickelt, die über Freundschaft hinausgingen? Das würde ja alles nur komplizierter machen …

»Puh, ist der Senf vielleicht scharf!«, stöhnte Ben und lieferte damit eine harmlose Erklärung für sein Erröten.

»Gott sei Dank!«, entfuhr es Claire.

»Freust du dich etwa, dass mir die Kehle brennt?«

»Ähm – nein, ich meine: Gott sei Dank gibst du mir ein paar Tipps. Ich kenne mich mit Linguistik null aus. Das sind also die Themen, für die sich Sam interessieren könnte?«

»Genau das hab ich doch eben gesagt.«

Ja, hatte er. Jetzt hielt er sie bestimmt für ein bisschen begriffsstutzig. Aber das war immer noch besser als die Wahrheit. Dass sie geglaubt hatte, er empfände etwas für sie. Was für eine dämliche Idee! Wie war sie überhaupt darauf gekommen? War sie selbst etwa dabei, sich in ihn zu … nein. Völliger Unsinn. Sie war einfach nur verwirrt.

Zum Glück bekam Ben gerade einen Anruf, sodass sie das Thema nicht weiter vertiefen musste. Stattdessen studierte sie die Vorlesungsthemen, die er ausgewählt hatte.

Phonologische Prozesse. Hörte sich eher nach Jura an. Was denn für Prozesse?

Auch mit den nächsten Themen konnte Claire nichts anfangen. Syntax, Morphologie, Semantik, Onomastik, Soziolinguistik – alles Fachbegriffe, unter denen sie sich nichts vorstellen konnte. Für ihren Geschmack klangen sie reichlich unspannend.

Sprachwandel in Theorie und Praxis. Okay, das könnte sie sich ja mal anhören. Ob es darin um Jugendsprache ging?

Grundlagen der Dialektologie. Ernsthaft? Gab es wirklich Wissenschaftler, die sich mit Mundart beschäftigten?

Theorien des Spracherwerbs – das war die Vorlesung, die Sam definitiv besucht hatte. Da musste sie also unbedingt hin!

Claire verglich die Zeiten der Linguistik-Veranstaltungen mit den Vorlesungen im Fachbereich Psychologie, die sie schon ausgewählt hatte: Allgemeine Psychologie, Entwicklungspsychologie und Arbeitspsychologie. Die Titel rissen sie zwar nicht gerade vom Hocker, aber schließlich kam es ja auf die Inhalte an. Claire hoffte sehr, dass sie sich dafür begeistern konnte – denn wenn auch dieses Studienfach nichts für sie war, wusste sie nicht mehr weiter. Außer vielleicht, einen Hunde-Gassi-Service für schwer beschäftigte Karriereleute anzubieten, die sich zwar einen Vierbeiner zum Liebhaben und Streicheln hielten, aber keine Zeit hatten, mit ihm spazieren zu gehen.

Beim Stichwort Hunde hielt sie erschrocken inne. »Das ist ja blöd«, murmelte sie.

»Was denn?« Ben hatte sein Telefonat inzwischen beendet.

»Allgemeine Psychologie will ich mir eigentlich auf keinen Fall entgehen lassen. Aber die ist am Freitag um zwei Uhr, und da bin ich normalerweise im Tierheim und gehe mit Chico und den anderen Seniorenhunden raus.«

Ben begriff sofort – er wusste schließlich, was sie schon alles unternommen hatte, um Sam zu finden. »Am Freitag um fünf findet doch die Vorlesung zum Spracherwerb statt, dort wirst du ihn sowieso treffen.«

Claire zögerte. Was, wenn Sam länger im Tierheim blieb und die Vorlesung ausfallen ließ? Leon hatte ihn neulich ja auch am späteren Nachmittag getroffen. Das war allerdings noch während der Semesterferien gewesen. Andererseits hatte ihm die Vorlesung vielleicht gar nicht gefallen, und er hatte sie nur testweise besucht? Doch hätte er für ein Thema, das er dann gleich wieder sausen ließ, ein teures Fachbuch gekauft? Wobei – vielleicht hatte er das ja längst durchgeackert und festgestellt, dass er in der Vorlesung nichts Neues erfuhr? So viele Fragezeichen …

»Am liebsten würde ich mich klonen, damit ich an beiden Orten gleichzeitig sein könnte.«

»Du machst aber auch alles kompliziert«, sagte Ben, doch dann zückte er sein Handy und checkte seinen eigenen Stundenplan. »Freitag um zwei hab ich frei. Wie wäre es, wenn ich das Hundeausführen für dich übernehme? Ich weiß ja jetzt, wie Sam aussieht.«

Claire starrte ihn an. »*Das* würdest du für mich tun?«

Ben grinste. »Ich bin eben wahnsinnig liebenswert, wenn ich satt bin. Apropos – wie war deine Gemüselasagne?«

Erstaunt stellte Claire fest, dass ihr Teller leer war. Ohne es zu bemerken, hatte sie alles aufgegessen.

»Keine Ahnung«, gestand sie, »ich hab nicht drauf geachtet.«

»Höchste Zeit, dass du diesen Sam endlich findest«, kommentierte Ben kopfschüttelnd. »Also abgemacht – ich übernehme den Spaziergang mit Chico.«

Es wurde eine abwechslungsreiche Woche. In einigen Vorlesungen langweilte sich Claire unendlich, andere waren wesentlich spannender, als ihr Titel vermuten ließ, und wieder andere fand sie regelrecht unterhaltsam.

Erstaunlicherweise gefielen ihr die linguistischen Themen am besten, und zwar vor allem diejenigen, die sie auf den ersten Blick überhaupt nicht gereizt hatten. Namenkunde zum Beispiel, die sich hinter dem Begriff *Onomastik* verbarg, war wahnsinnig interessant, und sogar Dialektologie fesselte sie. Beide Forschungsgebiete verrieten unglaublich viel über die Historie. Und zwar nicht die Art Historie, bei der man die Namen von Herrschern und die Daten der Kriege, die sie angezettelt hatten, pauken musste, sondern die der ganz normalen Leute. Wie sie gelebt haben, was sie beschäftigt hat, wo sie herumkamen und was ihnen wichtig war. Der Name eines Ackers oder einer Weide konnte mehr über den Alltag der Menschen in früheren Jahrhunderten erzählen als jedes Geschichtsbuch. Faszinierend!

Leider waren die Psychologie-Vorlesungen nicht halb so packend. Vielleicht war das nichts für sie?

Egal. Notfalls machte sie das mit dem Gassi-Service eben wirklich. Doch jetzt konzentrierte sie sich erst einmal voll auf die Suche nach Sam. Ben hatte absolut recht: Wenn sie das geschafft hatte, war ihr Kopf endlich wieder frei für andere Dinge.

Leider hatte sie ihn bisher in keiner der Linguistik-Veranstaltungen entdeckt. Genauso wenig wie auf dem Campus, und auch nicht im Café, obwohl sie dort viel Zeit verbrachte. Ihr Lieblingsplatz war in einer Ecke, von wo aus sie nicht nur den Eingang im Blick hatte, sondern auch den Weg, der von einem der Institutsgebäude durch den Park zur Mensa führte.

Wenn Sam hereingekommen oder auch nur vorbeigelaufen wäre, hätte sie ihn gesehen.

Sie ließ sich jedoch nicht entmutigen. Früher oder später musste er ja auftauchen! Wenn nicht heute, dann morgen. Und spätestens am Freitag. Entweder traf sie ihn im Hörsaal, oder Ben erwischte ihn im Tierheim.

Je näher der Freitag rückte, desto aufgeregter wurde Claire. Aber nicht ängstlich-nervös, so wie damals vor dem mündlichen Abi, sondern regelrecht aufgekratzt. So wie am Tag ihrer Einschulung. Oder am Abend vor dem Abschlussball.

Letzte Woche hatte sie noch daran gezweifelt, ob sie Sam jemals wiedersehen würde. Sie hatte die Suche nach ihm schon beinahe aufgegeben. Doch jetzt wurde sie von Tag zu Tag sicherer, ihm sehr bald gegenüberzustehen.

Die Psychologie-Vorlesung um zwei Uhr, die sie unbedingt hatte besuchen wollen und derentwegen Ben ihren Dienst im Tierheim übernommen hatte, hätte sie sich schenken können. Sie bekam kein Wort davon mit. Ihre Gedanken kreisten nur um ihn. *Sam!* Bald war es so weit …

Um fünf vor fünf hielt sie es nicht mehr aus und betrat den Hörsaal. Natürlich als Erste – wie jeder wusste, begannen die Vorlesungen nicht zur vollen Stunde, sondern immer erst um Viertel nach, auch wenn im Vorlesungsverzeichnis siebzehn Uhr stand. Beziehungsweise siebzehn Uhr c.t. – für cum tempore, was so viel bedeutete wie »mit Zeit«. Die akademische Viertelstunde sollte den Profs ebenso wie den Studierenden eine Pause zwischen den Veranstaltungen verschaffen, sodass sie bequem die Hörsäle wechseln konnten.

Sie wählte einen Platz in einer der mittleren Reihen. Von hier aus hatte sie einen guten Blick auf die beiden Eingänge. Allerdings würde sie sich umdrehen müssen, um zu beobachten, wer hereinkam. Würde das nicht auffallen?

Sie wechselte zu einem Platz direkt am Gang. Hier würde sie aufstehen müssen, um die anderen durchzulassen. Bei der Gelegenheit konnte sie sich dann unbemerkt umsehen.

Guter Plan!

Sie legte Block und Kugelschreiber vor sich auf den Tisch, und stellte ihren – beziehungsweise Sams – Rucksack unter den Sitz.

Es war genau siebzehn Uhr und drei Minuten, als sie damit fertig war. Ihr Blick klebte an der großen Uhr an der Wand. Die Zeiger schienen sich immer langsamer zu bewegen, je länger sie daraufstarrte. Gleichzeitig pochte ihr Herz immer schneller, ihre Hände wurden vor Nervosität ganz feucht, und sie schaffte es kaum, ruhig sitzen zu bleiben. So musste sich wohl Lampenfieber anfühlen.

Vier Minuten später, die ihr vorkamen wie eine halbe Ewigkeit, schwang die Tür zum ersten Mal auf, und eine Gruppe Studentinnen kam herein. Die drei jungen Frauen beachteten Claire nicht weiter, sie setzten sich nach ganz vorne.

Und dann strömten die Studenten in Massen herein … Claire versuchte, beide Eingänge im Blick zu behalten, aber das war schier unmöglich. Mindestens zweihundert junge

Männer und Frauen quetschten sich in die Reihen. Völlig aussichtslos, Sam unter ihnen auszumachen. Obwohl ihr Ben durchaus auffiel. Sie winkte ihm kurz zu, doch er schaute sich nach einem freien Platz um und bemerkte sie nicht.

Kurz bevor die Vorlesung begann, waren alle Plätze belegt, einige Studenten saßen sogar auf dem Boden, wie neulich bei den Medizinern – doch die Vorlesungen hätten sich nicht mehr voneinander unterscheiden können.

Allein schon die Dozentin! Anders als der gelangweilte Physik-Professor begann sie mit einer gut gelaunten Begrüßung und einem kleinen Scherz.

War das tatsächlich eine Professorin? Sie wirkte so jung, fast wie eine Studentin.

»Ist die cool«, sagte sie leise.

»Meine Lieblingsprofessorin!«, erwiderte ihre Sitznachbarin im Flüsterton. »Der Wahnsinn: zwei Doktortitel mit gerade mal dreißig, und die Professur mit dreiunddreißig. Ein echtes Vorbild!«

»Krass.« Claire war ehrlich beeindruckt.

Der Vortrag nahm sie sofort gefangen. Die Frage, wie Kinder sprechen lernen, hatte sie sich nie zuvor gestellt. Hätte sie darüber nachgedacht, wäre ihre Vermutung wohl gewesen, dass die lieben Kleinen eben nachplappern, was Erwachsene ihnen vorsprechen.

Nun wurde ihr klar, dass es so einfach nicht funktionierte. Wie sollten sonst Äußerungen zustande kommen, die nie zuvor jemand gesagt hatte?

»Menschen sind nun mal keine Papageien«, war ein Schlüsselsatz, den Claire mitschrieb.

Die Dozentin, die laut Vorlesungsverzeichnis Prof. Dr. Dr. Nora Sonntag hieß, legte auf anschauliche Weise dar, wie der Spracherwerb tatsächlich funktioniert: Dass Kinder aus dem, was sie hören, Regeln ableiten und diese dann testen.

»Auf diese Weise kommen dann so drollige Fehler zustande wie *ich habe gebrungen* – eine Form, die ihnen bestimmt niemand vorgesagt hat, es sei denn, man lebt in einem der Dialektgebiete, in denen sie verbreitet ist«, sagte sie. »Aber ist es tatsächlich ein Fehler? Nicht wirklich – sondern ein Test. Die erste Partizip-Perfekt-Form von bringen, die ein Kind ausprobiert, ist vermutlich *gebringt*. Als wäre es ein regelmäßiges schwaches Verb. Sobald es feststellt, dass die nicht stimmt, geht es über zu der Variante, die bei regelmäßigen starken Verben passen würde. *Gebrungen* – analog zu *gesungen*. Erst dann kommt *gebracht* ins Spiel. Ganz schön klug, eigentlich, zunächst von der wahrscheinlichsten Möglichkeit auszugehen und sich die unwahrscheinlichste – nämlich dass es sich um ein unregelmäßiges Verb handelt – als letzte Variante aufzuheben.«

Claire schrieb mit wie eine Wahnsinnige. Unfassbar! Da mühte man sich beim Fremdsprachenlernen damit ab, Verbformen zu pauken, dabei hatten schon Babys eine angeborene Grammatik im Kopf.

Sie merkte gar nicht, wie die Zeit verflog. Als die Ersten anfingen, ihre Laptops und Schreibblöcke wegzupacken, warf sie einen Blick auf die Uhr. Nur noch drei Minuten bis zum

Vorlesungsende. Eilig verstaute sie ihre Sachen im Rucksack und brach auf. Hoffentlich bekam Professorin Sonntag das nicht in den falschen Hals. Claire hätte ihr noch stundenlang zuhören können! Aber noch wichtiger war, dass sie vor allen anderen draußen war, um die Ausgänge zu beobachten. Wenn sie ihn schon vorhin übersehen hatte, wollte sie Sam wenigstens abpassen, wenn er den Saal verließ …

Vergebens.

Sie wartete, bis wirklich alle gegangen waren. Entweder sie hatte ihn wieder übersehen, oder er war gar nicht da gewesen.

Wie war das möglich? Hatte er das Studium etwa aufgegeben? Weil er gemerkt hatte, dass er sich in der Linguistik so unwohl fühlte wie sie in der Medizin? Oder hatte er ohnehin nie vorgehabt, dieses Fach zu studieren? Nur, warum hätte dann das Chomsky-Buch auf seiner Einkaufsliste gestanden? Hatte er es womöglich für jemand anderen besorgt – zum Beispiel einen Mitbewohner? Das konnte es auch nicht sein – schließlich hatte Ben ihn neulich in der Vorlesung gesehen und sogar ein Beweisfoto gemacht.

Claires Gedanken drehten sich im Kreis. Und sie war maßlos enttäuscht. Die einzige Erklärung, die ihr noch einfiel, war, dass Sam heute länger im Tierheim geblieben war als sonst und die Vorlesung aus diesem Grund verpasst hatte. Falls das so war, würde sie es ja bald erfahren …

Ben war schon vor ihr zu Hause. Er hatte wohl den früheren Bus erwischt. Claire war ein bisschen enttäuscht, dass er nicht auf sie gewartet hatte. Überhaupt war der ganze Tag eine einzige Enttäuschung gewesen.

»Wo ist der Rucksack?«, fragte er, als sie die Küche betrat.

»Steht im Flur«, sagte sie müde.

»Warst du überhaupt in der Spracherwerbs-Vorlesung? Ich hab dich gar nicht gesehen.«

»Aber ich dich. Als du reinkamst. Hinterher warst du dann auf einmal verschwunden ... Da waren allerdings auch irre viele Leute. Wie soll man da jemanden finden?«

Ben schaute sie mitfühlend an. »Ich habe leider auch keine Erfolgsmeldung für dich.«

Das Herz rutschte ihr in die Hose. Damit war ihre letzte Hoffnung zunichte.

Aber so bekümmert, wie sich das anhörte, wirkte Ben gar nicht. In seinen Augen war ein gewisses Funkeln ...

Claire schöpfte Hoffnung. »Du veräppelst mich!«

»Nein, tu ich nicht. Würde ich nie – jedenfalls nicht bei dieser Sache. Ich weiß doch, wie wichtig dir das Ganze ist.« Er grinste schief. »Kann ich dich irgendwie aufmuntern? Zum Beispiel mit einer schönen Tasse heiße Schokolade?«

Lieb von ihm. Aber Claire hatte keinen Appetit auf ein Trostgetränk. »Nein, danke. Ich will einfach ... gar nichts.«

»Sicher? Ich koche nachher was Schönes. Es gibt Couscous, eins meiner Paraderezepte. Stehst du darauf?«

Claire mochte Couscous. Es erinnerte sie an einen besonders schönen Familienurlaub. Und damit auch an Colin.

Ihr fiel ein, dass sie heute den ganzen Tag noch nicht an ihn gedacht hatte. Wie selbstsüchtig sie doch war!

»Was ist – soll ich nachher für dich mitdecken?«

»Sorry, ich war in Gedanken. Lieber nicht, ich habe überhaupt keinen Appetit. Ich glaube, ich geh früh ins Bett und suhle mich in meinem Unglück.« Das sollte ironisch klingen, klappte aber nicht wirklich. »Ihr könnt mir ja was aufheben für morgen. Und Jenny wird sicher kräftig zulangen«, fügte sie hinzu.

»Jenny geht heute mit ihren Projektkollegen Pizza essen.«

Claire stutzte. »Das heißt, du kochst so ein aufwendiges Gericht nur für dich allein?«

Ben wurde rot – und diesmal gab es keinen scharfen Senf, der daran schuld war. »Nein, wir kriegen Besuch. Also besser gesagt: Ich kriege Besuch. Du kennst sie.«

»Aber ich kenne doch überhaupt niemanden … Es sei denn, du hast dich mit Mila ausgesöhnt.«

Ben lachte. »Mila ist Geschichte. Nein, es gibt da jemand Neues in meinem Leben. Allerdings erst seit ungefähr sieben Stunden.«

Aber vor sieben Stunden war Ben doch …

»Ronja?«, rief sie überrascht.

»Ronja!«, erwiderte er.

25. Oktober

Vielleicht soll es einfach nicht sein, dass wir uns wiedersehen.
Vielleicht ist alles gut so, wie es ist.
Vielleicht gibt es eben doch keine Vorsehung.
Oder wenn es sie gibt, funktioniert sie völlig anders, als ich dachte.
Vielleicht musstest du den Rucksack verlieren, damit ich ihn finde und dich suche – aber nicht, damit wir einander treffen, sondern damit Ben und Ronja sich begegnen.
Wir beide sind nur Katalysatoren des Schicksals.
Vielleicht ist es überhaupt nicht vorgesehen, dass jemand dich tröstet – oder mich.
Vielleicht müssen wir unglücklich sein, damit andere glücklich sein können.
Vielleicht ist das aber auch alles nur großer Müll.
Vielleicht bin ich einfach nur hundemüde.
Vielleicht sollte ich seltener vielleicht sagen, sondern öfter mal sicher sein, was ich will.
Morgen, Sam. Morgen denke ich weiter nach. Über dich und mich und diese sinnlose Suche und meine Unentschlossenheit und meine Wut auf Colin, weil er mich einfach im Stich gelassen hat. Warum konnte er nicht besser auf sich aufpassen? Immer hat er die Gefahr gesucht. Das war der größte Unterschied zwischen uns beiden. Er hat nie einen Fahrradhelm getragen, ist im Schwimmbad vom Zehner gesprungen, per Anhalter gefahren und hat unseren achtzehnten Geburtstag mit einem Bungee-

Sprung gefeiert. Während ich mit meinen Freundinnen Torte gegessen habe.

Vielleicht waren wir uns nie so ähnlich, wie ich immer dachte?

Er war meine andere Hälfte – der Teil meiner Persönlichkeit, der bei mir nicht besonders ausgeprägt war.

Jetzt muss ich allein klarkommen. Mutiger werden. Aber nicht so leichtsinnig wie Colin. Er hat das Schicksal herausgefordert, und ich darf das jetzt ausbaden.

Ja, Sam, ich gebe es zu: Ich bin stinksauer auf ihn!

Und ein bisschen auch auf dich. Warum hast du dich bloß in Luft aufgelöst?

Vielleicht macht sich das Schicksal auch einfach nur über mich lustig.

Kapitel 18

Wäre sie nicht mit Jenny zum Joggen verabredet gewesen, hätte Claire das ganze Wochenende im Bett verbracht. So aber kam sie wenigstens für eine halbe Stunde an die frische Luft und fühlte sich danach gleich viel besser. Die nächste Steigerung auf vier Minuten hatte sie problemlos geschafft. Jenny hatte recht behalten: Die schwierigste Hürde hatte sie längst hinter sich. Inzwischen zweifelte sie nicht mehr daran, das Programm erfolgreich zu absolvieren. In ein paar Wochen würde sie eine halbe Stunde am Stück laufen können! Hätte ihr das jemand im Sommer prophezeit, hätte sie ihm den Vogel gezeigt.

Der kleine Trainingserfolg hielt Claire davon ab, zu verzweifeln. Wenn das möglich war, dann waren auch andere Wunder möglich.

Dass sie Sam doch noch begegnete.

Dass sie ihren Traumberuf fand.

Dass sie ohne Colin weiterlebte.

Nur, wie dieses Leben aussehen könnte, stand noch in den Sternen. Das mit dem Psychologiestudium hatte sie inzwischen abgehakt. Warum eigentlich überhaupt studieren? Es gab doch ohnehin schon genug Akademiker. Und zu wenige Handwerker.

Aber wenn sie ehrlich war, sah sie sich auch nicht als Elektrikerin, Schreinerin oder Dachdeckerin. Dafür war sie viel zu ungeschickt.

Vielleicht sollte sie erst mal eine Auszeit nehmen. Das wäre genau das, was Colin an ihrer Stelle täte. Ein Jahr *Work and Travel* durch Neuseeland – klang doch aufregend!

Vielleicht ein bisschen *zu* aufregend? Jedenfalls für Claires Geschmack.

Andererseits: Hatte sie sich nicht vorgenommen, mutiger zu werden? Da wäre so ein Auslandsjahr perfekt. Es musste ja nicht unbedingt das Land sein, das am weitesten entfernt von allen lag. Vielleicht lieber Kanada? Das waren wenigstens nur acht Flugstunden – nicht dreißig. Oder Schottland? Noch näher …

Du Angsthase, hörte sie Colin sagen. *Wennschon, dennschon. Das wird ein Abenteuer, das dein ganzes Leben verändert! Warum zögerst du noch? Du bist hier nicht glücklich. Du jagst einem Phantom hinterher. Du trauerst um mich. Du weißt nichts mit deinem Leben anzufangen. So kann das nicht weitergehen. Tu endlich was!*

Es konnte sicher nicht schaden, sich wenigstens zu informieren. Ganz unverbindlich.

Im Internet fand Claire mehrere Anbieter, die solche Reisen organisierten. Wenn, dann würde sie nicht auf eigene Faust losziehen, sondern mit Netz und doppeltem Boden.

Sie klickte eine der Websites an und las sich fest. Kellnern, babysitten, Rasen mähen – das waren alles Dinge, die sie schon gemacht hatte. Damit könnte sie die Kosten decken und ein ganzes Jahr lang dieses geheimnisvolle Land am anderen Ende der Welt erkunden!

Schon irgendwie reizvoll.

Es gab sogar eine 24-Stunden-Notrufnummer! Wann immer man fern der Heimat also Probleme hatte, gab es einen Ansprechpartner, der einem weiterhelfen konnte. Ideal für Menschen wie Claire, die am liebsten auf Nummer sicher gingen. Und für alle, die nicht gern recherchierten, gab es auf der Website noch eine ganze Fülle von Infos. Zum Beispiel erfuhr man, wie man eine Steuernummer für Neuseeland beantragte, welche Versicherungen man dort brauchte und wie man zu einem Working-Holiday-Visum kam. Hin- und Rückflug konnte man zu einem echt günstigen Preis buchen, und Tipps zur Jobsuche gab's obendrein, außerdem jede Menge traumhaft schöner Fotos. Malerische Felsküsten. Beeindruckende Wasserfälle. Kilometerlange Strände. Schneebedeckte Berggipfel. Außerdem Vulkane, Geysire, Fjorde … Ein Motiv faszinierender als das andere. Kein Wunder, dass so viele Menschen Neuseeland als Sehnsuchtsort bezeichneten. Auch Claires Neugier war geweckt. Zumal sie gelesen hatte, dass es dort – im Gegensatz zu Australien – keinerlei gefährliche Schlangen, giftige Spinnen oder Monsterkrokodile gab – nur jede Menge Schafe, Kiwis und andere harmlose Tiere. Es musste herrlich sein, diesen außergewöhnlichen Teil der Erde zu entdecken.

Soll ich? Soll ich nicht?

Claire zögerte. Ihre Eltern würden sie für verrückt erklären! Aber wäre es nicht viel verrückter, einfach so weiterzumachen wie bisher, unzufrieden und unausgefüllt zu sein und überhaupt keinen Plan zu haben?

Andererseits: Wenn sie Deutschland verließ, würde sie Sam garantiert nie wiedersehen. Diese Entscheidung konnte sie doch nicht überstürzt treffen. So etwas wollte wohlüberlegt sein.

Ja, ja, du Bedenkenträgerin. Jetzt hattest du mal einen Anflug von Mut, und schon kneifst du wieder.

Colin. Und er traf schon wieder den Nagel auf den Kopf.

Natürlich – er hätte spontan gebucht. Er hatte nie Angst gehabt. Leider …

Du brauchst einen Plan, Claire. Setz dir selbst eine Frist. Wenn du die Entscheidung aufschiebst, triffst du nie eine!

Okay. Darauf konnte sie sich einlassen. So wie auf den Deal, das mit dem Medizinstudium wenigstens zu probieren. Dafür hatte sie sich eine Woche Zeit gegeben.

Eine Woche … Das war zu wenig. Definitiv! Nachdem sie jetzt schon so lange nach Sam gesucht hatte, erschien ihr diese Frist viel zu kurz. Aber ein Monat – das klang fair. An ihrem Geburtstag Ende November würde sie einen Cut machen. Entweder hatte sie Sam bis dahin gefunden, oder sie würde das mit Neuseeland durchziehen.

Da kam ihr ein ganz neuer Gedanke: Was, wenn Sams Ex-Freundin inzwischen festgestellt hatte, dass der Businesstyp, für den sie ihn verlassen hatte, ein Windhund war? Wenn ihr in New York klar geworden war, dass sie in Wahrheit nur ihn liebte? Wenn sie zurückgekehrt war und ihn um Verzeihung gebeten hatte? Mit anderen Worten: wenn Sam längst wieder mit dieser Louisa zusammen war? Oder eine andere Frau kennengelernt hatte, mit der er sich über sie hinwegtröstete?

Eine erschreckende Vorstellung. Aber natürlich war das alles möglich. Umso wichtiger, dass sie ihre Zukunft selbst in die Hand nahm und nicht von einer Fantasie abhängig machte, die womöglich nie Realität wurde.

Also doch Neuseeland?

Nachdem sie nachgelesen hatte, dass sie den Flug auch kurzfristig noch stornieren konnte, meldete sie sich spontan an und buchte, bevor sich die Bedenkenträgerin in ihr wieder durchsetzen konnte.

Wie aufregend!

So musste sich Colin damals bei seinem Bungee-Sprung gefühlt haben.

In diesem Moment fühlte sich Claire ihrem Bruder so nah wie schon lange nicht mehr. Spontan fasste sie einen weiteren Entschluss: Vor der Abreise würde sie Colins Grab besuchen. Auch wenn sie keinen besonderen Ort brauchte, um mit ihm in Verbindung zu treten – es war Zeit, über ihren Schatten zu springen.

In den folgenden zwei Wochen verbrachte Claire so viel Zeit wie möglich auf dem Campus. Sie besuchte alle möglichen Linguistik-Vorlesungen – anfangs eigentlich nur in der Hoffnung, Sam zu begegnen, aber mit der Zeit auch immer mehr wegen der faszinierenden Welt der Sprache. Wer hätte gedacht, dass diese Wissenschaft so aufregend und spannend war? Schade, dass man mit diesem Studium mit hoher Wahrscheinlichkeit arbeitslos wurde – jedenfalls, wenn man nicht Lehrer werden wollte. Aber vielleicht gab es ja Jobs, für die diese Ausbildung die perfekte Qualifikation war und von denen sie einfach noch nichts wusste? Natürlich könnte sie sich auch einfach auf dieses Fach einlassen, nur weil sie es interessierte, und den Rest auf sich zukommen lassen. Das wäre doch mal ein neuer Ansatz! Irgendetwas würde sich schon ergeben. Wie gut, dass sie sich noch nicht sofort entscheiden musste. Das würde sie nach Neuseeland in Angriff nehmen.

Ein paarmal glaubte sie, Sam entdeckt zu haben, und jedes Mal blieb ihr für ein paar Atemzüge das Herz stehen. Aber dann musste sie jedes Mal feststellen, dass sie sich geirrt hatte.

Einmal rannte sie sogar einem Studenten hinterher, den sie fälschlicherweise für Sam gehalten hatte. Ihr stieg immer noch die Hitze in die Wangen, wenn sie daran dachte.

Am Donnerstagvormittag, während einer Dialektologie-Vorlesung, vibrierte plötzlich Claires Handy in der Jackentasche. Sie versuchte, es zu ignorieren, aber der verpasste Anruf ging ihr nicht mehr aus dem Kopf, und sie konnte sich ohnehin nicht mehr darauf konzentrieren, was der Professor über die Abgrenzung von Sprache und Dialekt zu sagen hatte.

Was, wenn ihren Eltern etwas passiert war? Sie würde sich nie verzeihen, nicht rangegangen zu sein.

Als sie nachsah, stellte sie fest, dass es gar kein Anruf gewesen war, sondern eine Nachricht. Absender war eine unbekannte Nummer. Spam? Oder ein Notarzt, der verzweifelt versuchte, eine Angehörige zu erreichen?

Sie öffnete die Nachricht.

Hi Claire, leider habe ich Sam noch nicht wiedergetroffen, aber ich muss ständig an dich denken. Wollen wir vielleicht mal einen Kaffee trinken gehen? Würde mich riesig freuen! Leon

Verblüfft starrte Claire auf den Text. Sie war verwirrt. Hatte sie Leon nicht eindeutig gesagt, dass sie nicht interessiert war? Glaubte er ihr etwa nicht? Gehörte er zu den Typen, die einfach nicht begreifen wollten, dass Nein auch wirklich Nein bedeutete? Andererseits war er ja nicht übergriffig geworden wie Tristan. Er dachte eben an sie und wollte sie näher kennenlernen. War doch normal. So ging es ihr schließlich auch mit Sam.

Na ja, so ähnlich jedenfalls …

Ein Treffen auf einen Kaffee war im Grunde harmlos. Die entscheidende Frage lautete: Wollte sie das überhaupt?

Leon war ja wirklich ganz nett. Aber mehr auch nicht. Claire wollte ihm keine falschen Hoffnungen machen. Entweder fand sie Sam bald, oder sie würde nach Neuseeland verschwinden. Was brachte es also, sich mit ihm zu verabreden?

Hallo Leon, es tut mir leid – ich habe Sam inzwischen gefunden. Danke, dass du nach ihm Ausschau gehalten hast. Alles Gute für dich, Claire

Das war hoffentlich deutlich genug. Doch kaum hatte sie die Nachricht abgeschickt, wurde ihr klar, dass sie soeben eine Chance zunichtegemacht hatte. Leon würde ihr nun nicht mehr Bescheid geben, wenn er Sam traf. Das hatte sie ja clever angestellt! Verärgert biss sie sich auf die Unterlippe. Dann schaltete sie das Handy aus und verstaute es wieder in ihrer Tasche.

Als sie aufschaute, sah sie ihn.

Sam!

Er saß drei Reihen vor ihr. Sein Kinn hatte er in die rechte Hand gestützt, in der linken hielt er den Kuli. Das wirkte unglaublich … konzentriert. Beeindruckend, irgendwie.

Vom Rest der Vorlesung bekam Claire kein Wort mehr mit. Denn sie war voll und ganz damit beschäftigt, ihn zu studieren. Seine widerspenstigen Haare. Seine schönen Hände. Er hatte Klavierspielerfinger, lang und schlank, dabei leicht gebräunt und sehr männlich.

Claire stellte sich vor, wie er sie mit diesen wunderbaren Händen berührte. Ihr eine Strähne hinters Ohr strich. Sie umarmte. Liebkoste. Dabei aber niemals grob oder rücksichtslos war. Als ob sie das wertvollste Instrument wäre, auf dem er je gespielt hatte. Und das er nie wieder hergeben wollte …

Dann wandte er sich zu seinem Nebenmann, und Claire sah sein Profil. Er hatte ein fliehendes Kinn und eine Knollennase.

Ein Fremder.

Mal wieder.

Was hatte sie überhaupt glauben lassen, das könnte Sam

sein? Etwa nur die Jeansjacke und die ungekämmten Haare? Wie verzweifelt musste sie sein, wenn sie auf Basis derart erbärmlicher Hinweise sicher gewesen war, ihn erkannt zu haben?

Claire fühlte sich, als hätte sie gerade einen Tornado überlebt. Und gleich einen Marsch durch die Wüste vor sich.

Denn jetzt fehlte ihr Sam noch mehr als zuvor.

Aber wie konnte einem jemand fehlen, den man überhaupt nicht kannte?

Sie wusste ja noch nicht einmal, wie seine Hände aussahen.

Eigentlich hatte Claire vorgehabt, in die Mensa zu gehen, aber der Appetit war ihr nach diesem Zwischenfall gründlich vergangen. Was sie jetzt brauchte, war eine Dosis Koffein.

Ihr Eckplatz im Café war frei. Sehr gut. Sie bestellte einen doppelten Espresso. Als Mittel gegen Halluzinationen und plötzlich auftretende erotische Tagträume.

So durfte es nicht weitergehen. Sonst wurde sie am Ende wirklich noch verrückt!

Am besten, sie brach die Suche sofort ab.

Sam war kein Seelenverwandter.

Sie war nicht dazu bestimmt, ihn zu trösten.

Genauso wenig, wie es sein Schicksal war, *Licht und Freude* in ihr Leben zu bringen.

Er war einfach nur ein Wildfremder, der seinen Rucksack im Bus liegen gelassen hatte. Mehr nicht.

Was sie brauchte, war eine kalte Dusche und das Flugticket nach Neuseeland.

»Ist bei dir noch frei, oder wartest du auf jemanden?«

Die blond gelockte Studentin, die freundlich lächelnd auf Claires Antwort wartete, kam ihr vage bekannt vor.

»Nein, setz dich ruhig«, erwiderte sie, denn alle anderen Tische waren inzwischen besetzt.

»Cool. Sag mal, bist du nicht auch in der Spracherwerb-Vorlesung? Da haben wir doch neulich nebeneinandergesessen!«

Ja, genau! Sie war diejenige gewesen, die Claire von Professorin Sonntags zwei Doktortiteln erzählt hatte.

»Stimmt, ich erinnere mich. Ich bin übrigens Claire.«

»Sophie.«

Claires Espresso wurde serviert, und Sophie bestellte einen Café Mocha.

»Was ist denn das? Ein Mokka?«

»Nicht ganz. Es ist Espresso mit heißer Milch, flüssiger Schokolade und Sahnehaube. Die reinste Kalorienbombe – hat mehr Nährwert als ein Big Mac. Aber schmeckt einfach herrlich. Süß und tröstlich. Dafür lass ich eben das Mittagessen ausfallen.«

Sophie sah eigentlich nicht aus, als hätte sie eine Aufmunterung nötig. Im Gegenteil, sie wirkte entspannt und ausgeglichen.

»Geht's dir denn nicht gut?«

»Doch, super sogar. Warum fragst du?«

»Weil du sagtest, der Café Mocha schmeckt tröstlich.«

»Ach so – na ja, Trost auf Vorrat kann doch nicht schaden«, erwiderte Sophie. Ihr perlendes Lachen war ansteckend. Claire mochte sie.

»Und du bist auch im ersten Semester Linguistik?«, nahm Sophie das Gespräch nach einer kurzen Pause wieder auf.

»Ja und nein. Also im ersten Semester bin ich tatsächlich. Aber offiziell für Medizin eingeschrieben.«

»Echt? Hast du dich verirrt?«

Claire zog eine Grimasse. »Kann man so sagen. Im übertragenen Sinn jedenfalls. Ich hab mich bei den Medizinern einfach nicht wohlgefühlt. Schon nach der ersten Woche war mir klar, das ist nichts für mich. Seitdem bin ich irgendwie auf der Suche nach meiner Bestimmung. Klingt ein bisschen irre, was?«

»Überhaupt nicht«, fand Sophie. »Sei doch froh, dass du es so früh gemerkt hast. Andere stellen erst nach ein paar Semestern fest, dass sie sich für das falsche Fach entschieden haben.«

So hatte sie das bisher noch gar nicht gesehen.

»Und jetzt bist du also in der Sprachwissenschaft gelandet.«

Das war keine Frage, sondern eine Feststellung.

Kurz war Claire versucht, einfach zu nicken. Sie war Sophie keine Rechenschaft schuldig. Sie kannten sich ja kaum, also wozu sie mit ihren Zweifeln belästigen?

»Oder doch nicht?«

Jetzt hatte sie zu lange gezögert. Na gut, Sophie hatte schließlich gefragt.

»Ich bin mir nicht sicher. Zuerst habe ich mich für Psychologie interessiert, aber das hat mich viel weniger gefesselt als die Linguistik-Vorlesungen, die ich eigentlich mehr oder weniger zufällig besucht habe.«

Die Sam-Geschichte ließ sie unter den Tisch fallen. Es waren ohnehin schon viel zu viele Leute eingeweiht: Ben, Jenny, Ronja, Leon …

»Und die Linguistik hat dich dann spontan begeistert?« Sophies hellblaue Augen zeigten echtes Interesse.

»Könnte man so sagen. Trotzdem bin ich mir nicht sicher, ob es sinnvoll ist, etwas zu studieren, nur weil es Spaß macht.«

»Im Gegenteil, das ist der beste Grund von allen!«, widersprach Sophie heftig und schüttelte ihre dunkelblonden Locken, die ihr bis auf die Schulter fielen.

»Aber ich brauche eine Perspektive. Ich studiere ja nicht, nur um ein paar Jahre an der Uni zu verbringen, sondern um mir eine Zukunft aufzubauen. Klingt das blöd?«

»Überhaupt nicht. Ziemlich vernünftig, eher. Mir geht's ja genauso.« Sophie nippte genüsslich an ihrem Café Mocha.

»Das heißt, du hältst Linguistik für ein Studienfach, das dir gute Zukunftschancen bietet? Ich meine – werden denn viele Dialektforscher gesucht? Oder Menschen, die den Spracherwerb von Kleinkindern wissenschaftlich dokumentieren? Spannend sind die Themen auf jeden Fall, aber mir fällt beim besten Willen kein Beruf ein, bei dem man so was brauchen kann.«

Sophie prustete los. »Du denkst noch wie eine typische Medizinerin. Man studiert ein Fach, und zack – hat man sich gleich auch für einen Beruf entschieden. Das ist bei den Geisteswissenschaften doch völlig anders.«

»Echt? Was zum Beispiel könnte ich damit werden?«

»Oh, da gibt es tausend Möglichkeiten«, sagte Sophie. »Du könntest Fachredakteurin beim Radio oder beim Fernsehen werden, in die Erwachsenenbildung gehen, PR für ein Unternehmen oder einen Verband machen, Meinungsforscherin werden, Werbetexterin, Journalistin, Pressesprecherin … Überall, wo man kluge Köpfe gebrauchen kann, die gut formulieren können, außerdem recherchieren, Konzepte entwickeln, Kontakte pflegen, Probleme analysieren, Abläufe optimieren, Leute informieren …« Sophie unterbrach sich selbst. »Was, schon so spät? Jetzt hab ich mich festgequatscht. Mein Seminar fängt in fünf Minuten an.«

Ausgerechnet. Claire hätte dieses Gespräch liebend gern fortgesetzt. Hier eröffneten sich gerade ganz neue Perspektiven!

»Wenn wir uns mal wieder treffen, reden wir weiter, okay?«, schlug sie vor.

»Lass uns doch schnell die Nummern tauschen, dann können wir uns verabreden«, sagte Sophie und zog ihr Handy hervor.

»Gute Idee!« Claire tat es ihr gleich.

»Hey, das ist ja Samuel!« Sophie deutete auf Claires Handydisplay. Erst vor ein paar Tagen hatte sie Bens Schnappschuss als Hintergrundbild eingestellt.

»Du kennst ihn?« Ihr Herz schlug höher.

»Von der Einführungswoche. Ist das dein Freund?«

»Nein, aber ich suche nach ihm. Lange Geschichte.«

»Ich weiß nur, dass er Samuel heißt. Wir hatten auch einige Vorlesungen gemeinsam. Netter Typ. Dass ihm ausgerechnet so ein blöder Unfall passieren musste …«

Claire wurde es schwarz vor Augen.

Nein. Das durfte nicht wahr sein! Waren denn alle Menschen, die ihr etwas bedeuteten, verflucht?

»Ein Autofahrer hat ihm die Vorfahrt genommen und ihn angefahren. Samuel ist vom Rad gestürzt und hat sich ein Bein gebrochen. Es musste, soweit ich weiß, sogar operiert werden. Wie du ja sicher weißt.«

Wie sie JETZT wusste.

Claire sprang auf und umarmte Sophie wortlos. Dann legte sie das Geld für den Espresso auf den Tisch und stürmte davon.

7. November – noch 23 Tage bis Neuseeland …

Oh, Sam, du Ärmster!
Warum fährst du auch Fahrrad anstatt mit dem Bus, so wie ich gerade?
Hoffentlich hat es dich nicht allzu schwer erwischt.
Aber nun weiß ich endlich, warum du nirgendwo auftauchst.
Und jetzt kann alles gut werden.
Ich habe einen Plan …

Kapitel 19

Noch aus dem Bus rief Claire im Uniklinikum an, um nach Sam zu fragen.

»Hallo, Cornelius am Apparat. Ich würde gerne einen Ihrer Patienten besuchen, Vorname Samuel. Könnten Sie mir sagen, auf welcher Station er liegt?«

Doch die barsche Dame am anderen Ende der Leitung ließ sie eiskalt abblitzen. »Sie kennen nicht einmal seinen vollständigen Namen? Und erwarten, dass ich sämtliche Vorschriften ignoriere und Ihnen Informationen herausgebe, die nur für Angehörige bestimmt sind?«

So ein Mist!

Sie hätte sich besser auf das Gespräch vorbereiten sollen. Aber auch mit der besten Story hätte sie nicht glaubhaft vermitteln können, Sams Schwester, Freundin oder Verlobte zu sein – ohne seinen Nachnamen zu kennen.

Kurz überlegte Claire, Sophie anzurufen und sie danach zu fragen, dann ließ sie es doch bleiben. Sophie hatte ja vorhin ausdrücklich gesagt, dass sie nichts über Sam wusste außer seinem Vornamen.

Außerdem würde der Drache in der Telefonzentrale beim zweiten Versuch bestimmt auch dann nicht weiterhelfen, wenn sie seinen vollständigen Namen, seine Schuhgröße, seine Blutgruppe und seinen BMI herunterrattern könnte. Datenschutz. War ja klar.

Egal. Dann musste sie eben selbst herausfinden, in welchem Zimmer Sam untergebracht war. Wenn er einen komplizierten Beinbruch hatte, lag er vermutlich in der Orthopädie. Oder, weil der Bruch ja operiert worden war, in der Chirurgie. Das war überschaubar. Sie würde einfach diese beiden Stationen abklappern.

Das Uniklinikum lag etwas außerhalb. Claire musste zweimal umsteigen, um dorthin zu kommen. Dass sie dabei in einen fiesen Regenschauer geriet, machte ihr nichts aus. Ihre Jeans war zwar durchnässt, und auch die Jacke hatte nicht alles abgehalten, aber was war schon ein bisschen Frieren im Vergleich zu dem großen Moment, der ihr bevorstand!

In der Eingangshalle des Krankenhauses ging es zu wie auf einem Bahnhof. Menschen kamen und gingen, und die meisten derjenigen, die hier waren, um jemanden zu besuchen, hatten Geschenke dabei.

Nur sie kam mit leeren Händen. Von dem Rucksack einmal abgesehen, den sie nun endlich seinem Eigentümer würde zurückgeben können.

Vielleicht sollte sie ihm noch Lesefutter besorgen? Bestimmt liebte Sam Bücher. Zögernd betrat sie den kleinen Buchladen, der sich auf Last-minute-Geschenksuchende und gelangweilte Patienten eingestellt hatte. Die Auswahl war klein und beschränkte sich auf Liebesromane und Thriller. Ob Sam so etwas mochte? Doch wenn ja, kannte er diese

Titel bestimmt längst – sie standen allesamt auf der aktuellen Bestsellerliste, wie ein Plakat verriet.

Nein, das mit dem Buch ließ sie lieber bleiben. Wenn sie mit ihrer Auswahl danebenlag, wäre das kein guter Anfang.

Aber mit Blumen konnte man nichts verkehrt machen! Sie steuerte auf den kleinen Laden zu, über dessen Eingang in verschnörkelten Buchstaben *Floristeria* stand. Außer ihr war nur ein weiterer Kunde da, der gerade bezahlte.

Claire schaute sich um. Es gab bereits fertig gebundene Sträuße, die recht hübsch waren. Aber sollte sie bei Sam wirklich mit einem Nullachtfünfzehn-Gebinde aufkreuzen? Wenn sie schon Blumen mitbrachte, dann mussten es ganz besondere sein.

Rote Rosen? Zu übertrieben. Schließlich war es ihr erstes Treffen, nicht ihr fünfter Hochzeitstag.

Und Nelken gingen gar nicht. Die erinnerten sie an Friedhöfe.

»Kann ich Ihnen behilflich sein?«

Die Floristin hatte jetzt Zeit für sie.

»Ich brauche ein Mitbringsel«, begann Claire. Das war jetzt nicht besonders aufschlussreich – ein Mitbringsel kauften hier wohl neunundneunzig Prozent aller Kunden.

»Und es soll genau passen, verstehe.« Die Floristin wirkte konzentriert. Als ginge es um eine Herz-OP, nicht um Schnittblumen.

»Woher wissen Sie das?«

»Weil Sie sonst einen der fertigen Sträuße genommen

hätten. Und wenn es jemand wäre, mit dem Sie eine romantische Beziehung haben, hätten Sie spontan Rosen gewählt. Also ist es komplizierter. Oder einfach eine Freundin oder jemand aus der Familie.«

Eine Floristin, die Gedanken lesen konnte.

»Es ist ein … ganz besonderer Mensch.« Mehr wollte Claire nicht preisgeben. Die bisher nur in ihrer Fantasie bestehende Beziehung zu Sam war zu fragil, um sie mit einer Wildfremden zu erörtern.

»Da gibt es mehrere Möglichkeiten. Wenn Sie zum Beispiel jemandem eine Amaryllis schenken, bedeutet das in der Sprache der Blumen, dass Sie stolz sind, mit dieser Person befreundet zu sein. Dahlien dagegen sagen, dass Sie bereits vergeben sind, und die Iris ist ein blühender Treueschwur.«

Die Sprache der Blumen? Davon hatte Claire noch nie etwas gehört.

»Und jede Blume hat eine symbolische Bedeutung?«

»Im Grunde schon. Aber die wenigsten Leute kennen sich damit aus. Es sei denn, sie lieben Blumen – oder Sprachen.«

Na, das passte ja perfekt!

»Gibt es eine Blume, die so etwas sagt wie: Du bringst Licht und Freude in mein Leben?«, fragte Claire und fühlte sich, als hätte sie sich gerade mitten im Laden nackt ausgezogen.

Die Floristin musste nicht lange überlegen. »Die Gerbera. Ihre Bedeutung ist: Durch dich wird alles schöner. Das klingt zwar nicht so poetisch wie Ihre Formulierung, aber sinngemäß passt das doch genau. Es gibt sie übrigens in allen möglichen Farben: Weiß, Rosa, Pink, Violett, Rot, Orange, Gelb und jede Menge Zwischentöne. Welche würde Ihnen denn zusagen?«

Claire entschied sich für einen bunten Gerberastrauß. »Eine von jeder Farbe«, sagte sie. Das waren genau sieben Blumen. Sie mochte die Zahl sieben. Sie war magisch. Genauso wie die Begegnung mit Sam sein würde.

Die Pflegekräfte der chirurgischen Station hatten sich alle im Schwesternzimmer versammelt. Vermutlich zum Übergabegespräch vor dem Schichtwechsel. Das konnte Claire nur recht sein. Sonst würde es schnell auffallen, wenn sie mit ihrem Blumenstrauß von Zimmer zu Zimmer ging und überall kurz hineinschaute, obwohl doch die Nachnamen der Patienten auf dem Türschild standen.

Immerhin konnte sie die Zimmer mit weiblichen Patienten auslassen. Das sparte Zeit. An der Tür mit der Aufschrift »Frau Theobald, Frau Sulzer« ging sie rasch vorbei, die nächste dagegen öffnete sie mit pochendem Herzen. Doch weder Herr Adams noch Herr Melchior sahen Sam auch nur im Entferntesten ähnlich. Es folgten zwei Einzelzimmer, beide mit einer Patientin belegt. Dann ein Männer-Dreierzimmer, dessen Bewohner alle mindestens achtzig waren und mit offenen Mündern schliefen, wobei sie Schnarchgeräusche in beeindruckender Lautstärke produzierten.

»Kann ich Ihnen behilflich sein?«

Mist, nun war sie doch einem Pfleger aufgefallen.

»Ich will einen Freund besuchen. Samuel. Blöderweise habe ich keine Zimmernummer.«

»Samuel? Und wie noch?« Noch war der Pfleger nett und hilfsbereit. Wenn er erfuhr, dass sie nichts weiter über Sam wusste, würde er sie garantiert für gestört halten – wenn nicht sogar für kriminell.

»Ich kenne leider nur den Vornamen«, gab sie zu. »Wissen Sie, wir sind nur Studienkollegen. Wir haben gelost – ich wurde ausgewählt, stellvertretend für den ganzen Kurs liebe Grüße zu bestellen.«

Puh, das war clever. Seit wann konnte sie denn so gut lügen? Das war ja ein ganz neues Talent.

»Tut mir leid, einen Samuel haben wir hier nicht. Sicher, dass Sie auf der richtigen Station sind?«

Das hier war die Chirurgie. Da lag er also nicht.

»Klar«, schwindelte sie drauflos, »das ist hier doch die Orthopädie, oder? Samuel hat sich sein Bein gebrochen.«

Besser, der Pfleger dachte, sie hätte sich verlaufen, als dass er sie durchschaute.

»Sorry, dann sind Sie hier leider völlig verkehrt. Die Orthopädie ist in der fünften Etage.«

»Ups. Das ist ja blöd. Tut mir leid.«

»Kein Problem.«

Er verschwand hinter einer Tür mit der wenig einladenden Aufschrift »Unreinraum«.

Es dauerte ewig, bis der Fahrstuhl da war. Als er endlich kam, fuhr er sie erst nach unten, obwohl dort niemand wartete. Seufzend drückte Claire auf den Knopf für den fünften Stock.

Ihre Hand zitterte leicht.

So nervös war sie schon lange nicht mehr gewesen.

Lag das daran, dass sie eben fast aufgeflogen war, oder dass das Wiedersehen mit Sam unmittelbar bevorstand?

Die orthopädische Station sah fast genauso aus wie die chirurgische. Auch hier war das Personal noch mit der Übergabe beschäftigt. Ohne es geplant zu haben, hatte Claire den denkbar günstigsten Zeitpunkt gewählt.

Diesmal ertappte sie auch kein Pfleger dabei, wie sie suchend von Zimmer zu Zimmer eilte.

Über die Hälfte aller Patienten waren weiblich, fast sogar zwei Drittel. *Männer haben öfter Unfälle, aber Frauen leiden häufiger unter Arthrose und Osteoporose*, hatte ihr Vater einmal referiert. Immer wenn er von einem Ärztekongress kam, unterhielt er seine Familie mit den neuesten Erkenntnissen. Das Thema Gendermedizin hatte es ihm besonders angetan, und auch Claire fand es spannend. Davon, dass manche Krankheiten bei Frauen ganz andere Symptome aufwiesen als bei Männern und daher beispielsweise weibliche Herzinfarkte manchmal nicht richtig diagnostiziert wurden, weil man sie nicht als solche erkannte, hatte sie noch nie zuvor gehört.

Colin dagegen hatte über das Orthopädie-Beispiel nur gelacht und gemeint, lieber hätte er drei Wochen lang einen coolen Gips als lebenslänglich einen Buckel.

Ach, Colin. Wäre es doch mit einem Gips getan gewesen …

Herr Klein war ein Riese mittleren Alters mit dichtem, rotem Vollbart und Tätowierungen an allen sichtbaren Hautstellen – auch im Gesicht.

»Hey, sind die für mich?« Er grinste sie anzüglich an und deutete mit seiner Pranke auf die Blumen.

»Entschuldigung, falsche Tür«, murmelte Claire und zog sich schnell zurück.

Auch Herr Demircan, Herr Baumann und Herr Westheimer entpuppten sich leider nicht als Sam. Blieb noch ein Einzelzimmer. »Herr Moretti«, stand da.

Samuel Moretti. Das klang gut.

War Sam Italiener? Gut möglich.

Ihr Puls pochte. Sie atmete tief durch, straffte die Schultern und klopfte an. War das der Moment, auf den sie so lange gewartet hatte?

Drei Sekunden später wusste sie: nein, war es nicht. Herr Moretti war ein Goldrandbrillenträger mit Kugelbauch und Halbglatze, und zum Glück wohl auch ein bisschen schwerhörig, weshalb er von ihrem Kurzbesuch gar nichts mitbekam, sondern seine volle Aufmerksamkeit auf den Fernseher gerichtet hielt, in dem eine dieser unerträglichen Nachmittags-Realityshows auf voller Lautstärke lief.

Claire zog die Tür wieder zu. Dann lehnte sie sich an die Wand und schloss die Augen.

Das war's dann wohl.

Sie würde Sam niemals wiedersehen. Das stand jetzt fest.

Dabei war sie so sicher gewesen, ihn hier zu finden!

Es hatte alles gepasst: Er war nach einem komplizierten Beinbruch operiert worden. Das bedeutete, man hatte ihn in die Klinik gebracht. Also müsste er eigentlich hier sein. War er aber nicht. Sie stand wieder ganz am Anfang. Wobei – eigentlich hatte sie sogar einen Rückschritt gemacht. Denn worauf sollte sie jetzt hoffen?

»Geht es Ihnen gut, Liebes?«

Vor ihr stand eine weißhaarige Patientin mit rosafarbenem Bademantel und warm gefütterten Cordhausschuhen. Irgendwie brachte sie es fertig, sowohl einen Rollator als auch einen fahrbaren Infusionsständer vor sich herzuschieben. Ihre tiefblauen Augen wirkten so hellwach, dass Claire nicht einmal mit dem Gedanken spielte, sie anzuschwindeln.

»Ich hatte gehofft, hier jemanden zu treffen. Ich kenne nur seinen Vornamen, und seit vorhin weiß ich, dass er einen Unfall hatte und sein Bein operiert wurde. Aber er ist nicht hier. Auch nicht auf der Chirurgie. Es ist zwecklos.«

»Hatte der junge Mann zufällig verwuschelte Haare und traurige Augen?«

Claire erstarrte.

»Ja, genau! Warten Sie …«

Sie zog das Handy hervor und entsperrte den Bildschirm.

»Das ist er. Kennen Sie ihn etwa?«

»Aber ja. Das ist der junge Mann, mit dem ich mich manchmal unterhalten habe. Immer wenn wir uns am Kaffeeautomaten getroffen haben. Wir haben den Cappuccino immer gleich dort getrunken. Wäre auch zu umständlich gewesen, außer diesen Fahrzeugen auch noch einen heißen Kaffeebecher mit sich herumzutragen. Und Samuel hatte ja einen Gips und Krücken.«

Samuel! Er war es wirklich gewesen.

»Und wo ist er jetzt?«, fragte Claire aufgeregt. »Vielleicht beim Röntgen?«

»Tut mir leid, Sie kommen leider zu spät. Samuel wurde gestern entlassen.«

Claire fühlte sich, als hätte ihr jemand mit der Bratpfanne eins übergezogen.

»Mögen Sie Gerbera?«, fragte sie tonlos.

Das Auto, das direkt vor dem Haus parkte, kam Claire bekannt vor. Sie hatte es oft genug vor dem Tierheim stehen gesehen.

Ronja und Ben verstauten gerade ihre Einkäufe im Kühlschrank.

»Hey, Claire. So sieht man sich wieder«, begrüßte Ronja sie gut gelaunt.

»Hallo«, erwiderte Claire müde. »Alles klar bei euch?«

»Alles bestens«, bestätigte Ben. »Aber bei dir anscheinend nicht so ganz. Was geht ab?«

Claire hatte eigentlich keine Lust, darüber zu reden. Allerdings hatten sowohl Ben als auch Ronja sie bei der Suche nach Sam unterstützt, also hatten sie gewissermaßen auch das Recht zu erfahren, dass es vorbei war.

»Sam hatte einen Unfall, aber ich habe ihn im Krankenhaus verpasst«, gab sie die kürzestmögliche Zusammenfassung.

»Das erklärt wenigstens, warum er so lange nicht an der Uni war.« Ben versuchte mal wieder, die Sache von der positiven Seite zu betrachten. »Wenn es ihm besser geht, wird er dir dort früher oder später über den Weg laufen.«

Claire schüttelte den Kopf. »Das müsste schon in den nächsten zwei Wochen passieren. Ich hab einen Deal mit dem Schicksal abgeschlossen. Wenn ich ihn bis Ende November nicht wiedersehe, gebe ich auf.«

»Du gibst auf – was soll das bedeuten?«

»Das heißt, ich verschwinde für ein Jahr nach Neuseeland. Work and Travel. Das Flugticket habe ich sogar schon gebucht. Ich denke, der Abstand wird mir guttun.«

Ben wirkte betroffen. Ronja nicht ganz so.

»Du ziehst hier aus?«, fragte sie.

So genau hatte sich Claire das noch gar nicht überlegt. Bis vorhin hatte sie ja noch gehofft, ihr Plan B würde reine Theorie bleiben – trotz des Tickets und des beantragten Visums. Jetzt wurde die Sache plötzlich konkreter.

»Meinetwegen können wir den Mietvertrag auflösen.«

»Oder dein Zimmer für ein Jahr untervermieten«, schlug Ben vor.

Claire hatte den Eindruck, die beiden hatten – im Gegensatz zu ihr – durchaus schon einen Plan.

»Bevor du jemand anderen fragst – ich wäre interessiert«, gestand Ronja und strahlte Ben verliebt an.

Der schmachtete zurück.

Na klasse. Da schien Ben endlich mal einen Volltreffer gelandet zu haben. Wie lange waren die beiden zusammen? Zwei Wochen? Trotzdem: Es sah ganz danach aus, als wäre Ronja genauso ein Klammeraffe wie er selbst.

»Vielleicht taucht Sam ja noch auf«, meinte Ben.

»Oder du nutzt die kommenden zwei Wochen, um die Suche zu forcieren. Zum Beispiel über die sozialen Medien. Du hast seinen Vornamen und sein Foto – das dürfte doch kein Problem sein«, regte Ronja an. »Ich bin ziemlich gut vernetzt – wenn du willst, kann ich das für dich anleiern.«

Doch Claire wollte davon nichts hören.

»Entweder der Zufall spült ihn mir vor die Füße oder eben nicht.«

7. November, immer noch

Ich bin sicher, Colin wäre stolz auf mich.
»Geh deinen Weg, kleine Schwester«, würde er sagen, und ich würde ihn empört boxen – von wegen klein. Dabei ist er gerade mal drei Minuten älter als ich.
War.
Er war drei Minuten älter als ich.
Jetzt hat er mich alleingelassen. Mein Seelenverwandter.
Aber so schmerzhaft sich das noch immer anfühlt, ich habe zum ersten Mal seit seinem Unfall das Gefühl, ohne ihn weiterleben zu können.
Und übrigens auch ohne dich. Irgendwie. Obwohl ich geglaubt habe, du könntest mein neuer Soulmate werden.
Vermutlich sollte ich eingestehen, dass alles nur ein Hirngespinst war, was ich über dich und mich fantasiert habe. Wir haben einmal im selben Bus gesessen. Du hast deinen Rucksack vergessen, und ich habe ihn mitgenommen. Das ist alles. Ich muss aufhören, auf dich zu hoffen. Denn das würde nur wehtun.
Alles, was ich mir über unsere Begegnung ausgemalt habe, war purer Unsinn. Ich weiß noch nicht einmal, ob es Wunschdenken war. Denn eigentlich bin ich doch gar nicht zu einer Beziehung bereit.
Dennoch danke ich dir, lieber Sam. Auch ohne dich ein weiteres Mal getroffen oder jemals mit mir gesprochen zu haben, hast du mich auf meinen Weg gebracht.
Mir Mut gemacht, mich nicht mehr als zurückgebliebene Hälfte, sondern als vollständigen Menschen zu sehen.

Du hast wieder Farbe in mein Leben gebracht.
Zarte, pastellige Farben zwar nur, noch keine knallbunten. Aber immerhin ist nicht mehr alles grau in grau.
Ich wünschte, dir ginge es ebenso. Aber das werde ich wohl nie erfahren.

Kapitel 20

Mein Leben ist wie ein Novembertag. Grau, dunkel und trostlos, hatte Sam in sein Tagebuch geschrieben. Was im Spätsommer noch eine Metapher gewesen war, prägte jetzt den Alltag: Es war wirklich unangenehm herbstlich geworden.

In Neuseeland dagegen war gerade Frühsommer. Claires Lieblingsjahreszeit.

Wenn kein Wunder geschah, würde sie den Dezember am anderen Ende der Welt in der Sonne verbringen. Eine sehr reizvolle Vorstellung.

Claire hatte ihre Reisevorbereitungen fast abgeschlossen. Visum, Ticket, gültiger Reisepass – alles lag bereit, und ihre Sommerklamotten hatte sie bereits in den Koffer gepackt. Den Rest würde sie teilweise zu ihren Eltern bringen, teilweise bis zu ihrer Rückkehr hierlassen. Ronja wollte ihr Zimmer für ein Jahr übernehmen, und sie hatte nichts dagegen, wenn Claires Bücherregal stehen blieb. »Ist doch cool – ein Zimmer mit integrierter Bibliothek«, hatte sie kommentiert. Das Ganze fügte sich also wie von selbst – und alle waren happy.

Außer Sam vermutlich.

Immerhin war nicht mehr nur sein Herz, sondern auch sein Bein gebrochen. Liebeskummer, Schmerzen und Novemberblues – keine gute Mischung.

Claire versuchte, nicht mehr so oft an ihn zu denken. Die Suche nach ihm hatte sie inzwischen eingestellt. Damit auch ihren Job an der Kinokasse, ihre stundenlangen Busfahrten sowieso, und auch ihr Engagement im Tierheim. Das Gassigehen mit Chico, Taxi und den anderen Seniorenhunden hatte Ben übernommen, der für jede Minute in Ronjas Nähe froh war.

Der einzige Ort, an dem ihr Sam eventuell über den Weg laufen könnte, blieb der Campus. Doch noch war Sam dort nicht aufgetaucht, und Claires Hoffnung schwand von Tag zu Tag. Ihr Interesse an der Linguistik dagegen wuchs, sie besuchte so viele Vorlesungen wie möglich und fand sie allesamt megaspannend. Daher nahm sie sich vor, sich nach ihrer Rückkehr offiziell für dieses Fach einzuschreiben. Vielleicht. Denn wer wusste schon, was in Neuseeland geschah? Vielleicht kam sie dort auf ganz neue Ideen. Am Ende würde sie womöglich Schafzüchterin werden. Oder bekam Lust, Touristik zu studieren – oder Agrarwissenschaften … Alles war möglich, und das fühlte sich neu und aufregend an.

An einem besonders stürmischen Novemberwochenende überwand Claire ihre Bedenken und fuhr nach Hause zu ihren Eltern. Die ganze Zugfahrt über grübelte sie darüber nach, wie sie es anstellen sollte, ihnen die Wahrheit zu erzählen. Sie wollte sie weder verletzen noch enttäuschen, aber natürlich mussten ihre Eltern erfahren, was sie vorhatte. Sie konnte ja schlecht nach Neuseeland abhauen und sie im Glauben lassen, ihre Tochter würde weiterhin brav Medizin studieren.

Eigentlich hatte sie erwartet, ihr Vater würde sie vom Bahnhof abholen, doch es war ihre Mutter, die am Bahnsteig stand, ihr entgegenlächelte und sie dann fest in die Arme schloss. Sie hatte ebenfalls abgenommen und sah aus, als hätte sie gerade eine schwere Krankheit überstanden. Die von der südfranzösischen Sonne leicht gebräunte Haut milderte diesen Eindruck ein wenig ab. Dennoch hatte die Trauer um Colin ihren Tribut gezollt, das war nicht zu übersehen.

Auf der Autofahrt erzählte sie von Arles, Avignon, Cannes und Nizza. Beschrieb die herrliche Küste, das besondere Licht, das schon van Gogh inspiriert hatte, die Wildpferde und die Sehenswürdigkeiten.

Über Gefühle sprachen sie nicht.

Der Anblick ihres Vaters brachte Claire zum Lachen – er hatte eine altmodische Schürze mit Blumenmuster umgebunden, die wohl noch von seiner Mutter stammte und die zu seiner Jeans und dem gestreiften Freizeithemd passte wie die Faust aufs Auge.

»Ich muss nur noch schnell die Torte dekorieren«, erklärte er grinsend und verschwand nach einer festen Umarmung wieder in der Küche.

»Dein Vater hat ein neues Hobby für sich entdeckt«, erklärte Claires Mutter. »Es ist übrigens schön, dich mal wieder lachen zu hören. Hilfst du mir, die Kaffeetafel zu decken?«

Als sie mit dem Geschirrtablett das Esszimmer betrat, stutzte Claire. Der runde Tisch mit den vier Stühlen war verschwunden, stattdessen stand da jetzt ein rechteckiger aus hellem Pinienholz mit zwei gemütlich aussehenden Bänken und blau-weiß gemusterten Sitzbezügen.

»Schöne neue Möbel«, sagte sie, um das Offensichtliche nicht unkommentiert zu lassen.

»Ja, es war Zeit für etwas Neues«, erwiderte ihre Mutter schlicht.

Claire begriff sofort, was sie damit meinte. Sie hatten es also ebenfalls nicht mehr ertragen, Colins leeren Platz tagtäglich vor Augen zu haben.

Die Torte sah ein bisschen verunglückt aus – die Stücke waren ungleichmäßig groß geschnitten, und ihr Vater war offensichtlich noch nicht sehr geübt im Umgang mit dem Sahnespritzbeutel. Dafür schmeckte sie umso besser.

»Köstlich!«, lobte Claire und nahm sich gleich noch ein zweites Stück.

»Schmeckt garantiert besser als das Mensaessen, was?«, erwiderte ihr Vater sichtlich stolz.

Claire zögerte. Mit diesem Stichwort hatte er ihr den idealen Übergang zu ihrem Geständnis geliefert. Doch wie sollte sie bloß anfangen? Sie konnte ja schlecht sagen: *Ach, übrigens, das mit dem Medizinstudium ist doch nichts für mich. Ich fliege jetzt erst mal nach Neuseeland, um herauszufinden, was ich wirklich will.*

Wobei – warum eigentlich nicht? Schließlich war das die Wahrheit. Und was brachte es schon, groß um den heißen Brei herumzuschwafeln?

Ihrer Mutter konnte sie ohnehin nichts vormachen. »Du siehst bedrückt aus, Liebes. Was ist los mit dir? Ich meine – abgesehen von dem, was uns alle bekümmert.«

Claire schluckte. Jetzt oder nie. Sie räusperte sich. »Also es ist so … Ihr wisst ja, dass ich euch wahnsinnig dankbar bin. Für alles. Und deshalb will ich euch stolz machen, aber – na ja, vermutlich ist es eher so, dass ich euch enttäuschen muss.«

Jetzt hatte sie die volle Aufmerksamkeit ihrer Eltern. Ihr Vater ließ die Kuchengabel, die er gerade zum Mund führen wollte, wieder sinken und starrte sie überrascht an. Ihre Mutter nickte ihr aufmunternd zu. »Du weißt doch, du kannst uns alles sagen.«

Das stimmte. Sie hatte nie Geheimnisse vor ihren Eltern gehabt. Und sie hatten sie auch immer in allem unterstützt. Aber bisher hatten Claires Ziele auch immer mit ihren Wünschen übereingestimmt.

»Ich halte es nicht aus«, platzte sie heraus. »Dieses Medizinstudium … Ich kann es einfach nicht durchziehen. Ganz ehrlich, ich hab's versucht, aber es ging nicht.« Ihre Augen wurden feucht. Gleich würde sie wieder in Tränen ausbrechen. Auch das noch! »Entschuldigt mich einen Moment.« Sie sprang auf und rannte hinaus.

Im Bad spritzte sie sich kaltes Wasser ins Gesicht, damit es vom Heulen nicht aufquoll. Vorhin noch hatte sich ihre Mutter über Claires Lachen gefreut, und jetzt verdarb sie mit ihren dummen Tränen wieder die gelöste Stimmung.

Nimm dich zusammen!

Ihre Eltern würden ihr schon nicht den Kopf abreißen.

Sie waren immer sehr verständnisvoll gewesen und würden es bestimmt auch diesmal sein.

Als sie ins Esszimmer zurückkehrte, stand ihre Mutter auf und kam ihr entgegen.

»Du willst das ohne Colin nicht durchziehen – das können wir gut nachempfinden«, sagte sie und nahm Claire in die Arme. Dann weinten sie beide.

Ihr Vater redete nicht so gern über Gefühlsdinge. Er zeigte seine Emotionen lieber durch Taten, so auch diesmal: »Noch ein Stück Torte, die Damen? Ich nenne sie Glückstorte, denn sie vertreibt Kummer und Sorgen. Wer will?«

Er fuchtelte mit dem Tortenheber herum und zog eine Grimasse. Es funktionierte. Die Tränen versiegten.

»Für mich lieber nicht, ich platze gleich«, sagte Claires Mutter.

»Ich schaff noch eins«, entschied Claire. »Übrigens bin ich noch nicht ganz fertig mit meinem Geständnis. Ich habe nämlich neue Pläne. Und nein, es ist kein anderes Studium. Jedenfalls noch nicht.«

Sie schob sich eine Gabel mit Torte in den Mund, um die Worte wirken zu lassen.

»Jetzt bin ich aber gespannt«, sagte ihr Vater. »Willst du etwa verreisen?«

»Sozusagen. Work and Travel in Neuseeland. Ich weiß, weiter weg ist nur der Mond, aber ich denke, so ein Auslandsjahr ist das Richtige für mich. Gleich nach meinem Geburtstag geht der Flug.«

»Neuseeland muss faszinierend sein«, war alles, was ihr Vater dazu sagte.

Ihre Mutter nahm sie bei den Händen. »Wenn das dein Wunsch ist … Du weißt selbst am allerbesten, was dir guttut. Wir werden dich vermissen, Liebes. Vor allem an Weihnachten.«

Aber es würde ohnehin alles anders als früher. Ohne Colin.

»Ich denke, wir werden über die Feiertage ebenfalls verreisen«, ergänzte sie.

Claire nickte. »Gute Idee. Und in Gedanken bin ich sowieso bei euch.« Und bei Colin.

Den Abend verbrachten sie zu dritt vor dem Fernseher. Es lief ein uralter Doris-Day-Film, der wunderbar harmlos und amüsant war. Auf ein Drama oder einen Problemfilm hatte niemand Lust.

Claire zog sich relativ früh in ihr Zimmer zurück, das noch immer so aussah, wie sie es zurückgelassen hatte. Das war ja auch erst ein paar Monate her. Irgendwie erschien es ihr schon viel länger. Seitdem war so viel passiert.

Am Sonntagmorgen schlief sie sich aus, danach gab es ein ausgedehntes Frühstück mit Rühreiern, Waffeln und Obstsalat.

»Wann musst du denn wieder los?«, wollte ihre Mutter wissen. »Nicht, dass ich dich loswerden will – nur damit ich planen kann.«

»Gegen halb zwei geht mein Zug«, erwiderte sie. »Und vorher habe ich noch etwas zu erledigen.«

Ihr Vater nickte. Wortlos drückte er ihr seine Autoschlüssel in die Hand. »Für den Fall, dass du noch woanders vorbeischauen willst.«

Und das wollte sie tatsächlich.

Der Friedhof lag etwas außerhalb. Claire musste einmal quer durch ihre Heimatstadt. Vorbei an ihrer alten Schule, der überschaubaren Einkaufsstraße, den Fachwerkhäusern in der Altstadt und dem Freibad, in dem sie schwimmen gelernt, das DLRG-Abzeichen gemacht und überhaupt unfassbar viele Stunden verbracht hatte. Der Weg war so vertraut und erschien ihr dennoch fremd. Schließlich war es das erste Mal seit der Beerdigung, dass sie zu Colins Grab fuhr.

Sie parkte direkt vor der Friedhofsmauer, gleich neben dem schmiedeeisernen Eingangstor. Zögernd stieg sie aus und straffte die Schultern.

Los geht's!, feuerte sie sich selbst an.

In diesem Moment begann es zu nieseln. Zum Glück hatte ihre Jacke eine Kapuze.

Die neuen Gräber lagen gleich im vorderen Teil des Geländes. Obwohl sie genau wusste, wo das von Colin zu finden war, machte sie einen kleinen Umweg durch den älteren Teil des Friedhofs. Quasi, um Anlauf zu nehmen.

Außer ihr war niemand zu sehen. Kein Wunder, bei diesem Mistwetter. Es roch nach feuchter Erde und vermoderten Blättern, nach nassem Gras und Buchsbaum. Irgendwie würzig und … tröstlich.

Claire hatte einmal gelesen, dass das Wort Friedhof nichts mit Frieden zu tun hatte, sondern von Einfrieden kam. So wie bei Burgfried. Trotzdem empfand sie die Atmosphäre als friedvoll.

Dann stand sie auf einmal vor Colins Grab. Las seinen Namen in dunkler, schnörkelloser Schrift auf weißem Marmorstein. Darunter standen sein Geburtsdatum, das auch ihres war, und sein Sterbedatum, das sie nie wieder vergessen würde. Auf dem Foto, das daneben angebracht war, strahlte ihr Bruder ihr entgegen. Es war am Tag ihrer Abiturfeier aufgenommen worden. Damals war er so hoffnungsvoll und tatendurstig gewesen. Voller Vorfreude auf eine wunderbare Zukunft.

Claire hatte neben ihm gestanden, als das Foto gemacht worden war. Natürlich war nur der Ausschnitt verwendet worden, der sein strahlendes Gesicht zeigte.

Claire schluckte.

»Hey, Bruderherz«, flüsterte sie mit belegter Stimme. »Nicht, dass du glaubst, ich würde nicht an dich denken. Das tue ich nämlich unentwegt, auch wenn ich es bisher noch nicht hierhergeschafft habe.«

Sie räusperte sich. Dann fuhr sie fort, etwas lauter diesmal. Es war ja ohnehin niemand da, der zuhörte. »Weißt du, ich hatte wahnsinnig Schiss vor diesem Besuch. Jetzt ist es doch viel einfacher, als ich es mir vorgestellt habe. Ich weiß, ich stehe vor deinem Grab. Aber irgendwie ist es für mich einfach nur … ein schön polierter Stein mit Blumen drauf. Mehr nicht. Überall sonst kann ich dich besser heraufbeschwören.

Sogar mit dir lachen, weinen, streiten. Hier dagegen bin nur ich. Auch wenn ich weiß, du kannst mich dennoch hören.«

Es fühlte sich gut an, das alles einmal laut auszusprechen. »Mensch, Colin, wie konntest du mir das antun? Mich einfach allein zurückzulassen. Du fehlst mir so …«

Der Regen wurde stärker. Es war, als weinte der Himmel – doch ihre eigenen Tränen blieben diesmal aus.

»Anfangs war ich verzweifelt, tieftraurig und wütend zugleich. Das bin ich übrigens manchmal immer noch. Aber so langsam kriege ich mein Leben wieder halbwegs auf die Reihe. Du würdest staunen. Ich probiere lauter neue Sachen aus. Stell dir vor, ich jogge sogar neuerdings! Na ja, du würdest mich auslachen, wenn du mich sehen könntest, ich bin so langsam wie eine Schnecke – aber ich fange ja erst an. Und ich habe das Studium geschmissen. Stattdessen werde ich Neuseeland unsicher machen. Na, wie findest du das? Hättest du mir wohl nicht zugetraut, was? Jetzt bist du wohl neidisch. Keine Sorge. Ich nehme dich einfach mit dorthin. Weil ich dich auf immer und ewig in meinem Herzen tragen werde, ganz egal, wo ich bin. Ob hier an deinem Grab oder in Neuseeland.«

Ihre Jacke hielt dem Regen kaum noch stand, so langsam drang die Feuchtigkeit durch, und ihre Jeans war ohnehin schon vollkommen durchnässt. Sie musste zusehen, dass sie ins Trockene kam und sich aufwärmte, bevor sie noch krank wurde.

»Hab dich lieb, Colin«, sagte sie mit fester Stimme, dann drehte sie sich um und verließ den Friedhof, ohne sich noch einmal umzudrehen.

Kapitel 21

Auf dem Rückweg hatte Claire ein Abteil ganz für sich allein. Sie hatte einen Regionalexpress erwischt, der seinem Namen nicht gerade Ehre machte. Mit Express hatte das hier wenig zu tun.

Hätte sie bloß ein Buch eingepackt! Claire durchwühlte den Rucksack nach potenziellem Lesefutter. Aber nichts – von dem Tagebuch einmal abgesehen. In Ermangelung einer Alternative vertrieb sie sich die Zeit damit, all ihre bisherigen Tagebucheinträge noch einmal zu lesen. Einen nach dem anderen. Das hatte sie bisher noch nie gemacht. Umso erhellender – um nicht zu sagen: entlarvender – war diese Lektüre jetzt für sie.

Was für eine Gefühlsachterbahn sie da dokumentiert hatte!

Unglaublich, wie sehr sie sich in die Suche nach Sam hineingesteigert hatte. Vermutlich eine klassische Übersprunghandlung. Oder gar eine Realitätsflucht?

Schon seltsam, dass jemand, den sie überhaupt nicht kannte, ihr Leben dermaßen beeinflusst hatte. Und irgendwie hatte Sam ihr sogar Trost gespendet. Wenn sie in sich hineinhorchte, stellte sie fest, dass es ihr deutlich besser ging als noch vor ein paar Monaten.

Vielleicht heilte die Zeit doch alle Wunden?

Oder war es vielleicht das Tagebuchschreiben selbst, das geholfen hatte?

Eine Idee, auf die sie ohne Sam nie gekommen wäre. Und jetzt hatte sie sich so daran gewöhnt, ihre Erlebnisse und Empfindungen regelmäßig zu notieren, dass sie das beibehalten wollte. Auch wenn Sams Tagebuch inzwischen vollgeschrieben war. Sie würde sich für Neuseeland ein neues besorgen. Ein eigenes. Sie musste eh noch shoppen gehen – ein paar Kleinigkeiten für die Reise besorgen. Vielleicht am nächsten Samstag? Dem vorletzten vor Ablauf der Frist …

Neben dem regelmäßigen Besuch der Vorlesungen gab es noch eine weitere Routine, die Claire beibehielt: das gemeinsame Joggen mit Jenny. Die nicht besonders begeistert von Claires Reiseplänen war.

»Willst du das mit Neuseeland ernsthaft durchziehen?«, fragte sie, als sie am Samstagmorgen durch den Park joggten. Sie trugen beide Stirnbänder, Handschuhe und Schals, denn es war feuchtkalt und ungemütlich. Jennys roter Haarschopf bildete einen krassen Kontrast zu den giftgrün-orange gestreiften Wollsachen. Claires Winteraccessoires dagegen waren in schlichtem Hellgrau gehalten.

»Wenn mir Sam im Laufe der nächsten Woche nicht zufällig über den Weg läuft, ja«, erwiderte sie. »Dann ziehe ich das durch.« Ihr Atem hinterließ weiße Nebelwölkchen.

Jennys ebenfalls. Sie seufzte. »Schade. Du wirst mir fehlen. Und unser gemeinsames Projekt auch.«

Claire war durchaus klar, was sie ihrer Mitbewohnerin mit dieser Entscheidung antat. Sie würde von vorn beginnen müssen – mit einem neuen Versuchskaninchen.

»Und wenn ich dir meine Messdaten maile?«, schlug sie vor.

»Du würdest auch in Neuseeland weitertrainieren?«

»Natürlich! Ich bin jetzt eine Läuferin, weißt du doch.« Claire grinste. »Ich brauche nur eine Pulsuhr, ein Blutdruckmessgerät und den exakten Trainingsplan.«

»Überhaupt kein Problem!«, erklärte Jenny sichtlich erleichtert. »Jetzt gerade sind wir bei vier mal sieben Minuten. Als Nächstes läufst du drei mal acht Minuten, dann zwei mal zwölf, zwei mal zwanzig und schließlich einmal dreißig Minuten.«

»Krass. Dann habe ich mein Ziel ja in vier Wochen erreicht.«

»Genau. Du weißt ja inzwischen, dass du es schaffen kannst.«

Das Laufen. Und alles andere auch …

Das Geständnis ihren Eltern gegenüber.

Den gefürchteten Besuch auf dem Friedhof.

Das Neuseeland-Abenteuer.

Ob sie diese Dinge wohl gewagt hätte, wenn sie sich mit ihrer überraschend entdeckten Sportlichkeit nicht selbst bewiesen hätte, dass im Grunde alles möglich war?

»Danke, Jenny«, sagte sie aus tiefstem Herzen.

Nach dem Duschen hatte Claire Lust auf ein ausgiebiges Frühstück. Weil im Kühlschrank Ebbe herrschte, fuhr sie in die Stadt und bestellte ein Gourmet-Frühstück in einem hübschen, kleinen Café. Inklusive weich gekochtem Ei, Lachs, Camembert, italienischem Schinken, Erdbeermarmelade und Waldhonig. Sie fragte sich, was die Neuseeländer wohl so frühstückten. Etwa gegrillte Würstchen und Nierchen, so wie die Engländer? Oder Baked Beans und Vegemite, so wie die Australier? Puh, das wäre ja gar nicht so ihr Ding. Aber sie würde sich darauf einlassen, ganz gleich, wie ungewohnt es ihr auch erschien.

Zu ihrem Gourmet-Frühstück gehörten zudem ein Heißgetränk und Sekt oder Orangensaft. Claire entschied sich für die alkoholfreie Variante und einen Café Mocha.

Sie machte ein Foto davon und schickte es an Sophie. »Genuss pur«, schrieb sie dazu. »War ein richtig guter Tipp von dir!«

Sophie würde sie – neben Ben und Jenny – am meisten vermissen. In den letzten Wochen hatten sie sich richtig angefreundet. Der Antwort-Smiley kam prompt.

Es machte ihr überhaupt nichts aus, allein am Tisch zu sitzen. Anders als damals in dem italienischen Restaurant, in dem sie sich wie eine Aussätzige gefühlt hatte, nur weil sie ohne Begleitung war. Warum eigentlich? Sie konnte sich nicht erinnern. War doch völlig albern.

Nachdem Claire aufgegessen hatte, bezahlte sie und stürzte sich ins Gewühl. Inzwischen war es fast Mittag, und die Fußgängerzone war schon so voll, als wäre es der letzte Samstag vor Heiligabend – nicht der vor Totensonntag.

Spontan beschloss Claire, ein paar Weihnachtsgeschenke

zu besorgen. Dann musste sie sie wenigstens nicht rund um den Globus schicken.

Im Geiste erstellte sie eine Ideenliste: einen Krimi für Jenny, exotische Gewürze für Ben, Schokolade für Ronja und Sophie, einen Bildband für ihren Vater, einen Seidenschal für ihre Mutter, und für Colin …

Sie zuckte zusammen.

Für Colin würde es kein Weihnachtsfest geben. Nie wieder. Wie hatte sie das nur vergessen können?

Um nicht vor allen Leuten in Tränen auszubrechen, bog sie in eine unbelebte Seitengasse ein und ließ sich auf einen Mauervorsprung sinken. Ihre Beine hätten sie keine Sekunde länger getragen.

Ein halbes Jahr war Colins Tod nun her, und noch immer kam es vor, dass die Trauer sie völlig unerwartet übermannte wie eine eiskalte, haushohe Welle, die sie kaum atmen ließ. Daran hatte auch ihr Besuch an seinem Grab nichts geändert, obwohl der irgendwie befreiend für sie gewesen war.

Es dauerte ein paar Minuten, bis sie sich wieder beruhigt hatte.

Inzwischen war Claire völlig durchgefroren. Sie kaufte sich einen Chai Latte zum Mitnehmen, um sich aufzuwärmen – im wörtlichen ebenso wie im übertragenen Sinne. Der würzige Tee spendete Trost und erinnerte sie daran, dass sie selbst am besten wusste, was ihr guttat.

Sie sollte wirklich besser für sich sorgen. Wozu jetzt schon Weihnachtsgeschenke kaufen? Nein, sie würde sich selbst etwas Schönes gönnen. Schließlich brauchte sie ein neues Tagebuch, und das sollte nicht irgendeines sein, sondern ein besonderes. Sie betrat einen Laden für Bürobedarf. Hier gab es gebundene Schreibhefte in allen Varianten. DIN A4, A5, A6 und das Ganze blanko, kariert oder liniert. Keines davon sprach sie wirklich an. Sie wirkten so … funktionell. So ein Buch taugte vielleicht für Geschäftsnotizen, doch als Tagebuch wünschte sie sich etwas, was sie emotional ansprach. Etwas Schönes. War das etwa zu viel verlangt?

In der Buchhandlung, die nicht weit entfernt lag, gab es zwar Poesiealben und etwas Neumodisches, das sich Scrapbook nannte, aber das war auch nicht das Richtige für sie.

Enttäuscht verließ sie auch dieses Geschäft wieder. Es konnte doch wohl nicht so schwer sein, ein hübsches Tagebuch zu finden? Entschlossen ging sie weiter. Da entdeckte sie das Schild mit der Aufschrift »Papeterie«. Wenn sie hier nicht fündig wurde, würde sie es aufgeben!

Die Auswahl war riesengroß. Und wunderschön. Verführerisch. Hier konnte sie wesentlich schlechter widerstehen als bei Mode oder Süßigkeiten.

Es gab ein ganzes Regal voller Tagebücher. Noch waren sie unbeschrieben, aber bald wären sie randvoll mit Gefühlen, Geschichten, Schicksalen.

Claire zögerte. Welches sollte sie nehmen? Das hellblaue mit dem zarten Blumenmuster? Oder lieber das grau karierte?

Sie mochte auch das mit schwarzem Text auf orangefarbenem Hintergrund. Sie zog es aus dem Regal und las den Spruch: *Be your own soulmate.*

Verblüfft zögerte sie. Das klang nach einer Botschaft speziell für sie.

»Gibt's davon noch ein Exemplar? Das ist perfekt für mich. Aber du hast es natürlich zuerst entdeckt«, sagte jemand schräg hinter ihr.

Claire spürte, dass sie eine Gänsehaut bekam.

Wie in Zeitlupe drehte sie sich um. Er lächelte sie an, zuerst ganz unbefangen, dann leicht irritiert – kein Wunder, denn sie starrte ihn an, als wäre er das achte Weltwunder.

Ein Weltwunder mit Gips und Krücken.

»Du … du kannst es haben. Ich nehm ein anderes«, stieß sie schließlich hervor. Und nach einer Weile fügte sie hinzu: »Übrigens – an der Sache mit dem Sich-den-Kummer-von-der-Seele-Schreiben ist wirklich was dran. Bei mir hat's jedenfalls funktioniert.«

Verblüfft zog er die Augenbrauen hoch.

»Kennen wir uns?« Seine Stimme klang nicht ganz so tief wie in ihrer Fantasie, aber genauso warm und sanft.

»Ja – ähm, nein, also irgendwie schon, nur …«, stammelte Claire und ärgerte sich im gleichen Augenblick über sich selbst. *Ich Jane, du Tarzan* – das wäre wortgewandter gewesen als der Unsinn, den sie da von sich gab. Sam musste sie ja für ganz schön unterbelichtet halten. Doch wie in aller Welt sollte sie jetzt einen klaren Gedanken fassen, wo doch in ihrem Kopf, ihrem Herzen und überhaupt ihrem ganzen Körper vollkommener Ausnahmezustand herrschte?

»Du sprichst in Rätseln«, sagte Sam. Ein amüsiertes Lächeln umspielte seine Lippen – kein überhebliches oder ironisches Lächeln, sondern ein warmes, irgendwie verschmitztes.

Er roch gut. Und als er sich durch die Haare fuhr, sah sie, dass seine Hände viel schöner waren, als sie es sich vorgestellt hatte. Kraftvoller. Claire wünschte sich, von ihnen berührt zu werden.

Statt erneut irgendeinen Unsinn zu antworten, setzte sie den Rucksack ab. Da war er endlich, jener Moment, den sie sich unzählige Male vorgestellt und in Gedanken durchgespielt hatte. Und nun fühlte es sich genau an wie in ihren Träumen. Oder nein – besser! Statt vor Nervosität zittrige Knie und schweißnasse Hände zu bekommen, war sie plötzlich die Ruhe in Person. Als wäre das gar nicht sie selbst, die da lächelnd vor ihm stand, sondern eine Fremde – eine Schauspielerin, die die Rolle ihres Lebens spielte, während Claire zuschaute.

Ungläubig beobachtete Sam, wie sie den Reißverschluss öffnete und ihr Portemonnaie und ihren Wohnungsschlüssel herausnahm, um beides in ihrer Jackentasche zu verstauen. Als sie ihm den Rucksack dann stumm überreichte, begriff er endlich.

»Ach klar – du bist die Frau aus dem Bus!«, rief er aus. »Du hast ihn also mitgenommen? Und mein Tagebuch gelesen?«

Das klang weniger wütend als vielmehr verwundert. Und Claire war nicht minder erstaunt. Er hatte sie damals also sehr wohl registriert und jetzt sogar wiedererkannt? Damit hätte sie nie im Leben gerechnet. Während ihr all diese Dinge durch den Kopf schossen wie eine unkontrollierbare Flipperkugel, konnte sie ihren Blick einfach nicht von Sam lösen. Unglaublich, dass er leibhaftig vor ihr stand! Und er fragte, ob sie seinen Tagebucheintrag gelesen hatte.

»Der November muss nicht unbedingt grau und trostlos sein«, erwiderte Claire, statt auf seine Frage zu antworten. »Du solltest das bunte nehmen.«

Wortlos gab sie ihm das orangefarbene Tagebuch mit dem Soulmate-Spruch. Als sich ihre Fingerspitzen zart berührten, durchfuhr es sie wie ein Stromstoß. Claire musste sich kurz sammeln, bevor sie sich wieder bewegen konnte. War das hier Realität, oder träumte sie etwa? Es fühlte sich so unwirklich an …

»Aber du hast doch zuerst danach gegriffen«, sagte Sam und machte Anstalten, ihr das Büchlein zurückzugeben. Claire war versucht, es anzunehmen, und sei es nur, um diese sinnliche Berührung zu wiederholen. Dann entschied sie sich doch für das hellblaue. Das andere war wie für Sam gemacht – er musste es einfach bekommen.

Noch immer stand er ihr direkt gegenüber, so dicht, als wären sie in einem voll besetzten Bus.

Er sah genauso aus, wie sie ihn in Erinnerung behalten hatte. Der Schwung seiner Mundwinkel. Das Grübchen im Kinn. Die leicht gebogene Nase. Die widerspenstigen dunkelblonden Haare …

Doch etwas war anders. Seine Augen! Sein Blick war nicht mehr traurig, sondern freudig überrascht.

»Das ist doch kein Zufall«, flüsterte er heiser.

»Doch, ein riesengroßer sogar«, widersprach sie leise und kam noch näher. »Und außerdem das Beste, was mir in letzter Zeit passiert ist.«

Was war los? Er schien zu zögern, sich wieder von ihr zu entfernen. Spürte er sie etwa nicht, diese magische Verbundenheit zwischen ihnen, die so unwiderstehlich und stark war, dass sie sich ihr nicht hätte entziehen können, selbst wenn sie es gewollt hätte? Die Luft zwischen ihnen schien zu knistern.

»Vielleicht sollten wir … erst mal einen Kaffee trinken gehen?«, schlug er vor, doch sein Blick besagte das Gegenteil. »Ich meine – ich kenne ja noch nicht einmal deinen Namen.«

Der Abstand zwischen ihnen hatte sich wieder verringert. Als wären sie zwei ultrastarke Magnete, die einander unweigerlich anzogen.

»Das lässt sich ändern«, wisperte sie. »Ich bin Claire.«

Und dann gab es überhaupt keinen Abstand mehr zwischen ihnen, und sie versank vollkommen in einem Kuss, der vor allem ein Versprechen war – auf viele weitere, wunderbare Momente.

1. Januar

Neues Jahr, neues Tagebuch, neues Glück.
Ja, wirklich: Glück!
Kaum zu fassen, dass ich schon aufgehört hatte, an das Glück zu glauben. Nachdem mein Herz gebrochen wurde, dachte ich, es täte mir gut, wenn ich mir eine dickere Haut zulege. Wer niemanden an sich heranlässt, kann auch nicht verletzt werden.
Aber dann tauchte Claire auf wie aus dem Nichts, nannte mich liebevoll Sam und stellte mein ganzes Leben auf den Kopf. Wirbelte es durcheinander, brachte Farbe hinein und streute Glitzer drauf. Mit anderen Worten: Sie verzauberte mich durch ihre bloße Anwesenheit.
Und ich erkannte: Was wäre das für ein Dasein, so ganz ohne Gefühle und Weichheit und Liebe?
Mit anderen Worten: ohne Claire …
Sie ist stark. Und intelligent. Sanft. Begeisterungsfähig. Unabhängig. Nachdenklich. Witzig.
Claire ist einfach zu perfekt für mich … Hätte ich jedenfalls früher gedacht. Damals im Bus zum Beispiel ist sie mir natürlich aufgefallen. Aber ich hätte nie gewagt, sie anzusprechen. Eine wie sie würde sich nie ernsthaft für einen Trauerkloß wie mich interessieren, dachte ich.
Doch inzwischen weiß ich es besser. Claire hat mir gezeigt, was sie in mein Notizbuch geschrieben hat. Das ich eigentlich gekauft hatte, um es mit jämmerlichen Tiraden über Liebeskummer zu füllen …

Wie gut, dass ich es stattdessen verloren habe.
Noch besser, dass sie es gefunden hat.
Und obwohl Claire nur jene zwei Seiten kannte, die ich damals in mein erstes Tagebuch geschrieben hatte, schien sie mich von Anfang an durch und durch zu kennen.
Das liegt vielleicht daran, dass auch sie einen tragischen Verlust erlitten hat. Aber statt sich abzuschotten, hat sie das genaue Gegenteil gemacht. Sie hat sich voll und ganz auf ein Abenteuer eingelassen, das sie so verletzlich gemacht hat, wie kaum etwas anderes es könnte.
»Seelenverwandte können einander auch aus der Ferne guttun«, behauptet sie. Und wie könnte ich ihr widersprechen?
Hätte ich es damals im Nachtbus doch gewagt, sie anzusprechen, wäre garantiert nichts aus uns geworden. Ich war noch zu verletzt, sie noch zu tief in ihrer Trauer versunken.
Doch jetzt? Schweißt uns genau das umso fester zusammen.
Und wir tun einander definitiv gut. Aber nicht mehr aus der Ferne … Nie wieder.
Gemeinsam ist das Leben weder grau noch dunkel oder trostlos – nicht einmal im tiefsten Winter. Obwohl – eigentlich ist es ja Sommer hier in Neuseeland.

Danke!

Schreiben ist ein ganz schön einsamer Job, heißt es immer. Andererseits gibt es so viele Menschen, die an der Entstehung eines Buches mitwirken und denen ich zu verdanken habe, dass aus einer vagen Idee genau dieses Buch geworden ist, das du jetzt in den Händen hältst. Und all diesen Menschen möchte ich danken:

Meiner Freundin und Agentin Anja Koeseling, die mir während eines Gesprächs auf der Frankfurter Buchmesse den Floh zu dieser Geschichte quasi ins Ohr gesetzt hat. Ich konnte quasi gar nicht anders, als sie zu schreiben.

Vicky Graz, der Programmleiterin von Oetinger Taschenbuch, die bei ebendiesem Gespräch sofort neugierig wurde und sich dieses Buch von mir wünschte, obwohl das einen Genrewechsel bedeutete. Oder vielleicht genau deshalb.

Anne-Lena Jahnke, meiner Lektorin bei Oetinger Taschenbuch, die mit ihren wertvollen Impulsen dazu beigetragen hat, Claires Geschichte noch lebendiger und emotionaler zu machen. Inzwischen sind wir ein wunderbar eingespieltes Team. Ich freu mich schon auf das nächste Projekt …

All denjenigen, die sonst noch dazu beigetragen haben, dass aus meinem Manuskript dieses Buch geworden ist und dass es seinen Weg zu den Lesern gefunden hat! Von Coverdesign und Schriftsatz über Korrektorat, Druck, Marketing und Vertrieb bis hin zu Buchhandel oder Paketbote - jeder Arbeitsschritt ist wichtig.

Stephanie Emrich, meiner Freundin und Testleserin, die mich immer wieder so wunderbar motiviert und die verrücktesten Tippfehler findet (ich sag nur: Hörsal, fazzinierend und Stellenausschrebung).

Anke Hub, Inhaberin der Laufschule Südwest, die es tatsächlich geschafft hat, mich zum Joggen zu bringen – danke, dass ich mir deine Methode ausleihen durfte. („I run like a turtle, but I run!")

Dem Tierheim Kaiserslautern, das mir vor vielen Jahren einen Hund zum Gassigehen anvertraute, der Chico zum Verwechseln ähnelte. Damals eine echte Mutprobe für mich. Doch wenig später hatte ich selbst einen Vierbeiner …

Meinen Freundinnen und Kolleginnen von DELIA (der Vereinigung deutschsprachiger Liebesromanautorinnen und -autoren) sowie aus dem Netzwerk Texttreff, ohne die ich vermutlich nie Autorin geworden wäre – oder zumindest eine wesentlich einsamere.

Meinen Eltern, die mir und meinen Entscheidungen immer vollkommen vertraut haben – obwohl doch jeder weiß, dass man als Sprachwissenschaftlerin nichts werden kann.

Meinen Männern! Ich weiß, ihr werdet auch dieses Buch nicht lesen, aber wahnsinnig stolz auf mich sein. Danke, dass ihr meine Autorinnen-Launen klaglos ertragt. Wenn ich euch nicht hätte …

Und natürlich auch dir! Du bist gemeinsam mit Claire Stadtbus gefahren, hast Drinks gemixt, kalte Pizza gegessen, Kinokarten verkauft, gelacht und geweint, Friedhofswege gekehrt, Hundehaufen entsorgt, Pläne geschmiedet und stets nach Sam Ausschau gehalten. Danke fürs Mitfiebern!

Herzlichst, Heike Abidi

Wie entsteht Glück?

Ava Reed
Wir fliegen, wenn wir fallen
304 Seiten · Ab 14 Jahren
ISBN 978-3-8415-0542-2

Eine Nacht unter den Sternen schlafen. Einen Spaziergang im Regenwald machen. Die Nordlichter beobachten ... So beginnt eine Liste mit zehn Wünschen, die Phil nach seinem Tod hinterlässt, gewidmet seinem Enkel Noel und der siebzehnjährigen Yara. Phils letztem Willen zufolge sollen sich die beiden an seiner statt die Wünsche erfüllen. Gemeinsam. Yara und Noel, die sich vom ersten Moment an nicht ausstehen können, willigen nur Phil zuliebe ein. So begeben sich die beiden auf eine Reise, die ihr Leben grundlegend verändert.

Weitere Informationen unter:
www.oetinger-taschenbuch.de

Wenn dein Herz Pogo tanzt

Anke Weber
Nayra und Jo. Der Beat einer Liebe
352 Seiten · Ab 14 Jahren
ISBN 978-3-8415-0580-4

Es ist der Sommer der Festivals. Nayra und Jo begegnen sich beim Gig ihrer Lieblingsband – sie stoßen mit ihren Köpfen zusammen, und in ihren Herzen sprühen die Funken. Beide verbringen einen wunderbaren Tag zusammen und wollen sich unbedingt wiedersehen. Doch dann wäscht ein Sommergewitter Jos Nummer von Nayras Arm ...
Nayra macht sich auf die Suche nach Jo, Jo sucht Nayra. Und so beginnt eine mitreißende Sommer-Lovestory von zweien, die sich finden, verlieren und immer wieder knapp verpassen.

Auch als eBook

Weitere Informationen unter:
www.oetinger-taschenbuch.de

Süß und heiß
wie Kakao vor dem Kamin!

Emily Lewis
Weihnachtsküsse & Schneegestöber
320 Seiten · Ab 14 Jahren
ISBN 978-3-8415-0622-1

Die 18-jährige Vanessa wird über Weihnachten von ihrer Großmutter zu einer Reise eingeladen. Vanessas Wunschziel ist klar: Cambrigde, der Ort, an dem ihre verstorbenen Eltern die glücklichste Zeit ihres Lebens verbracht haben. Dort angekommen, trifft Vanessa unverhofft auf Trevor, mit dem sie traumhafte Tage im winterlichen Cambridge verbringt. Dabei entpuppt er sich nicht nur als romantischer Gentleman, sondern lüftet gemeinsam mit Vanessa das Geheimnis um eine fünfzig Jahre alte Postkarte, die sie auf dem Dachboden entdeckte. Doch dann zieht sich Trevor plötzlich und ohne jede Erklärung zurück ...

Auch als eBook

Weitere Informationen unter:
www.oetinger-taschenbuch.de